ハリー・ポッターと不死鳥の騎士団 5-3

目次

第20章　ハグリッドの物語　7
第21章　蛇の目　42
第22章　聖マンゴ魔法疾患傷害病院　82
第23章　隔離病棟のクリスマス　124
第24章　閉心術　164
第25章　追い詰められたコガネムシ　208
第26章　過去と未来　252
第27章　ケンタウルスと密告者　297
第28章　スネイプの最悪の記憶　339

ハリー・ポッターと不死鳥の騎士団　5-1　目次

第1章　襲われたダドリー
第2章　ふくろうのつぶて
第3章　先発護衛隊
第4章　グリモールド・プレイス十二番地
第5章　不死鳥の騎士団
第6章　高貴なる由緒正しきブラック家
第7章　魔法省
第8章　尋問
第9章　ウィーズリーおばさんの嘆き
第10章　ルーナ・ラブグッド

ハリー・ポッターと不死鳥の騎士団　5-2

第11章　組分け帽子の新しい歌
第12章　アンブリッジ先生
第13章　アンブリッジのあくどい罰則
第14章　パーシーとパッドフット
第15章　ホグワーツ高等尋問官
第16章　ホッグズ・ヘッドで
第17章　教育令第二十四号
第18章　ダンブルドア軍団
第19章　ライオンと蛇

ハリー・ポッターと不死鳥の騎士団 5-4

第29章　進路指導
第30章　グロウプ
第31章　ふ・く・ろ・う
第32章　炎の中から
第33章　闘争と逃走
第34章　神秘部
第35章　ベールの彼方に
第36章　「あの人」が恐れた唯一の人物
第37章　失われた予言
第38章　二度目の戦いへ

ハリー・ポッターと不死鳥の騎士団
主要な登場人物

ルビウス・ハグリッド
森の番人。「魔法生物飼育学」の先生

リーマス・ルーピン
ハリーの父親の仲間。狼人間

シビル・トレローニー
「占い学」の先生

リータ・スキーター
「日刊予言者新聞」の記者

ミセス・ロングボトム
ネビルの祖母

アーサーとモリー・ウィーズリー
ロンの両親

セブルス・スネイプ
「魔法薬学」の先生。閉心術士

第20章　ハグリッドの物語

ハリーは男子寮の階段を全速力で駆け上がり、トランクから「透明《とうめい》マント」と「忍《しの》びの地図《ちず》」を取ってきた。一緒に行くハーマイオニーがスカーフと手袋を着け、お手製の凸凹したしもべ妖精帽子をかぶって、急いで女子寮から出てくる五分前には、ハリーもロンもとっくに出かける準備ができていたほどのスピードだった。

「だって、外は寒いわよ!」

遅いとばかりに舌打ちするロンに、ハーマイオニーが言い訳した。

三人は肖像画の穴を這《は》い出し、急いで透明マントに包《くる》まった――ロンは背がぐんと伸びて、かがまないと両足が見えてしまう――それから、ときどき立ち止まってはフィルチやミセス・ノリスがいないかどうか地図で確かめ、ゆっくり、慎重にいくつもの階段を下りる。運のいいことに、「ほとんど首無しニック」以外はだれも見かけなかった。ニックはするする動きながら、なんとはなしに鼻歌を歌っていたが、なんだか「ウィーズリーこそ我が王者」に似た節だったのが気に入らない。三人は、玄関ホールを忍び足で横切り、静まり返った雪の校庭に出た。遠くに見える小屋には、四角い金色の小さな灯《あか》りと煙突からくるくる立ち昇る煙が見える。ハリーは心が躍り、足を速めた。あとの二人は押し合いへし合いぶつかり合いながらあとに続く。次第に深くなる雪を夢中でザクザク踏みしめながら、三人はやっと小屋の戸口に立った。ハリーが拳《こぶし》で木の戸を三度たたくと、中で犬が狂ったように吠《ほ》えはじめた。

「ハグリッド。僕たちだよ！」ハリーが鍵穴から呼んだ。

「よう、きたか！」どら声が返ってきた。

三人はマントの下で、互いににっこりした。ハグリッドの声の調子で、喜んでいるのがわかった。「帰ってからまだ三秒と経ってねえのに……ファング、どけ、どけ……どけっちゅうに、このバカタレ……」

閂《かんぬき》が外され、扉がギーッと開いて、ハグリッドの頭が隙間から現れた。

ハーマイオニーが悲鳴を上げた。

「おい、おい、静かにせんかい！」ハグリッドが三人の頭越しにあたりを見回しながら、あわてて言う。「例のマントの下か？　よっしゃ、入れ、入れ！」

狭い戸口を一緒に窮屈に通り抜けてハグリッドの小屋に入ると、三人は透明マントを脱ぎ捨て、ハグリッドに姿を見せた。

「ごめんなさい！」ハーマイオニーが喘《あえ》ぐように声を上げた。「私、ただ――まあ、ハグリッド！」

「なんでもねえ。なんでもねえったら！」

ハグリッドはあわててそう言うと、戸を閉じ、急いでカーテンも全部閉めた。ハーマイオニーは驚愕したままハグリッドを見つめ続けている。

ハグリッドの髪はべっとりと血で固まり、顔は紫色やどす黒い傷だらけで、腫れ上がった左目が細い筋のように見える。顔も手も切り傷だらけで、まだ血が出ていると ころもある。そろりそろりと歩く様子から、肋骨《ろっこつ》でも折れているのではないかと思わ れた。たしかに、いま旅から帰ったばかりらしい。分厚い黒の旅行マントが椅子の背に掛けてあり、小さな子供なら数人運べそうな雑嚢《ざつのう》が戸のそばに立てかけてある。ハグリッドは、その普通の人の二倍はある体で足を引きずりながら暖炉に近づき、銅のヤカンを火にかけた。

「いったいなにがあったの？」ハリーが問い詰めた。ファングは三人のまわりを跳ね回り、顔をなめようとしていた。

「言ったろうが、なんでもねえ」ハグリッドが断固として言い張った。「茶、飲むか？」

「なんでもないはずないよ」ロンが言った。「ひどい状態だぜ！」

「言っとるだろうが、ああ、大丈夫だ」ハグリッドは上体を起こし、三人を見て笑いかけ、顔をしかめた。「いやはや、おまえさんたちにまた会えてうれしいぞ――夏休みは、楽しかったか？　え？」

「ハグリッド、襲われたんだろう！」ロンが迫る。

「何度も言わせるな。なんでもねえったら！」ハグリッドは頑として言い張る。

「僕たち三人のだれかが、ひき肉状態の顔で現れたら、それでもなんでもないって言うかい？」ロンが突っ込んだ。

「マダム・ポンフリーのところに行くべきだわ、ハグリッド」ハーマイオニーが心配そうに言う。「ひどい切り傷もあるみたいよ」

「自分で処置しとる。ええか？」ハグリッドが抑えつけるように言う。

ハグリッドは小屋の真ん中にある巨大な木のテーブルまで歩き、置いてあった布巾をぐいと引いた。その下から、車のタイヤより少し大きめの、血の滴《したた》る緑がかった生肉が現れた。

「まさか、ハグリッド、それ、食べるつもりじゃないよね？」ロンはよく見ようと体を乗り出した。「毒があるみたいに見える」

「それでええんだ。ドラゴンの肉だからな」ハグリッドが答える。「それに、食うために手に入れたわけじゃねえ」

ハグリッドは生肉を摘み上げ、顔の左半分にびたっと貼りつけた。緑色がかった血が顎《あご》ひげに滴り落ちる。ハグリッドは気持ちよさそうにウーッとうめいた。

「楽になったわい。こいつぁ、ずきずきに効く」

「それじゃ、なにがあったのか、話してくれる？」ハリーがたずねた。

「できねえ、ハリー、極秘だ。漏《も》らしたらクビになっちまう」

「ハグリッド、巨人に襲われたの？」ハーマイオニーが静かに聞いた。

ドラゴンの生肉がハグリッドの指からずり落ち、ぐちゃぐちゃとハグリッドの胸を滑り落ちた。

「巨人？」ハグリッドは生肉がベルトまで落ちる前に捕まえ、また顔にべたりと貼りつけた。「だれが巨人なんぞと言った？　おまえさん、だれと話をしたんだ？　だれが言った？　おれがなにしたと――だれがおれのその――なんだ？」

「そう思っただけよ」ハーマイオニーが謝るように答えた。

「ほう、そう思っただけだと？」

ハグリッドは、生肉で隠されていないほうの目で、ハーマイオニーを見据《みす》えた。

「なんて言うか……見え見えだし」ロンが言い、ハリーもうなずく。

ハグリッドは三人をじろりと睨《にら》むと、フンと鼻を鳴らし、生肉をテーブルの上に放り投げ、ピーピー鳴っているヤカンのほうにのっしのっしと歩いていった。

「おまえさんらみてえな小童《こわっぱ》はじめてだ。必要以上に知りすぎとる」ハグリッドは、バケツ形マグカップ三個に煮立った湯をバシャバシャ注ぎながら、ぶつくさつぶやいた。

「誉めとるわけじゃあねえぞ。知りたがり屋、とも言うな。お節介とも」

しかし、ハグリッドのひげがひくひく笑っている。

「それじゃ、巨人を探していたんだね？」ハリーはテーブルに着きながらニヤッと笑った。

ハグリッドは紅茶を三人の前に置き、腰を下ろして、また生肉を取り上げるとぴたっと顔に貼りつけた。

「しょうがねえ」ハグリッドがぶすっと言った。「そうだ」

「見つけたの？」ハーマイオニーが声をひそめる。

「まあ、正直言って、連中を見つけるのはそう難しくはねえ」ハグリッドが答えた。「でっけえからな」

「どこにいるの？」ロンが聞く。

「山だ」ハグリッドは答えにならない答えをした。

「だったら、どうしてマグルに出――？」

「出くわしとる」ハグリッドが暗い声を出した。「ただ、そいつらが死ぬと、山での遭難事故っちゅうことになるわけだ」

ハグリッドは生肉をずらして、傷の一番ひどいところに当てた。

「ねえ、ハグリッド。なにをしていたのか、話してくれよ！」ロンが言う。「巨人に襲われた話を聞かせてくれたら、ハリーが吸魂鬼に襲われた話をしてくれるよ」

ハグリッドは飲みかけの紅茶に咽《む》せ、しゃべろうとしてまた咳《せ》き込むやら、その勢いで生肉がペチャッと軽い音を立てて床に落ちるやらで、大量の唾と紅茶とドラゴンの血がテーブルに飛び散った。

「なんだって？　吸魂鬼に襲われた？」ハグリッドがうなる。

「知らなかったの？」ハーマイオニーが目を丸くした。

「ここを出てから起こったことなんぞ、なんも知らん。秘密の使命だったんだぞ。ふくろうがついてくるようじゃ困るだろうが――吸魂鬼のやつが！　冗談だろうが？」

「本当なんだ。リトル・ウィンジングの街に現れて、僕といとこを襲ったんだ。それから魔法省が僕を退学にして――」

「なにぃ？」

「――それから尋問《じんもん》に呼び出されてとか、いろいろ。でも、先に巨人の話をしてよ」

「退学になった？」

「ハグリッドがこの夏のことを話してくれたら、僕のことも話すよ」

ハグリッドは開いているほうの目でハリーをぎろりと見た。ハリーは、一途に思いつめた顔でまっすぐその目を見返した。

「しかたがねえ」ハグリッドが観念したような声を出した。

ハグリッドはかがんで、ドラゴンの生肉をファングの口からぐいともぎ取った。

「まあ、ハグリッド。だめよ。不潔じゃな――」ハーマイオニーが言いかけたときには、ハグリッドはもう腫《は》れた目に生肉をべたりと貼りつけていた。

元気づけに紅茶をもう一口がぶりと飲み、ハグリッドが話し出した。

「さて、おれたちは、学期が終わるとすぐ出発した――」

「それじゃ、マダム・マクシームが一緒だったのね？」ハーマイオニーが口を挟んだ。

「ああ、そうだ」

ハグリッドの顔に――ひげと緑の生肉に覆われていない部分はわずかだったが――和らいだ表情が浮かんだ。

「そうだ。二人だけだ。言っとくが、ええか、あの女《ひと》は、どんな厳しい条件もものともせんかった。オリンペはな。ほれ、あの女《ひと》は身なりのええきれいな女《ひと》だし、おれたちが行くところを考えると、『野に伏し、岩を枕にする』のはどんなもんかと、おれは訝《いぶか》っとった。ところがあの女《ひと》は、ただの一度も弱音を吐《は》かんかった」

「行き先はわかってたの？」ハリーが聞く。「巨人がどこにいるか知ってたの？」

「いや、ダンブルドアが知っていなさった。で、おれたちに教えてくれた」ハグリッドが答える。

「巨人て、隠れてるの？」ロンが聞いた。「秘密なの？　居場所は？」

「そうでもねえ」ハグリッドがもじゃもじゃ頭を振った。「たいていの魔法使いは、連中が遠くに離れてさえいりゃあ、どこにいるかなんて気にしねえだけだ。ただ、簡単には行けねえ場所にいる。少なくともヒトにとってはな。そこで、ダンブルドアに教えてもらう必要があった。一か月かかったぞ。そこに着くまでに――」

「一か月？」ロンはそんなにばかげた時間がかかる旅なんて、聞いたことがないという声を出した。「だって――移動《ポート》キーとかなにか使えばよかったんじゃないの？」

ハグリッドは隠れていないほうの目を細め、妙な表情を浮かべてロンを見た。ほとんど哀れんでいるような目だ。

「おれたちは見張られているんだ、ロン」ハグリッドがぶっきらぼうに言い放つ。

「どういう意味？」

「おまえさんにはわかってねえ」ハグリッドが続ける。「魔法省はダンブルドアを見張っとる。それに魔法省が、あの方と組んでるとみなす者全部をだ。そんで――」

「そのことは知ってるよ」話の先が聞きたくてうずうずし、ハリーが急いで遮《さえぎ》っ

た。「魔法省がダンブルドアを見張ってることは、僕たち知ってるよ――」

「それで、そこに行くのに魔法が使えなかったんだね？」ロンが雷に打たれたよう

な顔をした。「マグルみたいに行動しなきゃならなかったの？　ずうっと？」

「いいや、ずうっとちゅうわけではねえ」ハグリッドは言いたくなさそうだった。

「ただ、気をつけにゃあならんかった。なんせ、オリンペとおれはちいっと目立つし

な――」

ロンは、鼻から息を吸うのか吐《は》くのか決めかねたような押し殺した音を出した。そ

してあわてて紅茶をゴクリと飲んだ。

「――そんで、おれたちは追跡されやすい。おれたちは一緒に休暇を過ごすふりを

した。で、フランスに行った。魔法省のだれかに追《つ》けられとるのはわかっとったん

で、オリンペの学校のあたりをめざしているように見せかけた。ゆっくり行かにゃな

らんかった。なんせおれは魔法を使っちゃいけねえことになっとるし、魔法省はおれ

たちを捕まえる口実を探していたからな。だが、追けてるやつを、ディー・ジョンの

あたりでなんとか撒《ま》いた――」

「わあぁぁー、ディジョン？」ハーマイオニーが興奮した。「バケーションで行った

ことがあるわ。それじゃ、あれ見た――？」

ロンの顔を見て、ハーマイオニーが黙った。

「そのあとは、おれたちも少しは魔法を使った。なかなかいい旅だった。ポーランドの国境で、狂ったトロール二匹に出っくわしたな。それからミンスクのパブで、おれは吸血鬼とちょいと言い争いをしたが、それ以外はまったくすいすいだ」

「で、その場所に到着して、そんで、連中の姿を探して山ん中を歩き回った」

「連中の近くに着いてからは、魔法は一時お預けにした。一つには、連中は魔法使いが嫌いなんで、あんまり早くからへたに刺激するのはよくねえからな。もう一つには、ダンブルドアが、『例のあの人』もきっと巨人を探していると、おれたちに警告しなすったからだ。もうすでに巨人に使者を送っている可能性が高いと言いなすった。巨人の近くに行ったら、死喰い人がどこかにいるかもしれんから、おれたちのほうに注意を引かねえよう、くれぐれも気をつけろとおっしゃった」

ハグリッドは話を止め、ぐうっとひと息に紅茶を飲んだ。

「先を話して！」ハリーが急き立てた。

「見つけた」ハグリッドがずばっと言う。「ある夜、尾根を越えたら、そこにいた。おれたちの真下に広がって。下のほうにちっこい焚《た》き火がいくつもあって、そんで、おっきな影だ……『山が動く』のを見ているみてえだった」

「どのぐらい大きいの？」ロンが声をひそめて聞く。

「六メートルぐれえ」ハグリッドがこともなげに言った。「おっきいやつは七、八メートルあったかもしれん」

「何人ぐらいいたの？」ハリーが聞く。

「ざっと七十から八十ってとこだな」ハグリッドが答えた。

「それだけ？」ハーマイオニーが聞いた。

「ん」ハグリッドが悲しそうに言う。「八十人が残った。一時期はたくさんいた。世界中から何百ちゅう種族が集まったにちげえねえ。だが、何年もの間に死に絶えていった。もちろん、魔法使いが殺したのも少しはある。けんど、たいがいは互いに殺し合ったのよ。いまではもっと急速に絶滅しかかっとる。あいつらは、あんなふうに塊《かた》まって暮らすようにはできてねえ。ダンブルドアは、おれたちに責任があるって言いなさる。おれたち魔法使いのせいで、あいつらはずっと離れたとこで暮らさにゃならんようになった。そうなりゃ自衛手段で、互いに塊まって暮らすしかねえ」

「それで」ハリーが急かした。「巨人を見つけて、それから？」

「ああ、おれたちは朝まで待った。暗いところで連中に忍び寄るなんてまねは、おれたちの身の安全のためにもしたくなかったからな」ハグリッドが言った。「朝の三時ごろ、あいつらは座ったまんまの場所で眠り込んだ。おれたちは眠るどころじゃねえ。なにせやつらが目を覚ましておれたちの居場所を見つけたりしねえように気をつけにゃならんかったし、それにすげえ鼾《いびき》でなあ。そのせいで朝方に雪崩が起こったわい」

「とにかく、明るくなるとすぐ、おれたちは連中に会いに下りていった」

「素手で？」ロンが恐れと尊敬の交じった声を上げた。「巨人の居住地のど真ん中に、歩いていったの？」

「ダンブルドアがやり方を教えてくださった」ハグリッドが続けた。「ガーグに貢《みつ》ぎ物を持っていけ、尊敬の気持ちを表せ、そういうこった」

「貢ぎ物を、だれに持っていくって？」ハリーが聞く。

「ああ、ガーグだ――頭《かしら》って意味だ」

「だれが頭なのか、どうやってわかるの？」ロンが聞く。

ハグリッドがおもしろそうに鼻を鳴らした。

「わけはねえ。一番でっけえ、一番醜い、一番なまけ者だったな。みんなが食いもんを持ってくるのを、ただ座って待っとった。死んだヤギとか、そんなもんを。カーカスって名だ。身の丈七、八メートルってとこだった。そんで、雄の象二頭分の体重だな。サイの皮みてえな皮膚で」

「なのに、その頭《かしら》のところまで、のこのこ参上したの？」ハーマイオニーが息をはずませた。

「うー……参上ちゅうか、下っていったんだがな。頭《かしら》は谷底に寝転んでいたんだ。やつらは、四つの高え山の間の深く凹んだとこの、湖のそばにいた。そんで、カーカスは湖のすぐそばに寝そべって、自分と女房に食いもんを持ってこいと吠《ほ》えていた。おれはオリンペと山を下っていった――」

「だけど、ハグリッドたちを見つけたとき、やつらは殺そうとしなかったの？」

ロンが信じられないという声で聞いた。

「何人かはそう考えたにちげえねえ」ハグリッドが肩をすくめた。「しかし、おれたちは、ダンブルドアに言われたとおりにやった。つまりだな、貢《みつ》ぎ物を高々と持ち上げて、ガーグだけをしっかり見つめ、ほかの連中は無視すること。おれたちはそのとおりにやった。そしたら、ほかの連中はおとなしくなって、おれたちが通るのを見とった。そんで、おれたちはまっすぐカーカスの足下まで行ってお辞儀して、その前に貢ぎ物を置いた」

「巨人にはなにをやるものなの？」ロンが熱心に聞く。「食べ物？」

「うんにゃ。やつは食いもんは十分手に入る」ハグリッドが答えた。「頭《かしら》に魔法を持っていったんだ。巨人は魔法が好きだ。ただ、おれたちが連中に不利な魔法を使うのが気に食わねえだけよ。とにかく最初の日は、頭《かしら》に『グブレイシアンの火の枝』を贈った」

ハーマイオニーは「うわーっ！」と小さく声を上げたが、ハリーとロンはちんぷんかんぷんだと顔をしかめた。

「なんの枝――？」

「永遠の火よ」ハーマイオニーがいらだちもあらわに言う。「二人とももう知ってるはずなのに。フリットウィック先生が授業で少なくとも二回はおっしゃったわ！」

「あー、とにかくだ」

ロンがなにか言い返そうとするのを遮《さえぎ》り、ハグリッドが急いで先を続けた。

「ダンブルドアが小枝に魔法をかけて、永遠に燃え続けるようにしたんだが、こいつぁ、並みの魔法使いができるこっちゃねえ。そんで、おれは、カーカスの足下の雪ん中にそいつを置いて、こう言った。『巨人の頭《かしら》に、アルバス・ダンブルドアからの贈り物でございます。ダンブルドアがくれぐれもよろしくとのことです』」

「それで、カーカスはなんて言ったの？」ハリーが熱っぽく聞いた。

「なんも」ハグリッドが答える。「英語がしゃべれねえ」

「そんな！」

「それはどうでもよかった」ハグリッドは動じない。「ダンブルドアはそういうことがあるかもしれんと警告していなさった。カーカスは、おれたちの言葉がしゃべれる巨人を二、三人、大声で呼ぶぐれえのことはできたんで、そいつらが通訳した」

「それで、カーカスは貢《みつ》ぎ物が気に入ったの？」ロンがたずねた。

「おう、そりゃもう。そいつがなんだかがわかったときにゃ、大騒ぎだったわ」ハグリッドはドラゴンの生肉を裏返し、腫《は》れ上がった眼に冷たい面を押し当てた。「喜んだのなんの。そこでおれは言った。『アルバス・ダンブルドアがガーグにお願い申します。明日また贈り物を持って参上したとき、使いの者と話をしてやってくだされ』」

「どうしてその日に話せなかったの？」ハーマイオニーが聞く。

「ダンブルドアは、おれたちがとにかくゆっくり事を運ぶのをお望みだった」ハグリッドが答えた。「連中に、おれたちが約束を守るっちゅうことを見せるわけだ。おれたちは明日また贈り物を持ってもどってきますってな。で、おれたちはまた贈り物を持ってもどる――いい印象を与えるわけだ、な？　そんで、連中が最初のもんを試してみる時間を与える。で、そいつがちゃんとしたもんだってわかる。で、もっと欲しいと夢中にさせる。とにかく、カーカスみてえな巨人はな――あんまり一度にいっぱい情報をやってみろ、面倒だっちゅうんで、こっちが整理されっちまう。そんで、おれたちはお辞儀して引き下がり、その夜を過ごす手ごろな洞窟《どうくつ》を見っけて、そんで次の朝もどっていったところ、カーカスがもう座って、うずうずして待っとったわ」

「それで、カーカスと話したの？」

「おう、そうだ。まず、立派な戦闘用の兜《かぶと》を贈った——小鬼の作ったやつで、これ、絶対壊れねえ——で、おれたちも座って、そんで、話した」

「カーカスはなんと言ったの？」

「あんまりなんも」ハグリッドが続ける。「だいたいが聞いてたな。だが、いい感じだった。カーカスはダンブルドアのことを聞いたことがあってな。ダンブルドアがイギリスで最後の生き残りの巨人を殺すことに反対したっちゅうことを聞いてたんだな。そんで、ダンブルドアがなにを言いたいのか、かなり興味を持ったみてえだった。それに、ほかにも数人、とくに少し英語がわかる連中もな。そいつらもまわりに集まって耳を傾けた。その日、帰るころには、おれたちは希望を持った。明日また贈り物を持ってくるからと約束した」

「ところが、その晩、なんもかもだめになった」

「どういうこと？」ロンが急き込んで聞いた。

「まあ、さっき言ったように、連中は一緒に暮らすようにはできてねえ。巨人てやつはな」ハグリッドは悲しそうだ。「あんなに大きな集団ではな。どうしてもがまんできねえんだな。数週間ごとに互いに半殺しの目にあわせる。男は男で女は女で戦うし、昔の種族の残党が互いに戦うし、そこまでいかねえでも、それ食いもんだ、やれ一番いい火だ、寝る場所だって、小競り合いだ。自分たちが絶滅しかかっているっちゅうのに。互いに殺し合うのをやめるかと思えば……」

ハグリッドは深いため息をついた。

「その晩、戦いが起きた。おれたちは洞穴《ほらあな》の入口から谷間を見下ろして、そいつを見ていた。何時間も続いた。その騒ぎときたら、ひでえもんだった。そんで、太陽が昇ったときにゃ、雪が真っ赤で、やつの頭が湖の底に沈んでいたわ」

「だれの頭が？」ハーマイオニーが息を呑《の》む。

「カーカスの」ハグリッドが重苦しく答える。「新しいガーグがいた。ゴルゴマスだ」

ハグリッドがフウッとため息をつく。

「いや、最初のガーグと友好的に接触して二日後に、頭《かしら》が新しくなるたぁ思わなんだ。そんで、どうもゴルゴマスはおれたちの言うことに興味がねえような予感がした。そんでも、やってみなけりゃなんねえ」

「そいつのところに話しにいったの？」ロンがまさかという顔をした。「仲間の巨人の首を引っこ抜いたのを見たあとなのに？」

「むろん、おれたちは行った」ハグリッドが言った。「はるばるきたのに、たった二日であきらめられるもんか！　カーカスにやるはずだった次の贈り物を持って、おれたちは下りていった」

「口を開く前に、こりゃぁだめだと思ったな。あいつはカーカスの兜《かぶと》をかぶって座ってな、おれたちが近づくのをにやにやして見とった。でっかかったぞ。そこにいた連中の中でも一番でっけえうちに入るな。髪とお揃いの黒い歯だ。そんで骨のネックレスで、ヒトの骨のようなのも何本かあったな。まあ、とにかくおれはやってみた――ドラゴンの革の大きな巻物を差し出したのよ――そんで、こう言った。『巨人のお頭《かしら》への贈り物――』次の瞬間、気がつくと、足を捕まれて逆さ吊りだ。やつの仲間が二人、おれをむんずとつかんでいた」

ハーマイオニーが両手でパチンと口を覆った。

「そんなのからどうやって逃れたの？」ハリーが聞く。

「オリンペがいなけりゃ、だめだったな」ハグリッドが答えた。「オリンペが杖《つえ》を取り出して、おれが見た中でも一番の早業で呪文を唱えた。実に冴《さ》えとったわ。おれをつかんでた二人の両目を、『結膜炎《けつまくえん》の呪い』で直撃だ。で、二人はすぐおれを落っことした。――だが、さあ、やっかいなことになった。やつらに不利な魔法を使ったわけだからな。巨人が魔法使いを憎んどるのはまさにそれなんだ。逃げるしかねえ。どうやったってもう、連中の居住地に堂々ともどることはできねえ」

「うわぁ、ハグリッド」ロンがぼそりと言う。

「じゃ、三日間しかそこにいなかったのに、どうしてここに帰るのにこんなに時間がかったの？」ハーマイオニーがたずねた。

「三日でそっから離れたわけじゃねえ！」ハグリッドが憤慨したように言う。「ダンブルドアがおれたちにおまかせなすったんだ！」

「だって、いま、どうやったってそこにはもどれないって言ったわ！」

「昼日中はだめだった。そうとも。ちいっと策を練りなおすことにした。目立たねえように、二、三日洞穴《ほらあな》に閉じこもって様子を見てたんだ。しかし、どうも形勢はよくねえ」

「ゴルゴマスはまた首を刎《は》ねたの？」ハーマイオニーは気味悪そうに言った。

「いいや」ハグリッドは歯切れが悪くなる。「そんならよかったんだが――」

「どういうこと？」

「まもなく、やつが魔法使い全部に逆らっていたわけではねえっちゅうことがわかった――おれたちにだけだった」

「死喰い人？」ハリーの反応は早かった。

「そうだ」ハグリッドが暗い声で肯定した。「ガーグに贈り物を持って、毎日二人がきとったが、やつらは逆さ吊りにはされてねえ」

「どうして死喰い人だってわかったの？」ロンが聞いた。

「連中の一人に見覚えがあったからだ」ハグリッドがうなる。「マクネア、憶《おぼ》えとるか？　バックビークを殺すのに送られてきたやつだ。殺人鬼よ、やつは。ゴルゴマスとおんなじぐれえ殺すのが好きなやつだし、気が合うわけだ」

「それで、マクネアが『例のあの人』の味方につくようにって、巨人を説き伏せたの？」ハーマイオニーが絶望的な声で言った。

「ドゥ、ドゥ、ドゥ。急くな、ヒッポグリフよ。話は終わっちゃいねえ！」

ハグリッドが憤然として言った。最初は、三人になにも話せないと言っていたはずなのに、いまやハグリッドはかなり楽しんでいる様子だ。

「オリンペとおれとでじっくり話し合って、意見が一致した。ガーグが『例のあの人』に肩入れしそうな様子だからっちゅうて、みんながみんなそうだとはかぎらねえ。そうじゃねえ連中を説き伏せなきゃなんねえ。ゴルゴマスをガーグにしたくなかった連中をな」

「どうやって見分けたんだい？」ロンが聞く。

「そりゃ、しょっちゅうこてんぱんに打ちのめされてる連中だろうが？」ハグリッドは辛抱強く説明した。「ちーっと物のわかる連中は、おれたちみてえに谷のまわりの洞穴に隠れて、ゴルゴマスに出会わねえようにしてた。そんで、おれたちは、夜のうちに洞穴を覗いて歩いて、その連中を説得してみようと決めたんだ」

「巨人を探して、暗い洞穴を覗いて回ったの？」

ロンは恐れと尊敬の入り交じった声を出した。

「いや、おれたちが心配したのは、巨人じゃねえ」ハグリッドが言った。「むしろ、死喰い人のほうが気になった。ダンブルドアが、できれば死喰い人にはかかわるなと、前々からおれたちにそう言いなすった。ところが、連中はおれたちがそのあたりにいることを知っていたからやっかいだ――おおかた、ゴルゴマスが連中におれたちのことを話したんだろう。夜、巨人が眠っている間におれたちが洞穴《ほらあな》に忍び込もうとしとったとき、マクネアのやつらはおれたちを探して山ん中をこっそり動き回っちょったわ。オリンペがやつらに飛びかかろうとするのを止めるのに苦労したわい」

ハグリッドのぼうぼうとしたひげの口元がきゅっと持ち上がった。

「オリンペはさかんに連中を攻撃したがってな……怒るとすごいぞ、あの女《ひと》は……そうとも、火のようだ……うん、あれがフランス人の血なんだな……」

ハグリッドは夢見るような目つきで暖炉の火を見つめる。ハリーは、三十秒間だけハグリッドが思い出に浸るのを待ってから、大きな咳ばらいをした。

「それから、どうなったの？　反対派の巨人たちには近づけたの？」

「なに？　ああ……あ、うん。そうだとも。カーカスが殺されてから三日目の夜、おれたちは隠れていた洞穴からこっそり抜け出して、谷をめざした。死喰い人の姿に目を凝らしながらな。洞穴に二、三か所入ってみたが、だめだ――そんで、六つ目ぐれえで、巨人が三人隠れてるのを見つけた」

「洞穴がぎゅうぎゅうだったろうな」と、ロン。

「立錐《りっすい》どころか、立ちニーズルの余地もなかったな」ハグリッドが言った。

「こっちの姿を見て、襲ってこなかった？」ハーマイオニーが聞く。

「まともな体だったら襲ってきただろうな」ハグリッドが答える。「だが、連中はひどくけがしとった。三人ともだ。ゴルゴマス一味に気を失うまでたたきのめされて、正気づいたときに洞穴を探して、一番近くにあった穴に這《は》い込んだ。とにかく、そのうちの一人がちっとは英語ができて、ほかの二人に通訳して、そんで、おれたちの言いたいことは、まあまあ伝わったみてえだった。そんで、おれたちは、傷ついた連中を何回も訪ねた……たしか、一度は六人か七人ぐれえが納得してくれたと思う」

「六人か七人？」ロンの口調が熱っぽくなった。「そりゃ、悪くないよ――その巨人たち、ここにくるの？　僕たちと一緒に『例のあの人』と戦うの？」

しかし、ハーマイオニーは聞き返した。

「ハグリッド、〝一度は〟って、どういうこと？」

ハグリッドは悲しそうにハーマイオニーを見た。

「ゴルゴマスの一味がその洞穴を襲撃した。生き残ったやつらも、それからあとはおれたちにかかわろうとはせんかった」

「じゃ……じゃ、巨人は一人もこないの?」ロンががっかりしたように言った。

「こねえ」

ハグリッドは深いため息をつき、生肉を裏返して冷たいほうを顔に当てた。

「だが、おれたちはやるべきことをやった。ダンブルドアの言葉も伝えたし、それに耳を傾けた巨人も何人かはいた。そんで、何人かはそれを憶《おぼ》えとるだろうと思う。たぶんとしか言えねえが、ゴルゴマスのところにいたくねえ連中が山を下りたら、そんで、その連中はダンブルドアが友好的だっちゅうことを思い出すかもしれん……その連中がくるかもしれん」

雪がすっかり窓を覆っていた。ハリーは、ローブの膝《ひざ》のところがぐっしょり濡れているのに気づいた。ファングが膝に頭を載せて、涎《よだれ》を垂らしている。

「ハグリッド?」しばらくしてハーマイオニーが静かに口を開いた。

「んー?」

「あなたの……なにか手掛かりは……そこにいる間に……耳にしたのかしら……あなたの……お母さんのこと?」

ハグリッドは開いているほうの目で、じっとハーマイオニーを見た。ハーマイオニーは気が挫《くじ》けてしまったようだった。

「ごめんなさい……私……忘れてちょうだい――」

「死んだ」ハグリッドがボソッとつぶやいた。「何年も前に死んだ。連中が教えてくれた」

「まあ……私……ほんとにごめんなさい」ハーマイオニーが消え入るような声で謝った。ハグリッドはがっしりした肩をすくめた。

「気にすんな」ハグリッドは言葉少なに言った。「あんまりよく憶えてもいねえ。いい母親じゃなかった」

みな、また黙り込んだ。ハーマイオニーがなにかしゃべってと言いたげに、落ち着かない様子でハリーとロンをちらちら見た。

「だけど、ハグリッド、どうしてそんなふうになったのか、まだ説明してくれていないよ」ロンが、ハグリッドの血だらけの顔を指さしながら言った。

「それに、どうしてこんなに帰りが遅くなったのかも」ハリーも続いた。「シリウスが、マダム・マクシームはとっくに帰ってきたって言ってた――」

「だれに襲われたんだい？」ロンが聞いた。

「襲われたりしてねえ！」ハグリッドが語気を強めた。「おれは――」

そのあとの言葉は、突然ドンドンと戸をたたく音に呑《の》み込まれてしまった。ハーマイオニーが息を呑んだ。手にしたマグが指の間を滑り、床に落ちて砕け、ファングがキャンキャン鳴いた。四人全員が戸口の脇の窓を見つめた。ずんぐりした背の低い人影が、薄いカーテンを通して揺らめいていた。

「あの女だ！」ロンがささやいた。

「この中に入って！」

ハリーは早口にそう言いながら、透明マントをつかんでハーマイオニーにさっとかぶせ、ロンも急いでテーブルを回り込みマントの中に飛び込んだ。三人は、塊《かた》まって部屋の隅に引っ込んだ。ファングは狂ったように戸口に向かって吠《ほ》えている。ハグリッドはさっぱりわけがわからないという顔をしていた。

「ハグリッド、僕たちのマグを隠して！」

ハグリッドはハリーとロンのマグをつかみ、ファングの寝るバスケットのクッションの下に押し込んだ。ファングはいまや、戸に飛びかかっていた。ハグリッドは足でファングを脇に押しやり、戸を引いて開けた。

アンブリッジ先生が戸口に立っていた。緑のツイードのマントに、お揃いの耳覆いつき帽子をかぶっている。口元をぎゅっと結び、のけ反ってハグリッドを見上げている。背丈がハグリッドの臍《へそ》にも届いていなかった。

「それで」アンブリッジがゆっくり、大きな声で言った。まるで耳の遠い人に話しかけているようだった。「あなたがハグリッドなの？」

答えも待たずに、アンブリッジはずかずかと部屋に入り、飛び出した目をぎょろつかせてそこいら中を見回した。

「おどき」ファングが跳びついて顔をなめようとするのを、ハンドバッグで払い退《の》けながら、アンブリッジがぴしゃりと言った。

「あー――失礼ですが」ハグリッドが聞く。「いったいおまえさんはだれですかい？」

「わたくしはドローレス・アンブリッジです」

アンブリッジの目が小屋の中をなめるように見た。ハリーがロンとハーマイオニーに挟まれて立っている隅を、その目が二度も直視した。

「ドローレス・アンブリッジ？」ハグリッドは当惑し切った声で言った。「たしか魔法省の人だと思ったが――ファッジのところで仕事をしてなさらんか？」

「大臣の上級次官でした。そうですよ」

アンブリッジは、今度は小屋の中を歩き回り、壁に立てかけられた雑嚢《ざつのう》から脱ぎ捨てられた旅行用マントまで、なにもかも観察している。

「いまは『闇の魔術に対する防衛術』の教師ですが――」

「そいつぁ豪気なもんだ」ハグリッドが言った。「いまじゃ、あの職に就くやつぁ、あんまりいねえ」

「――それに、ホグワーツ高等尋問官《じんもんかん》です」アンブリッジはハグリッドの言葉など、まったく耳に入らなかったかのように言い放った。

「そりゃなんですかい？」ハグリッドが顔をしかめる。

「わたくしもまさに、そう聞こうとしていたところですよ」アンブリッジは、床に散らばった陶器のかけらを指さしていた。ハーマイオニーのマグカップだ。

「ああ」ハグリッドは、よりによって、ハリー、ロン、ハーマイオニーが潜んでいる隅のほうをちらりと見た。「あ、そいつぁ……ファングだ。ファングがマグを割っちまって。そんで、おれは別のやつを使わなきゃなんなくて」

ハグリッドは自分が飲んでいたマグを指さした。片方の手はドラゴンの生肉を目に押し当てたままだ。アンブリッジはハグリッドの真正面に立ち、今度は小屋よりもハグリッドの様子をじっくり観察している。

「声が聞こえたわ」アンブリッジが静かに言った。

「おれがファングと話してた」ハグリッドがきっぱりと応じた。

「それで、犬が受け答えしてたの？」

「そりゃ……言ってみりゃ」ハグリッドはうろたえていた。「ときどきおれは、ファングのやつがほとんどヒト並みだと言っとるぐれえで――」

「城の玄関からあなたの小屋まで、雪の上に足跡が三人分ありました」アンブリッジはすらりと言った。

ハーマイオニーがあっと息を呑んだ。その口を、ハリーがパッと手で覆った。運よく、ファングがアンブリッジのローブの裾《すそ》を、鼻息荒く嗅《か》ぎ回っていたおかげで、気づかれずにすんだようだ。

「さあて、おれはたったいま帰ったばっかしで」ハグリッドはどでかい手を振って、雑嚢《ざつのう》を指した。「それより前にだれかきたかもしれんが、会えなかったな」

「あなたの小屋から城までの足跡はまったくありませんよ」

「はて、おれは……おれにはどうしてそうなんか、わからんが……」

ハグリッドは神経質に顎《あご》ひげを引っ張り、助けを求めるかのように、またしてもちらりとハリー、ロン、ハーマイオニーが立っている部屋の隅を見る。

「うむ……」

アンブリッジはさっと向きを変え、注意深くあたりを見回しながら小屋の端から端までずかずか歩き、体をかがめてベッドの下を覗き込んだり戸棚を開けたりした。三人が壁に張りついて立っている場所からほんの数センチのところをアンブリッジが通り過ぎた際には、ハリーは本当に腹を引っ込めた。料理に使う大鍋《おおなべ》の中を綿密に調べた後、アンブリッジはまた向きなおってこう言った。

「あなた、どうしたの？　どうしてそんな大けがをしたのですか？」

ハグリッドはあわててドラゴンの生肉を顔から離した。離さなきゃいいのに、とハリーは思った。おかげで目の周囲のどす黒い傷がむき出しになり、当然、顔にべっとりついた血糊《ちのり》も生傷から流れる血もはっきり見えた。

「なに、その……ちょいと事故で」ハグリッドは歯切れが悪い。

「どんな事故なの？」

「あ――つまずいて転んだ」

「つまずいて転んだ」アンブリッジが冷静に繰り返す。

「ああ、そうだ。蹴っつまずいて……友達の箒《ほうき》に。おれは飛べねえから。なにせ、ほれ、この体だ。おれを乗っけられるような箒はねえだろう。友達がアブラクサン馬を飼育しててな。おまえさん、見たことがあるかどうか知らねえが、ほれ、羽のあるおっきなやつだ。おれはちょっくらそいつに乗ってみた。そんで――」

「あなた、どこに行っていたの？」

アンブリッジは、ハグリッドのしどろもどろにぐさりと切り込む。

「どこに――？」

「行っていたか。そう」アンブリッジが聞いた。「学校は二か月前に始まっています。あなたのクラスはほかの先生が代わりに教えるしかありませんでしたよ。あなたがどこにいるのか、お仲間の先生はだれもご存知ないようでしてね。あなたは連絡先も置いていかなかったし。どこに行っていたの？」

一瞬、ハグリッドは、むき出しになったばかりの目でアンブリッジをじっと見つめ、黙り込んだ。ハリーには、ハグリッドの脳みそが必死に働いている音が聞こえるような気がした。

「お――おれは、健康上の理由で休んでた」

「健康上の？」

アンブリッジの目がハグリッドのどす黒く腫《は》れ上がった顔を探るように眺め回した。ドラゴンの血が、ポタリポタリと静かにハグリッドのベストに滴《したた》っている。

「そうですか」

「そうとも」ハグリッドが言った。「ちょいと――新鮮な空気を、ほれ――」

「そうね。家畜番は、新鮮な空気がなかなか吸えないでしょうしね」アンブリッジが猫なで声で言う。ハグリッドの顔にわずかに残るどす黒くない部分が赤らんだ。

「その、なんだ――場所が変われば、ほれ――」

「山の景色とか？」アンブリッジがすばやく斬《き》り返した。

知ってるんだ。ハリーは絶望的にそう思った。

「山？」ハグリッドはすぐに悟ったらしく、機転をきかせた。「うんにゃ、おれの場合は南フランスだ。ちょいと太陽と……海だな」

「そう？」アンブリッジが言った。「あんまり日焼けしていないようね」

「ああ……まあ……皮膚が弱いんで」

ハグリッドはなんとか愛想笑いでごまかした。ハグリッドの歯が二本折れている。アンブリッジは冷たくハグリッドを見ている。ハグリッドの笑いが萎《しぼ》んだ。アンブリッジは、腕にかけたハンドバッグを少し上にずり上げながら言った。

「もちろん、大臣には、あなたが遅れてもどったことをご報告します」

「ああ」ハグリッドがうなずく。

「それに、高等尋問官《じんもんかん》として、残念ながら、わたくしは同僚の先生方を査察《ささつ》するという義務があることを認識していただきましょう。ですから、まもなくまたあなたにお目にかかることになると申し上げておきます」

アンブリッジはくるりと向きを変え、戸口に向かって闊歩《かっぽ》した。

「おまえさんがおれたちを査察?」ハグリッドは呆然《ぼうぜん》とその後ろ姿に言った。

「ええ、そうですよ」アンブリッジは戸の取っ手に手をかけながら、振り返って静かに言った。「魔法省はね、ハグリッド、教師として不適切な者を取り除く覚悟です。では、おやすみ」

アンブリッジは戸をバタンと閉めて立ち去った。ハリーは透明マントを脱ぎかけたが、ハーマイオニーがその手首を押さえた。

「まだよ」ハーマイオニーが耳元でささやく。「まだ立ち去ってないかもしれない」

ハグリッドも同じ考えだったようだ。ドスンドスンと小屋を横切り、カーテンをわずかに開けて見ている。

「城に帰っていきおる」ハグリッドが小声で言った。「なんと……査察だと？　あいつが？」

「そうなんだ」ハリーが透明マントを剥《は》ぎ取りながら答える。「もうトレローニーが停職候補になった……」

「あの……ハグリッド、授業でなにを教えるつもり？」ハーマイオニーが聞いた。

「おう、心配するな。授業の計画ならどっさりあるぞ」ハグリッドは、ドラゴンの生肉をテーブルからすくい上げ、またしても目の上にぴたっと押し当てながら、熱を込めて説明した。「OWL《ふくろう》年用にいくつか取っておいた動物がいる。まあ、楽しみにしてろ。特別の特別だぞ」

「ええと……どんなふうに特別なの？」ハーマイオニーが恐る恐る聞く。

「教えねえ」ハグリッドがうれしそうに言い返す。「おまえさんらをびっくりさせてやりてえもんな」

「ねえ、ハグリッド」ハーマイオニーは遠回しに言うのをやめて、単刀直入に切り出した。「アンブリッジ先生は、あなたがあんまり危険なものを授業に連れてきたら、絶対気に入らないと思うわ」

「危険？」ハグリッドは上機嫌で怪訝《けげん》な顔をした。「ばか言え。おまえたちに危険なもんなぞ与えねえ！　そりゃ、なんだ、連中は自己防衛ぐれえはするが――」

「ハグリッド、アンブリッジの査察《ささつ》に合格しなきゃならないのよ。そのためには、ポーロックの世話とかナールとハリネズミの見分け方とか、そういうのを教えているところを見せたほうが絶対いいの！」ハーマイオニーが真剣に説いた。

「だけんど、ハーマイオニー、それじゃぁおもしろくもなんともねえ」ハグリッドが言う。「おれの持ってるのは、もっとすごいぞ。何年もかけて育ててきたんだ。おれのは、イギリスでただ一つっちゅう飼育種だな」

「ハグリッド……お願い……」ハーマイオニーの声には、必死の思いがこもっていた。「アンブリッジは、ダンブルドアに近い先生方を追い出すための口実を探しているの。お願い、ハグリッド、OWL《ふくろう》試験に必ず出てくるような、つまらないものを教えてちょうだい」

しかし、ハグリッドは大あくびをして、小屋の隅の巨大なベッドに片目を向け、眠たそうな目つきをした。

「さあ、今日は長い一日だった。それに、もう遅い」

ハグリッドがやさしくハーマイオニーの肩をたたいた。ハーマイオニーは膝《ひざ》ががくんと折れ、床にドサッと座り込んだ。

「おっ――すまん――」ハグリッドはローブの襟《えり》をつかんでハーマイオニーを立た

せた。「ええか、おれのことは心配すんな。おれが帰ってきたからには、おまえさんたちにほんにすんばらしいやつを見せてやる。まかしとけって……さあ、もう城に帰ったほうがええ。足跡を残さねえように、消すのを忘れるなよ」

「ハグリッドに通じたかどうか怪しいな」

しばらくして、ロンが口を開いた。安全を確認し、ますます降り積もる雪の中を、ハーマイオニーの「消却呪文《しょうきゃく》」のおかげで足跡も残さずに城に向かって歩いていく途中のことだ。

「だったら、私、明日もくるわ」ハーマイオニーが決然と言った。「いざとなれば、私がハグリッドの授業計画を作ってあげる。トレローニーがアンブリッジに放り出されたってかまわないけど、ハグリッドは追放させやしない！」

第21章　蛇の目

日曜の朝、ハーマイオニーは六十センチにも積もった雪をかき分け、ふたたびハグリッドの小屋を訪れた。ハリーとロンも一緒に行きたかったが、ご多分《たぶん》に洩《も》れずいまにも崩れそうな高さに達している宿題の山を前にしぶしぶ談話室に残り、校庭から聞こえてくる楽しげな声に耐え忍ぶしかなかった。生徒たちは、凍った湖の上でスケートやリュージュに興じている。しかし、雪合戦の球に魔法をかけ、グリフィンドール塔の上まで飛ばして談話室の窓にガンガンぶつけてくるのには参った。

「おい！」ついにがまんできなくなったロンが、窓から首を突き出してどなった。「僕は監督生《かんとくせい》だぞ。今度雪球が窓に当たったら――痛ぇ！」

ロンは急いで首を引っ込めた。顔が雪だらけだった。

「フレッドとジョージだ」ロンが窓をピシャリと閉めながら悔しそうに言った。「あいつら……」

ハーマイオニーは昼食間際に帰ってきた。ローブの裾《すそ》を膝《ひざ》までぐっしょりにして、少し震えている。

「どうだった？」ハーマイオニーが入ってくるやロンが聞いた。「授業の計画をすっかり立ててやったのか？」

「やってはみたんだけど」

ハーマイオニーは疲れたように言うと、ハリーのそばの椅子にどっと座り込んだ。それから杖《つえ》を取り出し、小さく複雑な振り方をすると、杖先から熱風が噴き出した。それを当てると、ローブは湯気を上げて乾きはじめた。

「私が行ったときは、小屋にいなかったのよ。少なくとも三十分ぐらい戸をたたいていたわ。そしたら、森からのっしのっしと出てきたの」

ハリーがうめいた。禁じられた森は、ハグリッドをクビにしてくれそうな生き物の宝庫だ。

「あそこでなにを飼っているんだろう？　ハグリッドはなにか言ってた？」ハリーが聞く。

「ううん」ハーマイオニーはがっくりしていた。「驚かせてやりたいって言うのよ。アンブリッジのことを説明しようとしたんだけど、どうしても納得できないみたい。キメラよりナールのほうを勉強したいなんて、まともなやつが考えるわけがないって

——あら、まさかほんとにキメラを飼ってるわけじゃないと思うわ」ハリーとロンがぞっとする顔を見て、ハーマイオニーがつけ加えた。「でも、飼う努力をしなかったとも思えない。卵を入手するのがとても難しいって言ってたもの。グラブリー‐プランクの計画に従ったほうがいいって、口を酸っぱくして言ったんだけど、正直言って、ハグリッドは私の言うことを半分も聞いていなかったようだわ。ほら、ハグリッドはなんだかおかしなムードなのよ。どうしてあんなに傷だらけなのか、いまだに言おうとしないし」

次の日、朝食の教職員テーブルに現れたハグリッドを、生徒全員が大歓迎したというわけではなかった。フレッド、ジョージ、リーなどの何人かは歓声を上げてグリフィンドールとハッフルパフのテーブルからハグリッドに駆け寄り、巨大な手をにぎりしめた。一方、パーバティやラベンダーなどは暗い顔で目配せし、首を振った。グラブリー‐プランクの授業のほうがいいと思う生徒が多いだろうとは、ハリーにもわかっていた。それに、ほんのちょっぴり残っているハリーの公平な判断力が、それを一理あると認めているのが最悪だ。なにしろグラブリー‐プランクの考えるおもしろい授業は、だれかの頭が食いちぎられる危険性のあるようなものではない。

火曜日、ハリー、ロン、ハーマイオニーの三人は防寒用の重装備をし、かなり不安な気持ちでハグリッドの授業に向かった。ハリーはハグリッドがどんな教材に決めたのかも気になったが、クラスのほかの生徒、とくにマルフォイ一味がアンブリッジの目の前でどんな態度を取るかのほうが心配だった。

しかし、雪と格闘しながら森の端《はた》で待っているハグリッドに近づいてみると、高等尋問官《じんもんかん》の姿はどこにも見当たらなかった。とは言え、ハグリッドの顔は、不安を和らげてくれるどころではない。土曜の夜にどす黒かった傷はいまや緑と黄色が混じり、切り傷の何か所かからはまだ血が出ている。ハリーはこれがどうにも理解できない。ハグリッドを襲った怪物の毒が、傷の治るのを妨げているのだろうか？　不吉な光景に追い討ちをかけるように、ハグリッドは死んだ牛の半身らしいものを肩に担いでいた。

「今日はあそこで授業だ！」近づいてくる生徒たちに、ハグリッドは背後の暗い木立ちを振り返りながら嬉々《きき》として呼びかけた。「少しは寒さしのぎになるぞ！　どっちみちあいつら、暗いとこが好きなんだ」

「なにが暗いところが好きだって？」マルフォイが険しい声でクラッブとゴイルに聞くのが、ハリーの耳に入った。ちらりと恐怖を覗かせた声だった。「あいつ、なにが暗いところが好きだって言った？――聞こえたか？」

ハリーは、マルフォイが以前に一度だけ禁じられた森に入ったときのことを思い出した。あのときもマルフォイはけっして勇敢だったとは言えない。ハリーはひとりにんまりした。あのクィディッチ試合以来、マルフォイが不快に思うことなら、ハリーはなにが起こったってかまわなかった。

「ええか?」ハグリッドは生徒たちを見渡してうきうきと言った。「よし、さーて、森の探索は五年生まで楽しみに取っておいた。連中を自然な生息地で見せてやろうと思ってな。さあ、今日勉強するやつは、珍しいぞ。こいつらを飼い馴らすのに成功したのは、イギリスではたぶんおれだけだ」

「それで、本当に飼い馴らされてるって、自信があるのかい?」マルフォイが、ますます恐怖をあらわにした声で聞く。「なにしろ、野蛮な動物を授業に持ち込んだのはこれが最初じゃないだろう?」

スリザリン生がザワザワとマルフォイに同意した。グリフィンドール生の何人かも、マルフォイの言うことは的を射ているという顔をしている。

「もちろん飼い馴らされちょる」ハグリッドは顔をしかめ、肩にした牛の死骸《しがい》を少し揺すり上げた。

「それじゃ、その顔はどうしたんだい?」マルフォイが問い詰めた。

「おまえさんにゃ関係ねえ!」ハグリッドが怒ったように言った。「さあ、ばかな質問が終わったら、おれについてこい!」

ハグリッドはみなに背を向け、どんどん森へ入っていく。だれもあとについて行きたくないようだった。ハリーはロンとハーマイオニーを見た。二人ともため息をつきながらも、うなずいた。三人は生徒の先頭に立って、ハグリッドのあとを追った。

ものの十分も歩くと、木が密生する夕暮れどきのような暗い場所に出た。地面には雪もない。ハグリッドはフーッと言いながら牛の半身を下ろし、後ろに下がって生徒と向き合った。生徒のほとんどは、木から木へと身を隠しながらハグリッドに近づき、いまにも襲われるとでもいうように神経を尖《とが》らせてまわりを見回している。

「集まれ、集まれ」ハグリッドが励ますように声をかけた。「さあ、あいつらは肉の臭いに引かれてやってくるぞ。だが、おれのほうでも呼んでみる。あいつら、おれだってことを知りたいだろうからな」

ハグリッドは後ろを向き、もじゃもじゃ頭を振って髪の毛を顔から払い退《の》け、かん高い奇妙なさけび声を上げた。そのさけびは、怪鳥が呼び交わす声のように、暗い木々の間にこだました。笑う者などだれもいない。ほとんどの生徒は、恐ろしくて声も出ないようだった。

ハグリッドがもう一度かん高くさけんだ。一分が経った。その間、生徒全員が神経を研ぎすまし、肩越しに背後を窺《うかが》ったり木々の間を透かし見たりして、近づいてくるはずの何物かの姿を捕らえようとしていた。そして、ハグリッドが三度髪を振りはらい、巨大な胸をさらにふくらませたとき、それは現れた。ハリーはロンを突つき、曲りくねった二本のイチイの木の間の暗がりを指さした。

暗がりの中で白く光る目が一対、次第に大きくなってくる。やがて、ドラゴンのような顔、首、そして翼のある大きな黒い馬の骨ばった胴体が、暗がりから姿を現した。その生き物は、黒く長い尾を振りながら数秒間生徒たちを眺め、やおら頭を下げて、尖《とが》った牙《きば》で死んだ牛の肉を食いちぎりはじめた。

ハリーの胸にどっと安堵感《あんどかん》が押し寄せた。とうとう証明された。この生き物は、ハリーの幻想ではなく実在していたのだ。ハグリッドもこの生き物を知っていた。ハリーは待ち切れない気持ちでロンを見た。しかし、ロンはまだきょろきょろと木々の間を見つめている。しばらくしてロンがささやいた。

「ハグリッドはどうしてもう一度呼ばないのかな?」

生徒のほとんどが、ロンと同じように、怖い物見たさの当惑した表情で目を凝らし、馬が目と鼻の先にいるのにとんでもない方向ばかり見ている。この生き物が見える様子なのは、ハリーのほかには二人しかいなかった。ゴイルのすぐ後ろで、馬が食らいつく姿を苦々しげに見ているスリザリンの男子生徒。それに、ネビルだ。その目が、長い黒い尾の動きを追っていた。

「ほれ、もう一頭きたぞ!」ハグリッドは自慢げだ。暗い木の間から現れた二頭目の黒い馬が、鞣《なめ》し革《がわ》のような翼をたたんで胴体にくっつけ、頭を突っ込んで肉にかぶりついた。

「さあて……手を挙げてみろや。こいつらが見える者は?」

この馬の謎がついにわかるのだと思うとうれしくて、ハリーは手を挙げた。ハグリッドがハリーを見てうなずいた。

「うん……うん。おまえさんにゃ見えると思ったぞ、ハリー」ハグリッドはまじめな声を出した。「そんで、おまえさんもだな? ネビル、ん? そんで——」

「お伺いしますが」マルフォイが嘲るように言った。「いったいなにが見えるはずなんでしょうね?」

答える代わりに、ハグリッドは地面の牛の死骸を指さした。生徒全員が一瞬そこに注目した。そして何人かが息を呑み、パーバティは悲鳴を上げた。ハリーはそれがなぜなのかわかった。肉がひとりでに骨からはがれ空中に消えていくさまは、いかにも気味が悪いにちがいない。

「なにがいるの?」パーバティが後ずさりして近くの木の陰に隠れ、震える声で聞いた。「なにが食べているの?」

「セストラルだ」ハグリッドが誇らしげに言った。ハリーのすぐ隣で、ハーマイオニーが納得したように「あっ!」と小さな声を上げた。「ホグワーツのセストラルの群れは、全部この森にいる。そんじゃ、だれか知っとる者は——?」

「だけど、それって、とーっても縁起が悪いのよ！」パーバティがとんでもないという顔で口を挟んだ。「見た人にありとあらゆる恐ろしい災難が降りかかるって言われてるわ。トレローニー先生が一度教えてくださった話では——」

「いや、いや、いや」ハグリッドがクックックッと笑う。「そりゃ、単なる迷信だ。こいつらは縁起が悪いんじゃねえ。どえらく賢いし、役に立つ！　もっともこいつら、そんなに働いてるわけではねえがな。重要なんは、学校の馬車引きだけだ。あとは、ダンブルドアが遠出するのに、『姿現わし』をなさらねえときだけだな——ほれ、また二頭きたぞ——」

木の間から別の二頭が音もなく現れた。一頭がパーバティのすぐそばを通ると、パーバティは身震いして、木にしがみついた。

「私、なにか感じたわ。きっとそばにいるのよ！」

「心配ねえ。おまえさんにけがさせるようなことはしねえから」ハグリッドは辛抱強く言い聞かせる。「よし、そんじゃ、知っとる者はいるか？　どうして見える者と見えない者がおるのか？」

ハーマイオニーが手を挙げた。

「言ってみろ」ハグリッドがにっこり笑いかけた。

「セストラルを見ることができるのは」ハーマイオニーが答える。「死を見たことがある者だけです」

「そのとおりだ」ハグリッドが厳《おごそ》かに言った。「グリフィンドールに一〇点。さーて、セストラルは――」

「ェヘン、ェヘン」

アンブリッジ先生のお出ましだ。ハリーからほんの数十センチのところに、また緑の帽子とマントとクリップボードが立っていた。アンブリッジの空咳《からぜき》をはじめて聞いたハグリッドは、一番近くのセストラルを心配そうにじっと見つめた。変な音の出所がそれだと思ったらしい。

「ェヘン、ェヘン」

「おう、やあ！」音の源《もと》がわかったハグリッドが笑顔を向けた。

「今朝、あなたの小屋に送ったメモは、受け取りましたか？」アンブリッジは前回と同じように、大きな声でゆっくり話しかけた。まるで外国人に、しかも少しとろい人間に話しかけるような調子だ。「あなたの授業を査察《ささつ》しますと書きましたが？」

「ああ、うん」ハグリッドが明るく言った。「この場所がわかってよかった！　ほーれ、見てのとおり――はて、どうかな――見えるか？　今日はセストラルをやっちょる――」

「え？　なに？」アンブリッジ先生が耳に手を当て、顔をしかめて大声で聞きなおした。「なんて言いましたか?」

ハグリッドはちょっと戸惑った顔になった。

「あ———セストラル!」ハグリッドも大声で返した。「大っきな——あー——翼のある馬だ。ほれ!」

ハグリッドは、これならわかるだろうとばかりに巨大な両腕をパタパタ上下させた。アンブリッジ先生は眉《まゆ》を吊り上げ、ブツブツ言いながらクリップボードに書きつけた。「原始的な……身振りによる……言葉に……頼らなければ……ならない」

「さて……とにかく……」ハグリッドは生徒のほうに向きなおったが、ちょっとまごついていた。「む……おれはなにを言いかけてた?」

「記憶力が……弱く……直前の……ことも……覚えて……いないらしい」アンブリッジのブツブツは、まわりにも聞こえるような大きな声だった。ドラコ・マルフォイはクリスマスが一か月早くきたような喜びようだ。逆にハーマイオニーは、怒りを抑えるのに真っ赤になっている。

「あっ、そうだ」ハグリッドはアンブリッジのクリップボードをそわそわと見ながら、勇敢にも言葉を続けた。「そうだ、おれが言おうとしてたのは、どうして群れを飼うようになったかだ。うん。つまり、最初は雄一頭と雌五頭で始めた。こいつは」ハグリッドは最初に姿を現した一頭をやさしくたたいた。「テネブルスって名で、おれが特別かわいがってるやつだ。この森で生まれた最初の一頭だ――」

「ご存知かしら？」アンブリッジが大声で口を挟んだ。「魔法省は、セストラルを『危険生物』に分類しているのですが？」

ハリーの心臓が石のように重くなった。しかし、ハグリッドはクックックッと笑っただけだった。

「セストラルが危険なものか！　そりゃ、さんざんいやがらせをすりゃあ、噛《か》みつくかもしらんが――」

「暴力の……行使を……楽しむ……傾向が……見られる」アンブリッジがまたしてもブツブツ言いながらクリップボードに走り書きをする。

「そりゃちがうぞ――ばかな！」ハグリッドは少し心配そうな顔になった。「つまり、けしかけりゃ犬も噛みつくだろうが――だけんど、セストラルは、死とかなんとかで悪い評判が立っとるだけだ――こいつらが不吉だと思い込んどるだけだろうが？　わかっちゃいなかったんだ、そうだろうが？」

アンブリッジはなにも答えず、最後のメモを書き終えるとハグリッドを見上げ、またしても大きな声でゆっくり話しかけた。

「授業を普段どおり続けてください。わたくしは歩いて見回ります」アンブリッジは歩く仕草をして見せた（マルフォイとパンジー・パーキンソンは、声を殺して笑いこけている）。「生徒さんの間をね」（アンブリッジはクラスの生徒の一人ひとりを指さした）。「そして、みなさんに質問をします」アンブリッジは自分の口を指さし、口をパクパクさせた。

ハグリッドはアンブリッジをまじまじと見ていた。まるでハグリッドには普通の言葉が通じないかのように身振り手振りをしてみせるのがなぜなのか、さっぱりわからないという顔だ。ハーマイオニーはいまや悔し涙を浮かべている。

「鬼婆《おにばば》あ、腹黒鬼婆あ！」アンブリッジがパンジー・パーキンソンのほうに歩いていったあと、ハーマイオニーが小声で毒づいた。「あんたがなにを企んでいるか、知ってるわよ。鬼、根性曲りの性悪の――」

「むむむ……とにかくだ」ハグリッドはなんとかして授業の流れを取りもどそうと奮闘していた。「そんで――セストラルだ。うん。まあ、こいつらにはいろいろええとこがある……」

「どうかしら？」アンブリッジ先生が声を響かせてパンジー・パーキンソンに質問した。「あなた、ハグリッド先生が話していること、理解できるかしら？」

ハーマイオニー同様、パンジーも目に涙を浮かべていた。だが、こちらは笑いすぎの涙だった。くすくす笑いを堪《こら》えながら答えるので、なにを言っているのかわからない。

「いいえ……だって……あの……話し方が……いつもうなってるみたいで……」

アンブリッジがクリップボードに走り書きした。ハグリッドの顔の、わずかに残る傷のない部分が赤くなった。それでもハグリッドは、パンジーの答えを聞かなかったかのように振る舞おうとした。

「あー……うん……セストラルのええとこだが。えーと、ここの群れみてえにいったん飼い馴らされると、みんな、もう絶対道に迷うことはねえぞ。方向感覚抜群だ。どこへ行きてえって、こいつらに言うだけでええ――」

「もちろん、あんたの言うことがわかれば、ということだろうね」マルフォイが大きな声で言う。パンジー・パーキンソンがまた発作的に笑い出した。アンブリッジ先生はその二人には寛大にほほえみ、それからネビルに聞いた。

「セストラルが見えるのね、ロングボトム？」

ネビルがうなずいた。

「だれが死ぬところを見たの？」無神経な質問だ。

「僕の……じいちゃん」ネビルが答えた。

「それで、あの生物をどう思うの？」

ずんぐりした手を馬のほうに向けてひらひらさせながら、アンブリッジが聞いた。肉はもうあらかたセストラルに食いちぎられ、ほとんど骨だけになっていた。

「んー」ネビルは、おずおずとした目でハグリッドをちらりと見た。

「えーと……馬たちは……ん……問題ありません……」

「生徒たちは……脅されていて……怖いと……正直に……そう言えない」アンブリッジはブツブツ言いながらクリップボードにまた書きつけた。

「ちがいます！」ネビルはうろたえた。「僕、あいつらが怖くなんかない！」

「いいんですよ」アンブリッジはネビルの肩をやさしくたたいた。そしてわかっていますよという笑顔を見せたつもりらしいが、ハリーにはむしろ嘲笑《ちょうしょう》に見えた。

「さて、ハグリッド」アンブリッジはふたたびハグリッドを見上げ、またしても大きな声でゆっくり話しかけた。「これでわたくしのほうはなんとかなります。査察《ささつ》の結果を（クリップボードを指さした）あなたが受け取るのは（自分の体の前で、なにかを空中から取り出す仕草をした）、十日後です」アンブリッジは短いずんぐり指を十本立てて見せ、それからニターッと笑った。緑の帽子の下で、その笑いはことさらガマガエルに似ていた。そしてアンブリッジは、意気揚々と引き揚げていく。あとに残ったマルフォイとパンジー・パーキンソンは発作的に笑い転げ、ハーマイオニーは怒りに震え、ネビルは困惑した顔でおろおろしていた。

「あの腐れ、嘘つき、根性曲り、怪獣婆《ばば》あ！」

三十分後、くるときに掘った雪道をたどって城に帰る道々、ハーマイオニーが気炎を吐《は》いた。

「あの人が何を目論んでるか、わかる？　混血を毛嫌いしてるんだわ――ハグリッドをうすのろのトロールかなにかみたいに見せようとしてるのよ。お母さんが巨人だというだけで――それに、ああ、不当だわ。授業は悪くなかったのに――そりゃ、また『尻尾《しっぽ》爆発スクリュート』なんかだったら……でもセストラルは大丈夫――ほんと、ハグリッドにしては、とってもいい授業だったわ！」

「アンブリッジはあいつらが危険生物だって言ってたけど」ロンが言った。

「そりゃ、ハグリッドが言ってたように、もちろんあの生き物だって自己防衛はするわ」ハーマイオニーがもどかしげに言った。「それに、グラブリー‐プランクみたいな先生だったら、普通はNEWT試験《いもり》まではセストラルみたいな生物を見せたりしないでしょうね。でも、ねえ、あの馬、本当におもしろいと思わない？　見える人と見えない人がいるなんて！　私にも見えたらいいのに」

「そう思う？」ハリーが静かに言葉にした。

ハーマイオニーが、突然はっとしたような顔をした。

「ああ、ハリー――ごめんなさい――ううん、もちろんそうは思わない――なんてばかなことを言ったんでしょう」

「いいんだ」ハリーが急いで言い足した。「気にするなよ」

「ちゃんと見える人が多かったのには驚いたな」ロンが言った。「三人も――」

「そうだよ、ウィーズリー。いまちょうど話してたんだけど」意地の悪い声が届く。雪が足音を消していたらしい。マルフォイ、クラッブ、ゴイルが三人のすぐ後ろを歩いていた。

「君がだれか死ぬところを見たら、少しはクアッフルが見えるようになるかな？」

マルフォイ、クラッブ、ゴイルは三人を押し退《の》けて城に向かい、ゲラゲラ笑いながら突然「ウィーズリーこそ我が王者」を歌いはじめた。ロンの耳が真っ赤になった。

「無視。とにかく無視」ハーマイオニーが呪文を唱えるように繰り返しながら、杖《つえ》を取り出してまた「熱風の魔法」をかけ、温室までの新雪を溶かして歩きやすい道を作った。

十二月がますます深い雪を連れてやってきた。同時に五年生の宿題も雪崩のように押し寄せた。ロンとハーマイオニーの監督生《かんとくせい》としての役目も、クリスマスが近づくにつれてどんどん荷が重くなっていた。城の飾りつけの監督をしたり（「金モールの飾りつけをするときなんか、ピーブズが片方の端を持ってこっちの首を絞めようとするんだぜ」とロン）、一、二年生が、あまりの寒さに休み時間中も城内にいるのを監視《かんし》したり（「なにせ、あの鼻ったれども、生意気でむかつくぜ。僕たちが一年のときは、絶対あそこまで礼儀知らずじゃなかったな」とロン）、さらに、アーガス・フィルチと一緒に、交代で廊下の見回りもした。フィルチはクリスマス・ムードのせいで決闘が多発するのではないかと疑っていた（「あいつ、脳みその代わりに糞《くそ》が詰まってる。あの野郎」ロンが怒り狂う）。二人とも忙しすぎて、ハーマイオニーは、ついにしもべ妖精の帽子を編むことさえやめてしまった。あと三つしか残っていないと、ハーマイオニーは焦っていた。

「まだ解放してあげられないかわいそうな妖精たち。ここでクリスマスを過ごさなきゃならないんだわ。帽子が足りないばっかりに！」

ハーマイオニーが作ったものは全部ドビーが取ってしまったなど、とても言い出せずにいるハリーは、下を向いたまま「魔法史」のレポートに深々と覆いかぶさった。いずれにせよハリーは、クリスマスのことを考えたくなかった。学校生活ではじめてハリーは、クリスマスにホグワーツを離れたいという思いを強くしていた。クィディッチは禁止されるし、ハグリッドが停職になるのではないかと心配だし、そんなこんなでハリーは、この学校という場所がつくづくいやになっていた。たった一つの楽しみはDA会合だった。しかし、DAメンバーのほとんどが休暇を家族と過ごすので、活動もその間は中断しなければならないだろう。ハーマイオニーは両親とスキーに行く予定だったが、これがロンには大受けだった。マグルが細い板切れを足にくくりつけて山の斜面を滑り降りるなど、ロンには初耳だったのだ。一方ロンは「隠れ穴」に帰る予定だと言う。数日間妬《ねた》ましさに耐えていたハリーが、クリスマスにどうやって家に帰るのかとロンに聞くと、そんな思いを吹き飛ばす答えが返ってきた。

「なに言ってるんだ、君も一緒じゃないか！　僕、言わなかった？　ママがもう何週間も前に手紙でそう言ってきたよ。君を招待するようにって！」

ハーマイオニーは「まったくもう」という顔をしたが、ハリーの気持ちは躍った。「隠れ穴」でクリスマスを過ごすと考えただけでわくわくする。ただ、シリウスと一緒に休暇を過ごせなくなるのが後ろめたく、手放しでは喜べなかった。名付け親をクリスマスの祝いに招待して欲しいと、ウィーズリーおばさんに頼み込んでみようかとも思った。しかしいずれにせよ、シリウスがグリモールド・プレイスを離れることを、ダンブルドアは許可しないだろう。それに、ウィーズリーおばさんもシリウスの来訪は望まないにちがいない。よく衝突していた二人のことを考えると、そう結論せざるをえない。シリウスからは、暖炉の火の中に現れたのを最後に、なんの連絡もなかった。アンブリッジが四六時中見張っている以上、連絡しようとすることが賢明でないのはわかっているが、母親の古い館でひとりぼっちのシリウスが、クリーチャーと寂しくクリスマスのクラッカーを鳴らしている姿を想像するのは辛《つら》かった。

休暇前の最後のDA会合。ハリーは早めに「必要の部屋」に行った。正解だった。

松明《たいまつ》がパッと灯《とも》ったとたん、ドビーが気をきかせてクリスマスの飾りつけをしていたことがわかった。ドビーの仕業なのは明らかだ。こんな飾り方をするのはドビー以外にありえない。百あまりの金の飾り玉が天井からぶら下がり、その全部に、ハリーの似顔絵とメッセージがついていた。「楽しいハリー・クリスマスを！」

ハリーが最後の一つをなんとか外し終わったとき、ドアがキーッと開き、ルーナ・ラブグッドがいつもどおりの夢見顔で入ってきた。

「こんばんは」まだ残っている飾りを見ながら、ルーナがぼうっと挨拶した。「きれいだね。あんたが飾ったの？」

「ちがう。屋敷しもべ妖精のドビーさ」

「ヤドリギだ」白い実のついた大きな塊《かたまり》を指さしてルーナが夢見るように言う。ほとんどハリーの真上にあった。ハリーは急いで飛び退《の》いた。「そのほうがいいわ」ルーナがまじめくさって言う。「それ、ナーグルだらけのことが多いから」

そのとき、アンジェリーナ、ケイティ、アリシアが到着して、ナーグルがなんなのかを聞く面倒が省けた。三人とも息を切らし、いかにも寒そうだった。

「あのね」アンジェリーナが、マントを脱ぎ、隅のほうに放り投げながら、活気のない言い方をした。「やっと君の代わりを見つけた」

「僕の代わり？」ハリーはきょとんとした。

「君とフレッドとジョージよ」アンジェリーナがもどかしげに言った。「別のシーカーを見つけた！」

「だれ？」ハリーはすぐ聞き返した。

「ジニー・ウィーズリー」ケイティが答える。

ハリーは呆気《あっけ》に取られてケイティを見た。

「うん、そうなのよ」アンジェリーナが杖《つえ》を取り出し、腕を曲げ伸ばししながら言った。「だけど、実際、かなりうまいんだ。もちろん、君とは段違いだけど」アンジェリーナは非難たらたらの目でハリーを見た。「だけど君を使えない以上……」

ハリーは言い返したくて喉《のど》まで出かかった言葉を、ぐっと呑《の》み込んだ──チームから除籍されたことを、君の百倍も悔やんでいるのはこの僕だろ？　僕の気持ちも少しは察してくれよ。

「それで、ビーターは？」ハリーは平静な調子を保とうと努力しながらたずねた。

「アンドリュー・カーク」アリシアは気のない返事だ。「それと、ジャック・スローパー。どっちも冴《さ》えないけど、ほかのウスノロ候補どもに比べれば……」

ロン、ハーマイオニー、ネビルが到着して気の滅入る会話もここで終わり、五分と経たないうちに部屋が満員になったので、アンジェリーナの強烈な非難のまなざしも遮《さえぎ》られた。

「オッケー」ハリーはみなに注目するよう呼びかけた。「今夜はこれまでやったことを復習するだけにしようと思う。休暇前の最後の会合だから、これから三週間もあいてしまうのに、新しいことを始めても意味がないし――」

「なぁんだ、新しいことはなんにもしないのか？」ザカリアス・スミスが不服そうにつぶやく。部屋中に聞こえるほどの大きな声だ。「そうと知ってたら、こなかったのに……」

「いやぁ、ハリーが君にお知らせ申し上げなかったのは、我々全員にとって、まことに残念だったよ」フレッドが大声で言った。

何人かが意地悪く笑った。チョウが笑っているのを見て、ハリーは、階段を一段踏み外したときの胃袋がすっと引っ張られる、あの感覚を味わった。

「――二人ずつ組になって練習だ」ハリーが言う。「最初は『妨害《ぼうがい》の呪い』を十分間。それからクッションを出して、『失神術《しっしんじゅつ》』をもう一度やってみよう」

みな素直に二人組になり、ハリーは相変わらずネビルと組んだ。まもなく部屋中に「インペディメンタ！　妨害せよ！」のさけびが断続的に飛び交った。術をかけられたほうが一分ほど固まっている間、かけた相手は手持ちぶさたに他の組の様子を眺め、術が解けると交代してかけられる側に回った。

ネビルは見違えるほどに上達していた。三回続けてネビルに術をかけられた後、ハリーはネビルをまたロンとハーマイオニーの組に入れてもらい、自分は部屋を見回って他の組を観察できるようにした。チョウのそばを通ると、チョウがにっこり笑いかける。ハリーは、あと数回チョウのそばを通りたいという誘惑に耐えた。

「妨害の呪い」を十分間練習したあと、みなでクッションを床一杯に敷き詰め、「失神術」を復習しはじめた。全員がいっせいにこの呪文を練習するには場所が狭すぎたので、半分がまず練習を眺め、その後交代した。みなを観察しながら、ハリーは誇らしさに胸がふくらむ思いだった。たしかにネビルは、狙い定めていたディーンではなくパドマ・パチルを失神させたが、それでもいつもの外れっぷりよりは的に近い。全員が長足の進歩を遂げていた。

一時間後、ハリーは「やめ」とさけんだ。

「みんな、とってもよくなったよ」ハリーは全員に向かってにっこりする。「休暇からもどったら、大技をなにか始めよう――守護霊《しゅごれい》とか」

みなが興奮でざわめいた。いつものように三三五五《さんさんごご》部屋を出ていく際に、ほとんどのメンバーがハリーに「メリー・クリスマス」と挨拶した。楽しい気分で、ハリーはロン、ハーマイオニーと一緒にクッションを集め、きちんと積み上げた。ロンとハーマイオニーをひと足先に部屋から出し、ハリーはあとに残った。チョウがまだ部屋にいたからで、チョウから「メリー・クリスマス」と言ってもらいたかった。

「ううん、あなた、先に帰って」チョウが友達のマリエッタにそう言うのが聞こえる。ハリーは心臓が飛び上がって喉仏《のどぼとけ》のあたりまで上がってきたような気がした。ハリーは積み上げたクッションをまっすぐにしているふりをした。まちがいなく二人っきりになったと意識しながら、ハリーはチョウが声をかけてくるのを待った。ところが、聞こえたのは大きくしゃくり上げる声だった。

振り向くと、チョウが部屋の真ん中で涙に頬を濡らして立っている。

「どうし――?」

ハリーはどうしていいのかわからなかった。チョウはただそこに立ち尽くし、さめざめと泣いている。

「どうしたの?」ハリーはおずおずと聞いた。

チョウは首を振り、袖《そで》で目を拭《ぬぐ》った。

「ごめん――なさい」チョウが涙声で言う。「たぶん……ただ……いろいろ習ったものだから……私……もしかしてって思ったの……彼がこういうことをみんな知っていたら……死なずにすんだろうにって」

ハリーの心臓はたちまち落下し、元の位置を通り過ぎて臍《へそ》のあたりに収まった。そうだったのか。チョウはセドリックの話がしたかったんだ。

「セドリックは、みんな知っていたよ」ハリーは重い声で言った。「とても上手だった。そうじゃなきゃ、あの迷路の中心までたどり着けなかったよ。だけど、ヴォルデモートが本気で殺すと決めたら、だれも逃げられやしない」

チョウはヴォルデモートの名前を聞くとヒクッと喉《のど》を鳴らしたが、たじろぎもせずにハリーを見つめていた。

「あなたは、ほんの赤ん坊だったときに生き残ったわ」チョウが静かに言った。

「ああ、そりゃ」ハリーはうんざりしながらドアのほうに向かった。「どうしてなのか、僕にはわからない。だれにもわからないんだ。だから、そんなことは自慢にはならないよ」

「お願い、行かないで！」チョウはまた涙声になった。「こんなふうに取り乱して、本当にごめんなさい……そんなつもりじゃなかったの……」

チョウはまたヒクッとしゃくり上げた。真っ赤に泣き腫《は》らした目をしていても、チョウは本当にかわいい。ハリーは心底惨《みじ》めだった。「メリー・クリスマス」と言ってもらえたら、それだけで幸せだったのに。

「あなたにとってはどんなに酷《ひど》いことなのか、わかってるわ」チョウはまた袖《そで》で涙を拭《ぬぐ》った。

「私がセドリックのことを口にするなんて。あなたは彼の死を見ているというのに……。あなたは忘れてしまいたいのでしょう？」

ハリーはなにも答えなかった。たしかにそうだった。しかし、そう言ってしまうのは残酷だ。

「あなたは、と、とってもすばらしい先生よ」チョウは弱々しくほほえんだ。「私、これまではなんにも失神させられなかったの」

「ありがとう」ハリーはぎごちなく答えた。

二人はしばらく見つめ合った。このまま走って部屋から逃げ出したいという焼けるような思いとは裏腹に、ハリーは足がまったく動かなかった。

「ヤドリギだわ」チョウがハリーの頭上を指さして、静かに言う。

「うん」ハリーは口がカラカラだった。「でもナーグルだらけかもしれない」

「ナーグルってなあに？」

「さあ」ハリーが答えた。チョウが近づいてきた。ハリーの脳みそは失神術にかかったようだ。「ルーニーに、あ、ルーナに聞かないと」

チョウはすすり泣きとも笑いともつかない不思議な声を上げた。チョウはますますハリーの近くにいた。鼻の頭のそばかすさえ数えられそうだ。

「あなたがとっても好きよ、ハリー」

ハリーはなにも考えられなかった。ぞくぞくした感覚が体中に広がり、腕が、足が、頭が痺《しび》れていく。

チョウがこんなに近くにいる。睫毛《まつげ》に光る涙の一粒一粒が見える……。

三十分後、ハリーが談話室にもどると、暖炉のそばの特等席にハーマイオニーとロンが収まっていた。他の寮生はおおかた寝室に引っ込んだようだ。ハーマイオニーは長い手紙を書いていた。もう羊皮紙《ようひし》一巻きの半分が埋まり、テーブルの端から垂れ下がっている。ロンは暖炉マットに寝そべり、「変身術」の宿題に取り組んでいた。

「なんで遅くなったんだい？」ハリーがハーマイオニーの隣の肘掛椅子《ひじかけいす》に身を沈めると、ロンが聞いた。

ハリーは答えなかった。ショック状態だった。いま起こったことをロンとハーマイオニーに言いたい気持ちと、秘密を墓場まで持っていきたい気持ちが半分半分だった。

「大丈夫？　ハリー？」ハーマイオニーが羽根ペン越しにハリーを見つめた。

ハリーは曖昧に肩をすくめた。正直言って、大丈夫なのかどうかわからない。「どうした？」ロンがハリーをよく見ようと、片肘《かたひじ》をついて上体を起こした。「なにがあった？」

ハリーはどう話を切り出してよいやらわからず、話したいのかどうかさえはっきりわからない。なにも言うまいと決めたそのとき、ハーマイオニーがハリーの手から主導権を奪っていった。

「チョウなの？」ハーマイオニーが真顔できびきびと聞いた。「会合のあとで、迫られたの？」

驚いてぼうっとなり、ハリーはうなずいた。ロンが冷やかし笑いをしたが、ハーマイオニーにひと睨《にら》みされて真顔になる。

「それで――え――彼女、なにを迫ったんだい？」ロンは気軽な声を装ったつもりらしい。

「チョウは――」ハリーはかすれ声だった。咳《せき》ばらいをして、もう一度言いなおした。「チョウは――あ――」

「キスしたの？」ハーマイオニーがてきぱきと聞く。

ロンががばっと起き上がり、インク壺《つぼ》がはじかれてマット中にこぼれた。そんなことはまったくおかまいなしに、ロンはハリーを穴があくほど見つめた。

「ん―？」ロンが促す。

ハリーは、好奇心と浮かれ出したい気持ちが入り交じったロンの顔から、ちょっとしかめ面のハーマイオニーへと視線を移し、こっくりした。

「ひゃっほう！」

ロンは拳《こぶし》を突き上げて勝利の仕草をし、それから思いっ切りやかましいばか笑いをした。窓際にいた気の弱そうな二年生が数人飛び上がった。ロンが暖炉マットを転げ回って笑うのを見ていたハリーの顔に、ゆっくりと照れ笑いが広がった。ハーマイオニーは、最低だわ、という目つきでロンを見ると、また手紙を書き出した。

「それで?」ようやく収まったロンが、ハリーを見上げた。「どうだった?」

ハリーは一瞬考える。

「濡れてた」本当のことだった。

ロンは歓喜とも嫌悪とも取れる、なんとも判断しがたい声を漏《も》らした。

「だって、泣いてたんだ」ハリーは重い声でつけ加えた。

「へえ」ロンの笑いが少し翳《かげ》った。「君、そんなにキスがへたくそなのか?」

「さあ」ハリーは、そんなふうには考えてもみなかったが、すぐに心配になった。

「たぶんそうなんだ」

「そんなことないわよ、もちろん」

ハーマイオニーが、相変わらず手紙を書き続けながら、上の空で言う。

「どうしてわかるんだ?」ロンが切り込む。

「だって、チョウったらこのごろ半分は泣いてばっかり」ハーマイオニーが曖昧に答えた。「食事のときとか、トイレとか、あっちこっちでよ」

「ちょっとキスしてやったら、元気になるんじゃないのかい?」ロンがにやついた。

「ロン」ハーマイオニーは羽根ペンをインク壺《つぼ》に浸しながら、厳《いか》めしく言う。「あなたって、私がお目にかかる光栄に浴した鈍感な方たちの中でも、とびきりね」

「それはどういう意味でございましょう？」ロンが憤慨する。「キスされながら泣くなんて、どういうやつなんだ？」

「まったくだ」ハリーはすがる思いで聞いた。「泣く人なんているかい？」

ハーマイオニーはほとんど哀れむように二人を見た。

「チョウがいまどんな気持ちなのか、あなたたちにはわからないの？」

「わかんない」ハリーとロンが同時に答えた。

ハーマイオニーはため息をつくと、羽根ペンを置いた。

「あのね、チョウは当然、とっても悲しんでる。セドリックが死んだんだもの。でも、混乱してると思うわね。だって、チョウはセドリックが好きだったけど、いまはハリーが好きなのよ。それで、どっちが本当に好きなのかわからないんだわ。それに、そもそもハリーにキスするなんて、セドリックの思い出に対する冒涜《ぼうとく》だと思って、自分を責めてるわね。それと、もしハリーと付き合いはじめたら、みんながどう思うだろうって心配して。その上、ハリーに対する気持ちがいったいなんなのか、たぶんわからないのよ。だって、ハリーはセドリックが死んだときにそばにいた人間ですもの。だから、なにもかもごっちゃになって、辛《つら》いのよ。ああ、それに、このごろひどい飛び方だから、レイブンクローのクィディッチ・チームから放り出されるんじゃないかって恐れてるみたい」

演説が終わると、呆然自失《ぼうぜんじしつ》の沈黙が撥《は》ね返ってきた。やがてロンが口を開いた。

「そんなにいろいろ一度に感じてたら、その人、爆発しちゃうぜ」

「だれかさんの感情が、茶さじ一杯分しかないからといって、みんながそうとはかぎりませんわ」ハーマイオニーは皮肉っぽくそう言うと、また羽根ペンを取った。

「彼女のほうが仕掛けてきたんだ」ハリーが言った。「僕ならできなかった──チョウがなんだか僕のほうに近づいてきて──それで、その次は僕にしがみついて泣いてた──僕、どうしていいかわからなかった──」

「そりゃそうだろう、なあ、おい」ロンは、考えただけでもそりゃ大変なことだという顔をした。

「ただやさしくしてあげればよかったのよ」ハーマイオニーが心配そうに言う。「そうしてあげたんでしょ？」

「うーん」バツの悪いことに、顔が火照るのを感じながら、ハリーが言った。「僕、なんていうか──ちょっと背中をポンポンてたたいてあげた」

ハーマイオニーはやれやれという表情があらわにならないよう、必死で抑えているような顔をした。

「まあね、それでもまだましだったかもね」ハーマイオニーが一応肯定して言った。「また彼女に会うの？」

「会わなきゃならないだろ？」ハリーが言った。「だって、DAの会合があるだろ？」

「そうじゃなくて」ハーマイオニーは焦《じ》れったそうだ。

ハリーはなにも言わなかった。ハーマイオニーの言葉で、恐ろしい新展開の可能性が見えてきた。チョウと一緒にどこかに行くことを想像してみた――ホグズミードとか――何時間もチョウと二人っきりだ。さっきあんなことがあったあと、もちろんチョウは僕がデートに誘うことを期待しているだろう……そう考えると、ハリーは胃袋が締めつけられるように痛んだ。

「まあ、いいでしょう」ハーマイオニーは他人行儀にそう言うと、ふたたび手紙に没頭する。「彼女を誘うチャンスはたくさんあるわよ」

「ハリーが誘いたくなかったらどうする？」いつになく小賢《こざか》しい表情を浮かべて、ハリーを観察していたロンが言う。

「ばかなこと言わないで」ハーマイオニーが上の空で答えた。「ハリーはずっと前からチョウが好きだったのよ。そうでしょ？　ハリー？」

ハリーは答えなかった。たしかに、チョウのことはずっと前から好きだった。しかし、二人でいる場面を想像するときのチョウは、必ず楽しそうだった。自分の肩にさめざめと泣き崩れるチョウとは対照的に。

「ところで、その小説、だれに書いてるんだ?」いまや床を引きずっている羊皮紙《ようひし》を覗き込みながら、ロンが聞いた。

ハーマイオニーは、あわてて紙をたくし上げた。

「ビクトール」

「クラム?」

「ほかに何人ビクトールがいるって言うの?」

ロンはなにも言わずふて腐れた顔をしている。三人はそれから二十分ほど黙りこくっていた。ロンは何度もいらいらと鼻を鳴らしたりまちがいを棒線で消したりしながら「変身術」のレポートを書き終え、ハーマイオニーは羊皮紙の端までせっせと書き込んでから、丁寧に丸めて封をした。ハリーは暖炉の火を見つめ、シリウスの頭が現れて女の子についてなにか助言して欲しいと、そればかりを願っていた。しかし、火はだんだん勢いを失い、真っ赤な熾き火《おび》もついに灰になって崩れた。気がつくと、談話室に最後まで残っているのは、またしてもこの三人だけ。

「じゃあ、おやすみ」ハーマイオニーは大きなあくびをしながら、女子寮の階段を上っていった。

「いったいクラムのどこがいいんだろう？」ハリーと一緒に男子寮の階段を上りながら、ロンが問うた。

「そうだな」ハリーは考えた。「クラムは年上だし……クィディッチ国際チームの選手だし……」

「うん、だけどそれ以外には」ロンがますます癪《しゃく》に障《さわ》ったように言う。「つまり、あいつは気難しいいやなやつだろ？」

「少し気難しいな、うん」ハリーはまだチョウのことを考えていた。

二人は黙ってローブを脱ぎ、パジャマに着替えた。ディーン、シェーマス、ネビルはとっくに眠っている。ハリーは眼鏡をベッド脇の小机にメガネを置いてベッドに入ったが、周囲のカーテンは閉めずに、ネビルのベッド脇の窓から見える星空を見つめた。昨夜のいまごろ、二十四時間後にチョウ・チャンとキスをすることなど予想できただろうか……。

「おやすみ」どこか右のほうから、ロンがボソボソ言うのが聞こえた。

「おやすみ」ハリーも応じた。

この次には……次があればだが……チョウはたぶんもう少し楽しそうにしているかもしれない。デートに誘うべきだった。たぶんそれを期待していたんだ。いまごろ僕に腹を立てているだろうな……それとも、ベッドに横になって、セドリックのことでまだ泣いているのかな？　ハリーはなにをどう考えていいのかわからなかった。ハーマイオニーの説明で理解しやすくなるどころか、かえってなにもかも複雑に見えてきた。

そういうことこそ学校で教えるべきだ、寝返りを打ちながらハリーはそう思った。女の子の頭がどういうふうに働くのか……とにかく「占い学」よりは役に立つ……。

ネビルが眠りながら鼻を鳴らした。ふくろうが夜空のどこかでホーと鳴いた。

ハリーはＤＡの部屋にもどった夢を見た。嘘の口実で誘い出したとチョウに責められている。蛙チョコレートのカードを百五十枚くれると約束したからきたのにと、チョウがなじっている。ハリーは抗議した……。チョウがさけんだ。「セドリックはこんなにたくさん蛙チョコカードをくれたわ。見て！」そしてチョウは両手一杯のカードをローブから引っ張り出し、空中にばら撒《ま》いた。チョウがハーマイオニーに変わり、今度はハーマイオニーがしゃべる。「ハリー、あなた、約束したんでしょう……。代わりになにかあげたほうがいいわよ……ファイアボルトなんかどう？」そしてハリーは、チョウにファイアボルトはやれないと断っていた。アンブリッジに没収されているし、それにこんなこと、まるでばかげてる。僕がＤＡの部屋にきたのは、ドビーの頭のような形のクリスマス飾り玉を取りつけるためなんだから……。

夢が変わった……。

ハリーの体は滑らかで力強く、しなやかだった。ハリーは光る金属の格子の間を通り、暗く冷たい石の上を滑っていた……床にぴったり張りつき、腹這《はらば》いで滑っている……暗い。しかし、まわりのものは見える。不気味にあざやかな色でぼんやり光っているのだ……ハリーは頭を回した……一見したところ、その廊下にはだれもいない……いや、ちがう……行く手に男が一人、床に座っている。顎《あご》がだらりと垂れて胸についている。その輪郭《りんかく》が、暗闇の中で光っている……。

ハリーは舌を突き出した……空中に漂う男の臭いを味わった……生きている。居眠りをしている……廊下の突き当たりの扉の前に座って……。

ハリーはその男を噛《か》みたかった……しかし、その衝動を抑えなければならない……もっと大切な仕事があるのだから……。

ところが、男が身動きした……急に立ち上がり、膝《ひざ》から銀色の「マント」が滑り落ちた。あざやかな色のぼやけた男の輪郭が、ハリーの上にそびえ立つのが見えた。男がベルトから杖《つえ》を引き抜くのが見えた……しかたがない……ハリーは床から高々と伸び上がり、襲った。一回、二回、三回。ハリーの牙《きば》が男の肉に深々と食い込む。男の肋骨《ろっこつ》が、ハリーの両顎《りょうあご》に砕かれるのを感じた。生暖かい血が噴き出す……。

男は苦痛のさけびを上げた……そして静かになり……壁を背に仰向けにドサリと倒

れた……血が床に飛び散った……。

額《ひたい》が激しく痛んだ……割れそうだ……。

「ハリー！　ハリー！」

ハリーは目を開けた。体中から氷のような冷や汗が噴き出していた。ベッドカバーが拘束衣《こうそくい》のように体に巻きついて締めつけている。灼熱した火掻《ひか》き棒を額《ひたい》に押し当てられたような感じがする。

「ハリー！」

ロンがひどく驚いた顔で、ハリーに覆いかぶさるようにして立っていた。ベッドの足のほうには、ほかの人影も見える。ハリーは両手で頭を抱えた。痛みで目がくらむ……。ハリーは一転してうつ伏せになり、ベッドの端に嘔吐《おうと》した。

「ほんとに病気だよ」怯《おび》えた声がした。「だれか呼ぼうか？」

「ハリー！　ハリー！」

ロンに話さなければならない。大事なことだ。ロンに話さないと……大きく息を吸い込み、また嘔吐したりしないよう堪《こら》えながら、痛みでほとんど目が見えないまま、ハリーはやっと体を起こした。

「君のパパが」ハリーは胸を波打たせ、喘《あえ》ぎながら言った。「君のパパが……襲われた……」

「え？」ロンはさっぱりわけがわからないという声だ。

「君のパパだよ！　噛《か》まれたんだ。重態だ。どこもかしこも血だらけだった……」

「だれか助けを呼んでくるよ」さっきの怯えた声が言う。ハリーはだれかが寝室から走って出ていく足音を聞いた。

「ハリー」ロンが半信半疑で言う。「君……君は夢を見てただけなんだ……」

「そうじゃない！」

ハリーは激しく否定した。肝心なのはロンにわかってもらうことだ。

「夢なんかじゃない……普通の夢じゃない……僕がそこにいたんだ。僕は見たんだ……僕がやったんだ……」

シェーマスとディーンがなにかブツブツ言うのが聞こえたが、ハリーは気にしなかった。額の痛みは少し引いたが、まだ汗びっしょりで熱があるように悪寒が走った。ハリーはまた吐《は》きそうになった。ロンが飛び退《の》いて避けた。

「ハリー、君は具合が悪いんだ」ロンが動揺しながら続ける。「ネビルが人を呼びにいったよ」

「僕は病気じゃない！」ハリーは咽《む》せながらパジャマで口を拭《ぬぐ》った。震えが止まらない。「僕はどこも悪くない。心配しなきゃならないのは君のパパのほうなんだ――どこにいるのか探さないと――ひどく出血してる――僕は――やったのは巨大な蛇だった」

ハリーはベッドから降りようとしたが、ロンが押しもどした。ディーンとシェーマスはまだどこか近くでささやき合っている。一分経ったのか、十分なのか、ハリーにはわからなかった。ただその場に座り込んで、震えながら、額《ひたい》の傷痕《きずあと》の痛みが次第に引いていくのを感じていた……やがて、階段を急いで上がってくる足音がして、またネビルの声が聞こえてきた。

「先生、こっちです」

マクゴナガル先生が、タータンチェックのガウンを羽織り、あたふたと寝室に入ってきた。骨ばった鼻柱にメガネが斜めに載っている。

「ポッター、どうしましたか？　どこが痛むのですか？」

マクゴナガル先生の姿を見てこんなにうれしいと思ったことはない。いまハリーに必要なのは、「不死鳥の騎士団」のメンバーだ。小うるさく世話を焼いて役にも立たない薬を処方する人ではない。

「ロンのパパなんです」ハリーはまたベッドに起き上がった。「蛇に襲われて、重態です。僕はそれを見てたんです」

「見ていた、とはどういうことですか」マクゴナガル先生は、黒々とした眉《まゆ》をひそめた。

「わかりません……僕は眠っていた。そしたらそこにいて……」

「夢に見たということですか？」

「ちがう！」ハリーは腹が立った。だれもわかってくれないのだろうか？「僕は最初まったくちがう夢を見ていました。ばかばかしい夢です……そしたら、それが夢に割り込んできたんです。現実のことです。想像したんじゃありません。ウィーズリーおじさんが床で寝ていて、そこを巨大な蛇に襲われたんです。血の海でした。おじさんが倒れて。だれか、おじさんの居所《いどころ》を探さないと……」

マクゴナガル先生は曲がったメガネの奥からハリーをじっと見つめている。まるで、自分の見ているものに恐怖を感じているような目だ。

「僕、嘘なんかついていない。狂ってない！」ハリーは先生に訴えた。思わずさけんでいた。「本当です。僕はそれを見たんです！」

「信じますよ。ポッター」マクゴナガル先生が短く答えた。「ガウンを着なさい――校長先生にお目にかかります」

第22章　聖マンゴ魔法疾患傷害病院

マクゴナガル先生が真剣に受け止めてくれたことで安心したハリーは、迷うことなくベッドから飛び降り、ガウンを着てメガネを鼻にぐいと押しつけた。

「ウィーズリー、あなたも一緒にきなさい」マクゴナガル先生が言った。

二人は先生のあとについて、押し黙っているネビル、ディーン、シェーマスの前を通り、寝室を出て、螺旋《らせん》階段から談話室へ下りた。そして肖像画の穴をくぐり、月明かりに照らされた「太った婦人《レディ》」の廊下に出た。ハリーは体の中の恐怖が、いまにもあふれ出しそうな気がし、駆け出して大声でダンブルドアを呼びたかった。ウィーズリーおじさんは、こうして僕たちがゆるゆる歩いている間にも、血を流している。あの牙《きば》が（ハリーは必死で「自分の牙」とは考えないようにした）毒を持っていたらどうしよう？　三人はミセス・ノリスの前を通った。猫はランプのような目を三人に向け、かすかにシャーーッと鳴いたが、マクゴナガル先生が「シッ！」と追うと、こそこそと物陰に隠れた。数分後、三人は校長室の入口を護衛する石のガーゴイル像の前にきていた。

「フィフィ　フィズビー」マクゴナガル先生が唱えた。

命が吹き込まれたガーゴイル像が、脇に飛び退《の》いた。背後の壁が二つに割れ、石の階段が現れる。螺旋《らせん》状のエスカレーターのように、上へ上へと動いている。動く階段に乗ると背後で壁が重々しく閉じ、三人は急な螺旋を描いて上へ上へと運ばれ、最後に磨き上げられた樫《かし》の扉の前に到着した。扉にはグリフィンの形をした真鍮《しんちゅう》のドア・ノッカーがついている。

真夜中をとうに過ぎているというのに、部屋の中からはガヤガヤ話す声がはっきりと聞こえる。ダンブルドアは少なくとも十数人の客をもてなしているようだ。

マクゴナガル先生がグリフィンの形をしたノッカーで扉を三度たたいた。突然、だれかがスイッチを切ったかのように話し声がやんだ。扉がひとりでに開き、マクゴナガル先生はハリーとロンを従えて中に入った。

部屋は半分暗かった。テーブルに置かれた不思議な銀の道具類は、いつもならくるくる回ったりポッポッと煙を吐《は》いたりしているのに、いまは音もなく動いてもいなかった。壁一面に掛けられた歴代校長の肖像画は、全員額の中で寝息を立てている。入口扉の裏側で、白鳥ほどの大きさの、赤と金色の見事な鳥が翼に首を突っ込み、止まり木でまどろんでいた。

「おう、あなたじゃったか、マクゴナガル先生……それに……ああ」

ダンブルドアは机に向かい、背もたれの高い椅子に座っていた。机に広げられた書類を照らす蠟燭《ろうそく》の明かりが、前屈みになったダンブルドアの姿を浮かび上がらせる。雪のように白い寝間着の上に、見事な紫と金の刺繍《ししゅう》を施したガウンを着ている。しかし、目ははっきりと覚ましているようだ。明るいブルーの目が、マクゴナガル先生をしっかりと見据えていた。

「ダンブルドア先生、ポッターが……そう、悪夢を見ました」マクゴナガル先生が告げる。「ポッターが言うには……」

「悪夢じゃありません」ポッターがすばやく口を挟んだ。

マクゴナガル先生がハリーを振り返った。顔を少ししかめている。

「いいでしょう。では、ポッター、あなたから校長先生に申し上げなさい」

「僕……あの、たしかに眠っていました……」ハリーは恐怖に駆られ、ダンブルドアにわかってもらおうと必死になった。それなのに、校長はハリーのほうを見もせず、組み合わせた自分の指をしげしげと眺めているので、少しいらだった。「でも、普通の夢じゃないんです……現実のことでした……僕はそれを見たんです……」ハリーは深く息を吸った。「ロンのお父さんが――ウィーズリーさんが――巨大な蛇に襲われたんです」

言い終えた言葉が、空中に虚しく反響するような感じがした。ばかばかしく、滑稽にさえ聞こえた。一瞬間があき、ダンブルドアは背もたれに寄りかかって、なにか瞑《めい》想《そう》するように天井を見つめた。ショックで蒼白《そうはく》な顔のロンが、ハリーからダンブルドアへと視線を移す。

「どんなふうに見たのかね？」ダンブルドアが静かに聞いた。しかし、まだハリーを見てはくれない。

「あの……わかりません」ハリーは腹立たしげに言った——そんなこと、どうでもいいじゃないか？「僕の頭の中で、だと思います——」

「私の言葉の意味がわからなかったようじゃな」ダンブルドアが同じく静かな声で言い足した。「つまり……憶《おぼ》えておるかね？——あー——襲われたのを見ていたとき、きみはどの場所にいたのかね？　犠牲者の横に立っていたとか、それとも上からその場面を見下ろしていたのかね？」

あまりに奇妙な質問に、ハリーは口をあんぐり開けてダンブルドアを見つめた。まるでなにもかも知っているようだ……。

「僕が蛇でした」ハリーが言った。「全部、蛇の目から見ました」

一瞬、だれも言葉を発しなかった。やがてダンブルドアが、相変わらず血の気の失せた顔のロンに目を移しながら、さきほどとはちがう鋭い声でたずねた。

「アーサーはひどいけがなのか？」

「はい」ハリーは力んで言った――どうしてみな理解がのろいんだ？　あんなに長い牙《きば》が脇腹を貫いたら、どれほどの出血になるかわからないのか？　それにしてもダンブルドアは、礼儀にもせめて僕の顔を見るぐらいしてもいいじゃないか？

ところが、ダンブルドアはすばやく立ち上がった。あまりの速さに、ハリーが飛び上がるほどだった。それから、天井近くに掛かっている肖像画の一枚に向かって話しかけた。「エバラード！」鋭い声だった。「それに、ディリス、あなたもだ！」

深々と眠っているように見えた、短く黒い前髪の青白い顔をした魔法使いとその隣の額の銀色の長い巻き毛の老魔女が、すぐに目を開けた。

「聞いていたじゃろうな？」

魔法使いがうなずき、魔女は「当然です」と答えた。

「その男は、赤毛でメガネをかけておる」ダンブルドアが指示をする。「エバラード、あなたから警報を発する必要があろう。その男が然《しか》るべき者によって発見されるよう――」

二人ともうなずくと横に移動し、額の端から姿を消した。しかし、隣の額に姿を現すのではなく（通常、ホグワーツではそうなるのだが）、二人とも消えたままだ。一つの額には真っ黒なカーテンの背景だけが残り、もう一つには立派な革張りの肘掛椅《ひじかけ》子が残っていた。壁に掛かった他の歴代校長は、まちがいなく寝息を立て、涎《よだれ》を垂らして眠り込んでいるように見える。しかしよくよく見ると、その多くが閉じた瞼《まぶた》の下からちらちらとハリーを盗み見ている。扉をノックしたときに中で話をしていたのがだれだったのか、ハリーはいまはっきりと悟った。

「エバラードとディリスは、ホグワーツの歴代校長の中でも最も有名な二人じゃ」

ダンブルドアはハリー、ロン、マクゴナガル先生の横をすばやく通り過ぎ、今度は扉の脇の止まり木で眠る見事な鳥に近づいていく。

「高名なゆえ、二人の肖像画はほかの重要な魔法施設にも飾られておる。自分の肖像画であれば、その間を自由に往《い》き来できるので、あの二人は外で起こっているであろうことを知らせてくれるはずじゃ……」

「だけど、ウィーズリーさんがどこにいるかわからない！」ハリーが訴えた。

「三人とも、お座り」ダンブルドアはハリーの声など聞こえなかったかのように言う。「エバラードとディリスがもどるまでに、数分はかかるじゃろう。マクゴナガル先生、椅子をもう少し出してくださらんか」

マクゴナガル先生が、ガウンのポケットから杖《つえ》を取り出して一振りすると、どこからともなく椅子が三脚現れた。背もたれのまっすぐな木の椅子で、ダンブルドアがハリーの尋問《じんもん》の隙に取り出したあの座り心地のよさそうなチンツ張りの肘掛椅子《ひじかけ》とは大ちがいだった。ハリーは振り返ってダンブルドアを観察しながら腰掛けた。ダンブルドアは、指一本で飾り羽のあるフォークスの金色の頭をなでている。不死鳥はたちまち目を覚まし、美しい頭を高々ともたげ、真っ黒なキラキラした目でダンブルドアを覗き込んだ。

「見張りをしてくれるかの」ダンブルドアは不死鳥に向かって小声で言った。

炎がパッと上がり、不死鳥は消えた。

次にダンブルドアは、繊細な銀の道具を一つすばやく拾い上げて机に運んできた。ハリーにはその道具がなにをするものなのか、まったくわからない。ダンブルドアはふたたび三人に向き合って座り、道具を杖《つえ》の先でそっとたたいた。

道具はすぐさまひとりでに動き出し、リズムに乗ってチリンチリンと音を立てた。てっぺんにあるごく小さな銀の管から、薄緑色の小さな煙がポッポッと上がる。ダンブルドアは眉根《まゆね》を寄せて、煙をじっと観察している。数秒後、煙は連続的な流れになり、濃い渦となって昇った……蛇の頭がその先から現れ、口をかっと開いた。ハリーは、この道具が自分の話を確認してくれるのだろうかと考えながら、そうだという印が欲しくて、ダンブルドアをじっと見つめた。だが、ダンブルドアは顔を上げない。

「なるほど、なるほど」ダンブルドアはひとり言をつぶやきながら、驚いた様子をまったく見せず、煙の立ち昇るさまを観察している。「しかし、本質的に分離しておるか？」

ハリーには、それがどういう意味なのか、ちんぷんかんぷんだった。しかし、煙の蛇はたちまち二つに裂け、二匹とも暗い空中にくねくねと立ち昇った。ダンブルドアは厳しい表情に満足の色を浮かべて、道具をもう一度杖でそっとたたいた。チリンチリンという音が緩やかになり、やがて鳴りやむと同時に煙の蛇はぼやけ、形のない霞となって消え去った。

ダンブルドアは道具を、元の細い小さなテーブルにもどした。歴代校長の肖像画の多くがダンブルドアの動きを見つめていた。しかし、ハリーに見られていることに気がつくや、みなあわてでまた寝たふりをした。ハリーは、あの不思議な銀の道具がなにをするものか聞こうとしたが、その前に右側の壁のてっぺんから大声がして、エバラードと呼ばれた魔法使いが、少し息を切らしながら自分の肖像画にもどってきた。

「ダンブルドア！」

「どうじゃった？」ダンブルドアがすかさず聞いた。

「だれかが駆けつけてくるまでさけび続けましたよ」魔法使いは背景のカーテンで額《ひたい》の汗を拭《ぬぐ》いながら答えた。「下の階でなにか物音がすると言ったのですがね――みんな半信半疑で、確かめに下りていきましたよ――ご存知のように、下の階には肖像画がないので、私は覗くことができませんでしたがね。とにかく、まもなくみんながその男を運び出してきました。よくないですね。血だらけだった。もっとよく見ようと思いましてね、出ていく一行を追いかけてエルフリーダ・クラッグの肖像画に駆け込んだのですが――」

「ごくろう」ダンブルドアがそう言う間、ロンは堪《こら》え切れないように身動きした。「なれば、ディリスが、その男の到着を見届けたじゃろう――」

まもなく、銀色の巻き毛の魔女も自分の肖像画にもどってきた。咳《せ》き込みながら肘《ひじ》掛《かけ》椅子に座り込んで、魔女が報告した。「ええ、ダンブルドア、みんながその男を聖マンゴに運び込みました……。私の肖像画の前を運ばれていきましたよ……ひどい状態のようです……」

「ごくろうじゃった」ダンブルドアはマクゴナガル先生を見た。「ミネルバ、ウィーズリーの子供たちを起こしてきておくれ」

「わかりました……」

マクゴナガル先生は立ち上がって、すばやく扉に向かった。ハリーは横目でちらりとロンを見る。ロンは怯《おび》えた顔をしていた。

「それで、ダンブルドア――モリーはどうしますか？」マクゴナガル先生が扉の前で立ち止まって聞いた。

「それは、近づくものを見張る役目を終えた後の、フォークスの仕事じゃ」ダンブルドアが即座に答える。「しかし、もう知っておるかもしれん……あのすばらしい時計が……」

ダンブルドアは、時間ではなく、ウィーズリー家の一人ひとりがどこでどうしているかを知らせるあの時計のことを言っているのだと、ハリーは理解した。ウィーズリーおじさんの針が、いまも「命が危ない」を指しているにちがいないと思うと、ハリーは胸が痛んだ。しかし、もう真夜中だ。ウィーズリーおばさんはたぶん眠っていて、時計を見ていないだろう。ウィーズリーおじさんの死体に変身したまね妖怪を見たときのおばさんを思い出すと、ハリーは体が凍るような気持ちになる。メガネがずれ、顔から血を流しているおじさんの姿……だけど、ウィーズリーおじさんは死ぬもんか……死んでたまるか……。

ダンブルドアは、今度はハリーとロンの背後にある戸棚をゴソゴソかき回している。中から黒ずんだ古いヤカンを取り出し、机の上にそっと置くと、杖《つえ》を上げて「ポータス！」と唱えた。ヤカンが一瞬震え、奇妙な青い光を発した。そして震えが止まると、元どおりの黒さだった。

ダンブルドアはまた別な肖像画に歩み寄った。今度は尖《とが》った山羊《やぎ》ひげの、賢《さか》しそうな魔法使いだ。スリザリン・カラーの緑と銀のローブを着た姿に描かれた肖像画は、どうやらぐっすり眠っているらしく、ダンブルドアが声をかけても聞こえないようだ。

「フィニアス、フィニアス」

部屋に並んだ肖像画の主たちは眠ったふりをやめ、状況をよく見ようとそれぞれの額の中でもぞもぞ動いている。賢《さか》しそうな魔法使いがまだ狸寝入《たぬきねい》りを続けているので、何人かが一緒に大声で名前を呼んだ。

「フィニアス！　フィニアス！　フィニアス！」

もはや眠ったふりはできなかった。芝居がかった身振りでぎくりとし、その魔法使いは目を見開いた。

「だれか呼んだかね？」

「フィニアス。あなたの別の肖像画を、もう一度訪ねて欲しいのじゃ」ダンブルドアが言った。「また伝言があるのでな」

「私の別な肖像画を？」かん高い声でそう言うと、フィニアスはゆっくりと嘘あくびをする（フィニアスの目が部屋をぐるりと見回し、ハリーのところで止まった）。

「いや、ご勘弁願いたいね、ダンブルドア、今夜はとても疲れている」

フィニアスの声には聞き覚えがある。いったいどこで聞いたのだろう？　しかし、ハリーが思い出す前に、壁の肖像画たちが轟々《ごうごう》たる非難の声を上げた。

「貴殿は不服従ですぞ！」赤鼻のでっぷりした魔法使いが、両手の拳《こぶし》を振り回した。「職務放棄じゃ！」

「我々には、ホグワーツの現職校長に仕えるという盟約がある！」ひ弱そうな年老いた魔法使いがさけんだ。ダンブルドアの前任者のアーマンド・ディペットだ。

「フィニアス、恥を知れ！」

「私が説得しましょうか？　ダンブルドア？」鋭い目つきの魔女が、生徒の仕置きに使うカバの木の棒ではないかと思われる、異常に太い杖《つえ》を持ち上げながら言う。

「ああ、わかりましたよ」フィニアスと呼ばれた魔法使いが、少し心配そうに杖に目をやった。「ただ、あいつがもう、私の肖像画を破棄してしまったかもしれませんがね。なにしろあいつは、家族のほとんどの――」

「シリウスは、あなたの肖像画を処分すべきでないことを知っておる」ダンブルドアの言葉で、ハリーはとたんにフィニアスの声をどこで聞いたのかを思い出した。グリモールド・プレイスのハリーの寝室にあった、一見なんの絵も入っていない額縁から聞こえていたあの声だ。

「シリウスに伝言するのじゃ。『アーサー・ウィーズリーが重傷で、妻、子供たち、ハリー・ポッターがまもなくそちらの家に到着する』よいかな？」

「アーサー・ウィーズリー負傷、妻子とハリー・ポッターがあちらに滞在」フィニアスが気乗りしない調子で復唱した。「はい、はい……わかりましたよ……」

その魔法使いが額縁に潜り込んで姿を消すと同時にふたたび扉が開き、フレッド、ジョージ、ジニーがマクゴナガル先生に導かれて入ってきた。三人とも、ぼさぼさ頭にパジャマ姿で、ショックを受けていた。

「ハリー——いったいどうしたの？」ジニーが恐怖の面持ちで聞く。「マクゴナガル先生は、あなたが、パパのけがするところを見たっておっしゃるの——」

「お父上は、『不死鳥の騎士団』の任務中にけがをなさったのじゃ」ハリーが答えるより先に、ダンブルドアが応じた。「お父上は、もう『聖マンゴ魔法疾患《しっかん》傷害病院』に運び込まれておる。きみたちをシリウスの家に送ることにした。病院へはそのほうが『隠れ穴』よりずっと便利じゃからのう。お母上とは向こうで会える」

「どうやって行くんですか？」フレッドも動揺していた。「煙突飛行粉で？」

「いや」ダンブルドアが言った。「煙突飛行粉は、現在、安全ではない。『煙突網』が見張られておる。移動キー《ポートキー》に乗るのじゃ」ダンブルドアは、何食わぬ顔で机に載っている古いヤカンを指さした。「いまはフィニアス・ナイジェラスがもどって報告するのを待っているところじゃ……きみたちを送り出す前に、安全の確認をしておきたいのでな——」

そのとき、一瞬部屋の真ん中に炎が燃え上がり、その場に一枚の金色の羽がひらひらと舞い降りた。

「フォークスの警告じゃ」ダンブルドアが空中で羽を捕まえながら言った。「アンブリッジ先生が、君たちがベッドを抜け出したことに気づいたにちがいない……ミネルバ、行って足止めしてくだされ──適当な作り話でもして──」

マクゴナガル先生が、タータンチェックのガウンを翻《ひるがえ》して出ていった。

「あいつは、喜んで、と言っておりますぞ」ダンブルドアの背後で、気乗りしない声がした。フィニアスと呼ばれた魔法使いの姿がスリザリン寮旗の前にもどっている。「私の曾々孫《ひひまご》は、家に迎える客に関して、昔からおかしな趣味を持っておる」

「さあ、ここにくるのじゃ」ダンブルドアがハリーとウィーズリーたちを呼んだ。「急いで。邪魔が入らぬうちに」

ハリーもウィーズリー兄弟妹《きょうだい》も、ダンブルドアの机の周囲に集まった。

「移動キーは使ったことがあるじゃろな?」ダンブルドアの問いにみながうなずき、手を出して黒ずんだヤカンに触れた。「よかろう。では、三つ数えて……一……二……」

ダンブルドアが三つ目を数え上げるまでのほんの一瞬、ハリーはダンブルドアを見上げた──二人は触れ合うほど近くにいた──ダンブルドアの明るいブルーのまなざしが、移動キー《ポート》からハリーの顔へと移った。

たちまち、ハリーの傷痕《きずあと》が灼熱した。まるで傷口がまたパックリと開いたかのようだった――望んでもいないのにひとりでに、恐ろしいほど強烈に、内側から憎しみがわき上がってくる。あまりの激しさに、ハリーはその瞬間、ただ襲撃することしか考えられなかった――噛《か》みたい――二本の牙《きば》を目の前にいるこの男にグサリと刺してやりたい――。

「……ニ」

臍《へそ》の裏がぐいっと引っ張られるのを感じた。足下の床が消え、手がヤカンに貼りついている。急速に前進しながら、互いに体がぶつかる。色が渦巻き、風がうなりを上げる中を、前へ前へとヤカンがみなを引っ張っていく……。やがて、膝《ひざ》ががくっと折れるほどの勢いで、ハリーの足が地面を強く打った。ヤカンが落ちてカタカタと鳴り、すぐ近くで声がした。

「もどってきた。血を裏切るガキどもが。父親が死にかけてるというのは本当なのか？」

「出ていけ！」別の声が吠《ほ》えた。

ハリーは急いで立ち上がり、あたりを見回した。到着したのは、グリモールド・プレイス十二番地の薄暗い地下の厨房《ちゅうぼう》だった。明かりといえば、暖炉の火と消えかかった蠟燭《ろうそく》一本だけ。それが、孤独な夕食の食べ残しを照らしている。クリーチャーは、ドアから玄関ホールへと出ていくところだったが、腰布をずり上げながら振り返り、毒を含んだ目つきでみなを見据《みす》えた。心配そうな顔のシリウスが、急ぎ足でやってきた。ひげも剃《そ》らず、昼間の服装のままだ。その上、マンダンガスのような、どこか酒臭い饐《す》えた臭いを漂わせている。

「どうしたんだ？」ジニーを助け起こしながら、シリウスが聞いた。「フィニアス・ナイジェラスは、アーサーがひどいけがをしたと言っていたが――」

「ハリーに聞いて」フレッドが言う。

「そうだ。おれもそれが聞きたい」ジョージがそれを受ける。

双子とジニーがハリーを見つめていた。厨房の外の階段で、クリーチャーの足音が止まった。

「それは――」ハリーが口を開いた。マクゴナガルやダンブルドアに話すよりずっとやっかいだった。「僕は見たんだ――一種の――幻を……」

そしてハリーは、自分が見たことを全員に話して聞かせた。ただ、話を変えて、蛇が襲ったとき、自分は蛇自身の目からではなく、傍《かたわら》で見ていたような言い方をした。ロンはまだ蒼白《そうはく》だったが、ちらりとハリーを見た。しかし、なにも言わなかった。話し終えても、フレッド、ジョージ、ジニーは、まだしばらくハリーを見つめていた。気のせいか、三人はどこか非難するような目つきをしているように思える。そうなんだ、僕が攻撃を目撃しただけでみなが非難するのなら、そのとき自分は蛇の中にいたなんてとても言えない。

「お袋はきてる？」フレッドがシリウスに聞いた。

「たぶんまだ、なにが起こったかさえ知らないだろう」シリウスが言った。「アンブリッジの邪魔が入る前に君たちを逃がすことが大事だったんだ。いまごろはダンブルドアが、モリーに知らせる手配をしているだろう」

「聖マンゴに行かなくちゃ」ジニーが急き込んで言う。兄たちを見回したが、もちろんみなパジャマ姿だ。「シリウス、マントかなにか貸してくれない？」

「まあ、待て。聖マンゴにすっ飛んでいくわけにはいかない」シリウスが制した。

「なんでだ。おれたちは行くさ。行きたいんだ、聖マンゴに」フレッドが強情な顔をした。「おれたちの親父だ！」

「アーサーが襲われたことを、病院から奥さんにも知らせていないのに、君たちが知っているなんて、じゃあ、どう説明するつもりだ？」

「そんなこと、どうでもいいだろ？」ジョージがむきになる。

「よくはない。何百キロも離れたところの出来事をハリーが見ているという事実に、注意を引きたくない！」シリウスが声を荒らげた。「そういう情報を、魔法省がどう解釈するか、君たちにはわかっているのか？」

フレッドとジョージは、魔法省がなにをどうしようが知ったことかという顔をした。ロンは血の気のない顔で黙っている。

「だれかほかの人が教えてくれたかもしれないし……ハリーじゃなくて、どこか別のところから聞いたかもしれないじゃない」ジニーも必死だ。

「だれから？」シリウスがもどかしげに言った。「いいか、君たちの父さんは、騎士団の任務中に負傷したんだ。それだけでも十分状況が怪しいのに、その上、子供たちが事件直後にそれを知っていたとなれば、ますます怪しい。君たちが騎士団に重大な損害を与えることにもなりかねない――」

「騎士団なんかクソ食らえ！」フレッドが大声を出した。

「おれたちの親父が死にかけてるんだ！」ジョージもさけんだ。

「君たちの父さんは、自分の任務を承知していた。騎士団のためにも、君たちが事を台無しにしたら、父さんが喜ぶと思うか！」シリウスも同じぐらいに怒っている。「まさにこれだ――だから君たちは騎士団に入れないんだ――君たちはわかっていない――世の中には死んでもやらなければならないことがあるんだ！」

「口で言うのは簡単さ。ここに閉じこもって！」フレッドがどなった。「そっちの首は懸かってないじゃないか！」

シリウスの顔にわずかに残っていた血の気がさっと消えた。一瞬、フレッドになぐりかかりそうに見えた。しかし、口を開いたとき、その声は決然として静かだった。

「辛《つら》いのはわかる。しかし、我々全員が、まだなにも知らないかのように行動しなければならないんだ。少なくとも、君たちの母さんから連絡があるまでは、ここにじっとしていなければならない。いいか？」

フレッドとジョージは、それでもまだ反抗的な顔をしていたが、ジニーは手近の椅子に向かって二、三歩歩き、崩れるように座った。ハリーがロンの顔を見ると、ロンはうなずくとも肩をすくめるともつかないおかしな動きを見せた。ハリーとロンも座り、双子もそれからしばらくシリウスを睨《にら》みつけた後に、ジニーを挟んで座った。

「それでいい」シリウスが励ますように言った。「さあ、みんなで……みんなでなにか飲みながら待とう。『アクシオ！　バタービール！』」

シリウスが杖《つえ》を上げて呪文を唱えると、バタービールが六本、食料庫から飛んできて、テーブルの上を滑り、シリウスの食べ残しを蹴散らし、六人の前でぴたりと止まった。みなが飲んだ。しばらくは暖炉の火がパチパチ爆《は》ぜる音と、瓶《びん》をテーブルに置くコトリという音だけになった。

ハリーは、なにかしていないといたたまれないので飲んでいただけだ。胃袋は恐ろしい、煮《に》えたぎるような罪悪感で一杯だった。みながここにいるのは自分のせいだ。まだベッドで眠っているはずだったのに。警報を発したからこそウィーズリー氏が見つかったのだと自分に言い聞かせても、なんの役にも立たなかった。そもそもウィーズリー氏を襲ったのが自分自身だという、やっかいな事実からは逃れられない。いいかげんにしろ。おまえには牙《きば》なんかない。ハリーは自分に言い聞かせ、落ち着こうとした。しかし、バタービールを持つ手が震えていた。おまえはベッドに横になっていた。だれも襲っちゃいない……。しかし、それならダンブルドアの部屋で起こったことはなんだったのだ？　ハリーは自問自答した。僕は、ダンブルドアまでも襲いたくなった……。

ハリーは瓶をテーブルに置いたが、思わず力が入りビールがテーブルにこぼれた。だれも気がつかない。そのとき空中に炎が上がり、目の前の汚れた皿を照らし出した。みなが驚いて声を上げる中、羊皮紙《ようひし》が一巻ドサリとテーブルに落ち、黄金の不死鳥の尾羽根も一枚落ちてきた。

「フォークス！」そう言うなり、シリウスが羊皮紙をさっと取り上げた。「ダンブルドアの筆跡ではない——君たちの母さんからの伝言にちがいない——さあ——」

シリウスが手紙をジョージの手に押しつけ、ジョージが引きちぎるようにそれを広げて読み上げた。

お父さまはまだ生きています。母さんは聖マンゴに行くところです。じっとしているのですよ。できるだけ早く知らせを送ります。

ママより

ジョージがテーブルを見回した。

「まだ生きてる……」ゆっくりと、ジョージが言った。「だけど、それじゃ、まるで……」

最後まで言わなくてもわかった。ハリーもそう思った。まるでウィーズリーおじさんが、生死の境をさまよっているような言い方だ。ロンは相変わらずひどく蒼《あお》い顔で、母親の手紙の裏を見つめていた。まるで、そこに慰めの言葉を求めているかのように。フレッドはジョージの手から羊皮紙《ようひし》をひったくり、自分で読んだ。それからハリーを見た。ハリーはバタービールを持つ手がまた震え出すのを感じ、震えを止めようといっそう固くにぎりしめた。

こんなに長い夜をまんじりともせずに過ごしたことがあったろうか……ハリーの記憶にはない。シリウスが、言うだけは言ってみようという調子で、ベッドで寝てはどうかと一度だけ提案したが、ウィーズリー兄弟妹《きょうだい》の嫌悪の目つきだけで、答えは明らかだった。全員がほとんど黙りこくってテーブルを囲み、ときどきバタービールの瓶《びん》を口元に運びながら、蠟燭《ろうそく》の芯が、溶けた蠟溜まりにだんだん沈んでいくのを眺めている。話すことといえば、時間を確かめ合うとか、どうなっているんだろうと口に出すとか、ウィーズリーおばさんがとっくに聖マンゴに着いているはずだから、事態が急変していればすでに知らせがきているはずだと、互いに確認し合ったりするばかりだった。

フレッドがとろっと眠り、頭が傾《かし》いで肩についた。ジニーは椅子の上で猫のように丸まっていたが、目はしっかり開いている。そこに暖炉の火が映っているのを、ハリーは見た。ロンは両手で頭を抱えて座っている。眠っているのか起きているのかわからない。家族の悲しみを前に、よそ者のハリーとシリウスは二人でいく度となく顔を見合わせた。そして待った……ひたすら待った……。

ロンの腕時計で明け方の五時十分過ぎ、厨房《ちゅうぼう》の戸がパッと開き、ウィーズリーおばさんが入ってきた。ひどく蒼《あお》ざめてはいたが、みながいっせいに顔を向け、フレッド、ロン、ハリーが椅子から腰を浮かせると、おばさんは力なくほほえんだ。

「大丈夫ですよ」おばさんの声は、疲れ切って弱々しかった。「お父さまは眠っています。あとでみんなで面会に行きましょう。いまは、ビルが看ています。午前中、仕事を休む予定でね」

フレッドは両手で顔を覆い、ドサリと椅子にもどった。ジョージとジニーは立ち上がり、急いで母親に近寄って抱きついた。ロンはへなへなと笑い、残っていたバタービールを一気に飲み干した。

「朝食だ！」シリウスが勢いよく立ち上がり、うれしそうに大声で言った。「あのいまいましいしもべ妖精はどこだ？　クリーチャー！　クリーチャー！」

しかしクリーチャーは呼び出しに応じなかった。

「それなら、それでいい」シリウスはそうつぶやくと、人数を数えはじめた。「それじゃ、朝食は――ええと――七人か……ベーコンエッグだな。それと紅茶にトーストと――」

ハリーは手伝おうと竈《かまど》に急いだ。ウィーズリー一家の幸せを邪魔してはいけない。それに、ウィーズリーおばさんから、自分の見たことを話すようにと言われる瞬間が怖かった。ところが、食器棚から皿を取り出すやおばさんはそれを取り上げ、ハリーをひしと抱き寄せた。

「ハリー、あなたがいなかったらどうなっていたかわからないわ」おばさんはくぐもった声で言う。「アーサーが見つかるまで何時間も経っていたかもしれない。そうしたら手遅れだったわ。でも、あなたのおかげで命が助かったし、アーサーがなぜあそこにいたか、うまく言い繕《つくろ》う話をダンブルドアが考えることもできたわ。そうじゃなかったら、どんなに大変なことになっていたか。かわいそうなスタージスみたいに……」

　ハリーはおばさんの感謝にいたたまれない気持ちだった。幸いなことにおばさんはすぐハリーを放し、シリウスに向かって一晩中子供たちを見ていてくれたことの礼を述べた。シリウスは役に立ってうれしいし、ウィーズリー氏が入院中は全員がこの屋敷に留まって欲しいと答えた。

「まあ、シリウス、とてもありがたいわ……アーサーはしばらく入院することになると言われたし、なるべく近くにいられたら助かるわ……その場合はもちろん、クリスマスをここで過ごすことになるかもしれないけれど」

「大勢のほうが楽しいよ！」

　シリウスが心からそう思っている声だったので、ウィーズリーおばさんはシリウスに向かってにっこりし、手早くエプロンをかけて朝食の支度を手伝いはじめた。

「シリウスおじさん」ハリーは切羽詰《せっぱつ》まった気持ちでささやいた。「ちょっと話があるんだけど、いい？　あの――いますぐ？」

　ハリーは暗い食料庫にシリウスを導いた。なんの前置きもなくハリーは名付け親に、自分の見た光景を詳しく話して聞かせた。自分自身がウィーズリー氏を襲った蛇だったことも話した。

　一息ついたとき、シリウスが聞いた。「そのことをダンブルドアに話したか？」

「うん」ハリーは焦《じ》れったそうに言った。「だけど、ダンブルドアはそれがどういう意味なのか教えてくれなかった。まあ、ダンブルドアはもう僕になんにも話してくれないんだけど」

「なにか心配するべきことだったら、きっと君に話してくれているはずだ」シリウスは落ち着いている。

「だけど、それだけじゃないんだ」ハリーがほとんどささやきに近い小声で言った。「シリウス、僕……僕、頭がおかしくなってるんじゃないかと思うんだ。ダンブルドアの部屋で、移動キー《ポートキー》に乗る前だけど……ほんの一瞬、僕は蛇になった気がした。そう感じたんだ――ダンブルドアを見たとき、傷痕《きずあと》がすごく痛くなった――シリウスおじさん、僕、ダンブルドアを襲いたくなったんだよ！」

ハリーには、シリウスの顔のほんの一部しか見えない。あとは暗闇だった。

「幻を見たことが尾を引いていたんだろう。それだけだよ」シリウスが慰めた。「夢だったのかどうかはわからないが、まだそのことを考えていたんだよ」

「そんなんじゃない」ハリーは首を振る。「なにかが僕の中で伸び上がったんだ。まるで体の中に蛇がいるみたいに」

「眠らないと」シリウスがきっぱりと言った。「朝食を食べたら、上に行って休みなさい。昼食のあとで、みんなと一緒にアーサーの面会に行けばいい。ハリー、君はショックを受けているんだ。単に目撃しただけのことを、自分のせいにして責めている。それに、君が目撃したのは幸運なことだったんだよ。そうでなけりゃ、アーサーは死んでいたかもしれない。心配するのはやめなさい」

シリウスはハリーの肩をポンポンとたたき、食料庫から出ていった。ハリーはひとり暗がりに取り残された。

ハリー以外のみなは午前中を寝て過ごした。ハリーは、ロンと一緒に夏休み最後の数週間を過ごした寝室に上がっていった。ロンはベッドに潜り込むなりたちまち眠り込んだが、ハリーは服を着たまま金属製の冷たいベッドの背もたれに寄りかかり、背中を丸めてわざと居心地の悪い姿勢を取り、眠るまいとした。眠るとまた蛇になるのではないか、目覚めたときに、ロンを襲ってしまったとか、だれかを襲おうと家の中を這いずり回っていたとかがわかるのではないかと思うと、恐ろしかった。

目を覚ましたロンの前では、ハリーもよく寝て気持ちよく目覚めたふりをした。昼食の最中に全員のトランクがホグワーツから到着し、マグルの服を着て聖マンゴに出かけられるようになった。ローブを脱いでジーンズとTシャツに着替えながら、ハリー以外のみなは、うれしくてはしゃぎ、饒舌《じょうぜつ》になっていた。ロンドンの街中を付き添うトンクスとマッド-アイが到着したときには、全員が大喜びで迎え、マッド-アイが魔法の目を隠すのに目深にかぶった山高帽を笑った。トンクスは、またあざやかなピンク色の短い髪をしていたが、地下鉄ではトンクスよりマッド‐アイのほうがまちがいなく目立つと、冗談抜きでみながマッド‐アイに請け合った。

トンクスは、ウィーズリー氏が襲われた光景をハリーが見たことにとても興味を持ったが、ハリーにはそれを話題にする気がまったくなかった。

「君の血筋に、『予見者《よけん》』はいないの？」ロンドン市内に向かう電車に並んで腰掛け、トンクスが興味深げにハリーに聞いた。

「いない」ハリーはトレローニー先生のことを考え、侮辱されたような気がした。

「ちがうのか」トンクスは考え込むように言う。「ちがうな。君のやってることは、厳密な予言っていうわけじゃないものね。つまり、君は未来を見ているわけじゃなくて、現在を見てるんだ……変だね？　でも、役に立つけど……」

ハリーは答えなかった。うまい具合に、次の駅でみな電車を降りた。ロンドンの中心部にある駅だった。電車を降りるどさくさにまぎれ、ハリーは、先頭に立ったトンクスと自分の間にフレッドとジョージを割り込ませることができた。みな、トンクスについてエスカレーターを上がる。ムーディはしんがりで、山高帽を斜め目深にかぶり、節くれだった手を片方、ボタンの間からマントの懐に差し込んで杖《つえ》をにぎりしめ、コツッコツッと歩いてきた。ハリーは、隠れた目がじっと自分を見ているように感じた。夢のことをこれ以上聞かれないように、ハリーはマッド‐アイに、聖マンゴがどこに隠されているかと質問した。

「ここからそう遠くない」ムーディがうなるように言った。駅を出ると、冬の空気は冷たく、広い通りの両側にはびっしりと店が並んで、クリスマスの買物客で一杯だ。ムーディはハリーを少し前に押し出し、すぐ後ろをコツッコツッと歩いてくる。目深にかぶった帽子の下で、例の目がぐるぐると四方八方を見ていることがハリーにはわかった。「病院に恰好《かっこう》の場所を探すのには難儀した。ダイアゴン横丁には、どこにも十分の広さがなかったし、魔法省のように地下に潜らせることもできん――不健康なんでな。結局、ここにあるビルをなんとか手に入れた。病気の魔法使いが出入りしても、人込みにまぎれてしまう所だという理屈でな」

すぐそばに電気製品をぎっしり並べた店がある。そこに入ることだけで頭が一杯の買物客に押されて逸《そ》れてしまわないようにと、ムーディはハリーの肩をつかんだ。

「ほれ、そこだ」まもなくしてムーディが言った。

赤レンガの、流行遅れの大きなデパートの前に着いていた。パージ・アンド・ダウズ商会とある。みすぼらしい、しょぼくれた雰囲気の場所だ。ショーウィンドウには、あちこち欠けたマネキンが数体、曲がった鬘《まげ》をつけ、少なくとも十年ぐらい流行遅れの服を着て、てんでんばらばらに立っている。埃《ほこり》だらけのドアというドアには大きな看板が掛かり、「改装のため閉店中」と書いてある。ビニールの買物袋をたくさん抱えた大柄な女性が、通りすがりに友達に話しかけるのを、ハリーははっきりと聞いた。「一度も開いてたことなんかないわよ、ここ」

「さてと」トンクスが、みなにショーウィンドウのほうにくるよう合図した。ことさら醜いマネキン人形が一体飾られている場所だ。つけ睫《まつげ》が取れかかってぶら下がり、緑色のナイロンのエプロンドレスを着ている。「みんな、準備オッケー？」

みながトンクスのまわりに集まってうなずいた。ムーディがハリーの肩甲骨《けんこうこつ》の間あたりを押し、前に出るように促した。トンクスはウィンドウのガラスに近寄り、息でガラスを曇らせながら、ひどく醜いマネキンを見上げて声をかけた。

「こんちわ。アーサー・ウィーズリーに面会にきたんだけど」

ガラス越しにそんなに低い声で話してマネキンに聞こえるわけがない。トンクスはどうかしている、とハリーは思った。トンクスのすぐ後ろをバスがガタガタ走っているし、買物客で一杯の通りはやかましい。そもそもマネキンが聞き分けるはずがない。しかし次の瞬間、ハリーはショックで口があんぐり開いた。マネキンが小さくうなずき、節に継ぎ目のある指で手招きしたのだ。トンクスはジニーとウィーズリーおばさんの肘《ひじ》をつかみ、ガラスをまっすぐ突き抜けて姿を消した。

フレッド、ジョージ、ロンがそのあとに続く。ハリーは周囲にひしめき合う人込みをちらりと見回した。「パージ・アンド・ダウズ商会」のような汚らしいショーウィンドウに、ただの一瞥《いちべつ》もくれるような暇人はいないし、たったいま、六人もの人間が目の前からかき消すようにいなくなったことに、だれ一人気づく様子もない。

「さあ」ムーディがまたしてもハリーの背中を突ついてうなるように言った。ハリーは一緒に前に進み、冷たい水のような感触の膜の中を突き抜けた。しかし、反対側に出た二人は冷えても濡れてもいなかった。

醜いマネキンは跡形もなく消え、マネキンが立っていた場所もない。そこは、込み合った受付のような所で、ぐらぐらした感じの木の椅子が何列も並び、魔法使いや魔女が座っている。見たところどこも悪くなさそうな顔で、古い「週刊《しゅうかん》魔女《まじょ》」をパラパラめくっている人もいれば、胸から象の鼻や余分な手が生えた、ぞっとするような姿形《すがたかたち》の人もいる。この部屋も外の通りより静かだとは言えない。患者の多くが、奇妙きてれつな音を立てている。一番前の列の真ん中では、汗ばんだ顔の魔女が「日刊予言者《にっかんよげんしゃ》」で激しく顔を扇ぎながら、ホイッスルのようなかん高い音を出し続け、口から湯気を吐《は》いていた。隅のほうのむさくるしい魔法戦士は、動くたびに鐘の音がする。そのたびに頭がひどく揺れるので、自分で両耳を押さえて頭を安定させている。

ライムのような緑色のローブを着た魔法使いや魔女が、列の間を往《い》ったり来たりして質問し、アンブリッジのようにクリップボードに書き留めていた。ハリーは、ローブの胸にある縫い取りに気づいた。杖《つえ》と骨がクロスしている。

「あの人たちは医者なのかい？」ハリーはそっとロンに聞いた。

「医者？」ロンはまさかという目をした。「人間を切り刻んじゃう、マグルの変人のこと？　ちがうさ。癒《いや》しの『癒者《いしゃ》』だよ」

「こっちよ！」隅の魔法戦士が鳴らす鐘の音に負けない声で、ウィーズリーおばさんが呼んだ。みながおばさんについて、列に並んだ。列の前には「案内係」と書かれたデスクがあり、ブロンドのふっくらした魔女が座っている。その後ろには、壁一面に掲示やらポスターが貼ってある。

鍋《なべ》が不潔じゃ、薬も毒よ
無許可の解毒剤は無解毒剤

長い銀色の巻き毛の魔女の大きな肖像画も掛かっていて、説明がついている。

ディリス・ダーウェント
聖マンゴの癒者　一七二二―一七四一
ホグワーツ魔法魔術学校校長　一七四一―一七六八

肖像画のディリスは、ウィーズリー一行を数えているような目で見ていた。ハリーと目が合うと、ちょこりとウィンクして額の縁のほうに歩いていき、姿を消した。

一方、列の先頭の若い魔法使いは、その場でへんてこなジグ・ダンスを踊りながら、痛そうな悲鳴の合間に案内魔女に苦難の説明をしていた。

「問題はこの――いてっ――兄貴にもらった靴でして――うっ――食いつくんですよ――あいたっ――足に――靴を見てやってください。きっとなんかの――ああうう――呪いがかかってる。どうやっても――ああああううう――脱げないんだ」片足でぴょん、別の足でぴょんと、まるで焼けた石炭の上で踊っているようだ。

「あなた、別に靴のせいで字が読めないわけではありませんね？」ブロンドの魔女は、いらだちながらデスクの左側の大きな掲示を指さした。「あなたの場合は『呪文性損傷』。五階。ちゃんと『病院案内』に書いてあるとおり。はい、次！」

その魔法使いが、よろけたり踊り跳ねたりしながら脇に避け、ウィーズリー一家が数歩前に進んだ。ハリーは「病院案内」を読んだ。

一階……物品性事故　大鍋《おおなべ》爆発、杖《つえ》逆噴射、箒《ほうき》衝突　など

二階……生物性傷害　噛《か》み傷、刺し傷、火傷、とげ埋め込み　など

三階……魔《バ》クテリア性疾患《しっかん》　感染症（龍痘《りゅうとう》など）、消滅症、巻《ま》き黴《かび》　など

四階……薬剤・植物性中毒　　湿疹、嘔吐《おうと》、抑制不能くすくす笑い　など
五階……呪文性損傷　　解除不能性呪い、呪詛《じゅそ》、不適正使用呪文　など
六階……外来者喫茶室・売店
　何階かわからない方、通常の話ができない方、どうしてここにいるのか思い出せない方は、案内魔女がお手伝いいたします。

　腰が曲がり、耳に補聴トランペットをつけた年寄り魔法使いが、足を引きずりながら列の先頭に進み出て、ゼイゼイ声で言った。

「ブロデリック・ボードに面会にきたんじゃが」

「49号室。でも、会ってもむだだと思いますよ」案内魔女がにべもなく言った。「完全に錯乱してますからね――まだ自分を急須だと思い込んでいます。次！」

　困り果てた顔の魔法使いが、幼い娘の足首をしっかりつかんで進み出た。娘はロンパースの背中を突き抜けて生え出ている大きな翼をパタパタさせ、父親の頭のまわりを飛び回っている。

「五階」案内魔女が、なにも聞かずにうんざりした声で言う。父親は、変な形の風船のような娘を手に持って、デスク脇の両開きの扉から出ていった。「次！」

　ウィーズリーおばさんがデスクの前に進み出た。

「こんにちは。夫のアーサー・ウィーズリーが、今朝、別の病棟に移ったと思うんですけど、どこでしょうか――？」

「アーサー・ウィーズリーね？」案内魔女が、長いリストに指を走らせながら聞き返した。

「ああ、二階よ。右側の二番目のドア。ダイ・ルウェリン病棟」

「ありがとう」おばさんが礼を言った。「さあ、みんないらっしゃい」

おばさんについて、全員が両開きの扉から入った。その向こうは細長い廊下で、有名な癒者《いしゃ》の肖像画がずらりと並び、蠟燭《ろうそく》の詰まったクリスタルの球が巨大なシャボン玉のようにいくつも天井に浮かんでいる。一行は、ライム色のローブを着た魔法使いや魔女が大勢出入りしている扉の前をいくつか通り過ぎた。ある扉の前には、いやな臭いの黄色いガスが廊下に流れ出していた。ときどき、遠くから悲しげな泣き声が聞こえてくる。一行は階段を上り、「生物性傷害」の階に出た。右側の二番目のドアになにか書いてある。〈「危険な野郎」ダイ・ルウェリン記念病棟――重篤な噛《か》み傷〉その横に、真鍮《しんちゅう》の枠に入った手書きの名札があった。

担当癒師《いし》　ヒポクラテス・スメスウィック
研修癒《けんしゅうい》　オーガスタス・パイ

「私たちは外で待ってるわ、モリー」トンクスが言った。「大勢でいっぺんにお見舞いしたら、アーサーにもよくないし……最初は家族だけにすべきだわ」

マッド-アイも賛成とうなり、廊下の壁に寄りかかり、魔法の目を四方八方にぐるぐる回した。ハリーも身を引いた。しかし、ウィーズリーおばさんがハリーに手を伸ばし、ドアから押し込んだ。

「ハリー、遠慮なんかしないで。アーサーがあなたにお礼を言いたいんだから」

小さくて、ドアの向かい側に小さな高窓が一つあるだけの、かなり陰気くさい病室だった。明かりはむしろ、天井の真ん中に集まっているクリスタル球の輝きからきている。壁は樫材《かしざい》の板張りで、かなり悪人面の魔法使いの肖像画が掛かっていた。説明書きがある。

〝ウルクハート・ラックハロウ　一六一二―一六九七　内臓抜き出し呪いの発明者〟

患者は三人しかいない。ウィーズリー氏のベッドは一番奥の、小さな高窓のそばにあった。おじさんの様子を見てハリーはほっとした。おじさんは枕をいくつか重ねてもたれかかり、ベッドに射し込むただ一筋の太陽光の下で「日刊《にっかん》予言者《よげんしゃ》新聞《しんぶん》」を読んでいた。みなが近づくとおじさんは顔を上げ、だれだかわかるとにっこりした。

「やあ！」おじさんが新聞を脇に置いて声をかけた。「モリー、ビルはいましがた帰ったよ。仕事にもどらなきゃならなくてね。でも、あとで母さんのところに寄ると言っていた」

「アーサー、具合はどう？」おばさんはかがんでおじさんの頬にキスをし、心配そうに顔を覗き込んだ。「まだ少し顔色が悪いわね」

「気分は上々だよ」おじさんは元気よくそう言うと、けがをしていないほうの腕を伸ばしてジニーを抱き寄せた。「包帯が取れさえすれば、家に帰れるんだが」

「パパ、なんで包帯が取れないんだい？」フレッドが聞いた。

「うん、包帯を取ろうとすると、そのたびにどっと出血しはじめるんでね」おじさんは機嫌よくそう言うと、ベッド脇の棚に置いてあった杖《つえ》を取り、一振りして、全員が座れるよう椅子を六脚出した。「あの蛇の牙《きば》には、どうやら、傷口が塞がらないようにする、かなり特殊な毒があったようだ。ただ、病院では、かならず解毒剤が見つかるはずだと言っていたよ。私よりもっとひどい症例もあったらしい。それまでは、血液補充薬を一時間おきに飲まなきゃいけないがね。しかし、あそこの人なんか」おじさんは声を落として、反対側のベッドを顎《あご》で指した。そこには、蒼《あお》ざめて気分が悪そうな魔法使いが、天井を見つめて横たわっている。「狼人間に噛《か》まれたんだ。かわいそうに。治療のしようがない」

「狼人間？」おばさんが驚いたような顔をした。「一般病棟で大丈夫なのかしら？

個室に入るべきじゃない？」

「満月まで二週間ある」おじさんは静かにおばさんをなだめた。「今朝、病院の人が——癒者《いしゃ》だがね——あの人に話していた。ほとんど普通の生活を送れるようになるからと、説得していたよ。私も、あの人に教えてやったよ。名前はもちろん伏せたが、個人的に狼人間を一人知っているとね。立派な魔法使いで、自分の状況を楽々管理していると話してやった」

「そしたらなんて言った？」ジョージが聞いた。

「黙らないと噛《か》みついてやるって言われたよ」ウィーズリーおじさんが悲しそうに言った。「それから、あそこのご婦人だが」おじさんが、ドアのすぐ横の、あと一つだけ埋まっているベッドを指した。「なにに噛まれたのか、癒者にも教えない。だから、みんなが、なにか違法なものを扱っていてやられたにちがいないと思っているんだがね。そのなんだか知らないやつが、あの人の足をがっぽり食いちぎっている。包帯を取ると、いやーな臭いがするんだ」

「それで、パパ、なにがあったのか、教えてくれる？」フレッドが椅子を引いてベッドに近寄った。

「いや、もう知ってるんだろう？」ウィーズリーおじさんは、ハリーに意味ありげにほほえみながら言う。「ごく単純だ——長い一日だったし、居眠りをして、忍び寄られて、噛まれた」

「パパが襲われたこと、『予言者《よげんしゃ》』に載ってるの？」フレッドが、ウィーズリーおじさんが脇に置いた新聞を指した。

「いや、もちろん載っていない」おじさんは少し苦笑いした。「魔法省は、みんなに知られたくないだろうよ。とてつもない大蛇が狙ったのは――」

「アーサー！」おばさんが警告するように呼びかけた。

「狙ったのは――えー――私だったと」ウィーズリーおじさんはあわてて取り繕《つくろ》ったが、おじさんが別のことを言おうとしたのは明らかだ。

「それで、襲われたとき、パパ、どこにいたの？」ジョージが聞いた。

「おまえには関係のないことだ」おじさんはそう言い放ったが、ほほえんでいる。そして『日刊予言者新聞《にっかんよげんしゃしんぶん》』を拾い上げ、パッと振って開いた。「みんながきたとき、ちょうど『ウィリー・ウィダーシン逮捕』の記事を読んでいたんだ。この夏の例の逆流トイレ事件を覚えているね？　ウィリーがその陰の人物だったんだよ。最後に呪いが逆噴射してトイレが爆発し、やっこさん、瓦礫《がれき》の中に気を失って倒れているところを見つかったんだが、頭のてっぺんから爪先まで、そりゃ糞《くそ》まみれ――」

「パパが『任務中』だったっていうときは」フレッドが低い声で口を挟んだ。「なにをしていたの？」

「お父さまのおっしゃったことが聞こえたでしょう?」ウィーズリーおばさんがささやいた。

「ここはそんなことを話すところじゃありません! あなた、ウィリー・ウィダーシンの話を続けて」

「それでだ、どうやったのかはわからんが、やつはこのトイレ事件では罪に問われなかったんだ」ウィーズリーおじさんが不機嫌に言った。「ガリオン金貨が動いたんだろうな——」

「パパは護衛してたんでしょう?」ジョージがひっそりと言った。「武器だよね? 『例のあの人』が探してるっていうやつ?」

「ジョージ、お黙り!」おばさんが厳しく叱りつける。

「とにかくだ」おじさんが声を張り上げた。「今度はウィリーのやつ、『噛《か》みつきドア取っ手』をマグルに売りつけているところを捕まった。今度こそ逃げられるものか。なにしろ新聞によると、マグルが二人、指を失くして、いま聖マンゴで救急骨再生治療と記憶修正を受けているらしい。どうだい、マグルが聖マンゴにいるんだ。どの病棟かな?」

おじさんは、どこかに掲示がないかと、熱心にあたりを見回した。

「『例のあの人』が蛇を持ってるって、ハリー、君、そう言わなかった?」フレッドが、父親の表情を窺《うかが》いながら聞いた。「巨大なやつ？　『あの人』が復活した夜に、その蛇を見たんだろ？」

「いいかげんになさい」ウィーズリーおばさんは不機嫌だった。「アーサー、マッド-アイとトンクスが外で待ってるわ。あなたに面会希望よ。あなたたちは外に出て待っていなさい」おばさんが子供たちとハリーに向かって命じた。「あとでまたご挨拶にいらっしゃい。さあ、行って」

みな並んで廊下にもどった。マッド-アイとトンクスが中に入り、病室のドアが閉められた。フレッドが眉《まゆ》を吊り上げた。

「いいさ」フレッドがポケットをごそごそ探りながら、冷静な口調でつぶやく。「そうやってりゃいいさ。おれたちにはなんにも教えるな」

「これを探してるのか？」ジョージが薄だいだい色の、紐《ひも》がからまったようなものを差し出した。

「わかってるねえ」フレッドがにやりと笑う。「聖マンゴが病棟のドアに『邪魔よけ呪文』をかけているかどうか、見てみようじゃないか？」

フレッドとジョージが紐を解き、五本の「伸び耳」に分けてほかの三人にも配った。ハリーは一瞬、受け取るのをためらった。

「取れよ、ハリー。君は親父の命を救った。盗聴する権利があるやつがいるとすれば、まず君だ」

思わずにやりとして、ハリーは紐《ひも》の端を受け取り、双子がやっているように耳に差し込んだ。

「オッケー。行け！」フレッドがささやいた。

薄だいだい色の紐は、やせた長い虫のようにごにょごにょ這《は》っていき、ドアの下からくねくねと室内に入り込んだ。最初はなにも聞こえなかったが、やがてトンクスのささやき声が、まるでハリーのすぐそばに立っているかのように、はっきり聞こえてきた。

「……隈《くま》なく探したけど、蛇はどこにも見つからなかったらしいよ。アーサー、あなたを襲ったあと、蛇は消えちゃったみたい……だけど、『例のあの人』は蛇が中に入れるとは期待してなかったはずだよね？」

「わしの考えでは、蛇を偵察《ていさつ》に送り込んだのだろう」ムーディのうなり声だ。「なにしろ、これまでは、まったくの不首尾に終わっているだろうが？　うむ、やつは、立ち向かうべきものを、よりはっきり見ておこうとしたのだろう。アーサーがあそこにいなければ、蛇のやつはもっと時間をかけて見回ったはずだ。それで、ポッターは一部始終を見たと言っておるのだな？」

「ええ」ウィーズリーおばさんは、かなり不安そうな声だ。「ねえ、ダンブルドアは、ハリーがこんなことを見るのを、まるで待ちかまえていたような様子なの」

「うむ、まっこと」ムーディが言う。「あのポッター坊主は、なにかおかしい。それは、わしら全員が知っておる」

「今朝、私がダンブルドアとお話ししたとき、ハリーのことを心配なさっているようでしたわ」ウィーズリーおばさんがささやいた。

「むろん、心配しておるわ」ムーディがうなった。「あの坊主は『例のあの人』の蛇の内側から事を見ておる。それがなにを意味するか、ポッターは当然気づいておらぬ。しかし、もし『例のあの人』がポッターに取り憑《つ》いておるなら――」

ハリーは「伸び耳」を耳から引き抜いた。心臓が早鐘を打ち、顔に血が上った。ハリーはみなを見回した。全員が紐を耳から垂らしたまま、突然恐怖に駆られたように、じっとハリーを見ていた。

第23章　隔離病棟のクリスマス

ダンブルドアがハリーと目を合わせなくなったのは、そのせいだったのか？　ハリーの目の中から、ヴォルデモートの目が見つめると思ったのだろうか？　もしかしたら、あざやかな緑の目が突然真っ赤になり、猫の目のように細い瞳孔が現れることを恐れたのだろうか？　かつてクィレル教授の後頭部から、ヴォルデモートの蛇のような顔が突き出たことをハリーは思い出し、自分の後頭部をなでた。ヴォルデモートの顔が自分の頭蓋《ずがい》から飛び出したら、どんな感じがするのだろう。

ハリーは、自分が死にいたる病の黴菌《ばいきん》の保菌者のような、穢《けが》れた汚らしい存在に感じられた。心も体もヴォルデモートに汚されていない清潔で無垢《むく》な人たちと、病院から帰る地下鉄で席を並べるのにふさわしくない自分……。僕は蛇を見ただけじゃなかった。蛇自身だったんだ。ハリーはいまそれを知った……。

それから、本当にぞっとするような考えが浮かんだ。心の表面にぽっかり浮かび上がってきた記憶が、ハリーの内臓を蛇のようにのた打ち回らせた。

「配下以外に、なにを？」

「極秘にしか手に入らないものだ……武器のようなものというかな。前の時には持っていなかったものだ」

僕が武器なんだ。暗いトンネルを通る地下鉄に揺られながらそう考えると、血管に毒を注ぎ込まれ、体が凍って冷や汗の噴き出る思いがした。ヴォルデモートが使おうとしているのは、僕なんだ。だから僕の行くところはどこにでも護衛がついていたんだ。僕を護るためじゃない。みなを僕から護るために。だけど、うまくいっていない。ホグワーツでは、四六時中僕にだれかを張りつけておくわけにはいかないし……僕はたしかに、昨夜ウィーズリー氏を襲った。僕だったんだ。ヴォルデモートが僕にやらせた。それに、いまのいまもあいつは僕の中にいて、僕の考えを聞いているかもしれない。

「ハリー、大丈夫？」暗いトンネルを電車がガタゴトと進む中、ウィーズリーおばさんが、ジニーの向こう側からハリーのほうに身を乗り出し、小声で話しかけた。

「顔色があんまりよくないわ。気分が悪いの？」

みながハリーを見ている。ハリーは激しく首を振り、住宅保険の広告をじっと見つめた。

「ハリー、ねえ、本当に大丈夫なの?」

グリモールド・プレイスの草ぼうぼうの広場を歩きながら、ふたたびおばさんが心配そうな声で聞いた。

「とっても蒼《あお》い顔をしているわ……今朝、本当に眠ったの? いますぐ自分の部屋に上がって、お夕食の前に二、三時間お寝《やす》みなさい。いいわね?」

ハリーはうなずいた。これで、おあつらえ向きに、だれとも話さずにすむ口実ができた。それこそハリーの願っていたことだ。そこで、おばさんが玄関の扉を開けるや、ハリーは一直線にトロールの足の傘立てを過ぎ、階段を上がり、ロンと一緒の寝室へと向かった。

部屋の中でハリーは、二つのベッドとフィニアス・ナイジェラス不在の肖像画との間を、往《い》ったり来たりした。頭の中が疑問やとてつもなく恐ろしい考えで、あふれ渦巻いている。

僕はどうやって蛇になったのだろう? もしかしたら、僕は「動物もどき」だったのか……いや、そんなはずはない。そうだったらわかるはずだ。……ひょっとすると、ヴォルデモートが動物もどきだったんだ……そうだ、それなら辻褄《つじつま》が合う。あいつなら、もちろん蛇になるだろう……そして、あいつが僕に取り憑《つ》いているときは、二人とも変身するんだ。……しかしそれでは、五分ほどの間に僕がロンドンに行って、またベッドにもどったことの説明がつかない……しかし、ヴォルデモートは世界一と言えるほど強力な魔法使いだ。ダンブルドアを除けばだけど。あいつにとっては、人間をそんなふうに移動させることくらい、たぶんなんでもないのかも。

そう考えたとき、ハリーを恐怖感がぐさりと刺し貫いた。そうであるならば、これはただごとではない――ヴォルデモートが僕に取り憑《つ》いているなら、僕は、たったいまも不死鳥の騎士団本部を洗いざらいあいつに教えていることになる！　だれが騎士団員なのか、シリウスがどこにいるのかを、やつは知ってしまう……それに僕は、聞いてはいけないことを山ほど聞いてしまった。僕がここにきた最初の夜に、シリウスが話してくれたなにもかもを……。

やることはただ一つ。すぐにグリモールド・プレイスを離れなければならない。みなのいないホグワーツで、ひとりクリスマスを過ごすんだ。そうすれば、少なくとも休暇中、ここにいるみなは安全だ……しかし、だめだ。それではよくない。休暇中ホグワーツに残っている大勢の人を傷つけてしまう。次はシェーマスか、ディーンか、ネビルだったら？　ハリーは足を止め、フィニアス・ナイジェラス不在の額を見つめた。胃袋の底に、重苦しい思いが座り込む。ほかに手はない。プリベット通りにもどるしかない。ほかの魔法使いたちから自分を切り離すんだ。

さあ、そうすべきなら、ぐずぐずしていても意味はない。予想より六か月も早く、戸口にハリーの姿を見つけたダーズリー一家の反応など考えまいと必死に努めながら、ハリーはつかつかとトランクに近づいた。ふたをピシャリと閉め鍵をかけて、つい習慣でヘドウィグを探す。そして、ヘドウィグがまだホグワーツにいることを思い出した――まあ、籠《かご》がない分荷物が少なくなる――ハリーはトランクの片端をつかみ、ドアへと引っ張った。半分ほど進んだとき、嘲《あざけ》るような声が聞こえた。

「逃げるのかね？」

あたりを見回すと、肖像画のキャンバスにフィニアス・ナイジェラスがいた。額縁に寄りかかり、愉快《ゆかい》そうにハリーを見つめている。

「逃げるんじゃない。ちがう」ハリーはトランクをもう数十センチ引っ張りながら、短く答えた。

「私の考えちがいかね」フィニアス・ナイジェラスは尖《とが》った顎《あご》ひげをなでながら話し出した。「グリフィンドール寮に属するということは、君は勇敢なはずだが？　どうやら、私の見るところ、君は私の寮のほうが合っていたようだ。我らスリザリン生は、勇敢だ。然《しか》り。だが、愚かではない。たとえば、選択の余地があれば、我らは常に、自分自身を救うほうを選ぶ」

「僕は自分を救うんじゃない」

ドアのすぐ手前で、虫食いだらけのカーペットがことさらでこぼこしている場所を越えるのにトランクをぐいと引っ張りながら、ハリーは素気なく答えた。

「ほう、そうかね」フィニアス・ナイジェラスが相変わらず顎ひげをなでながら言った。「尻尾《しっぽ》を巻いて逃げるわけではない——気高い自己犠牲というわけだ」

ハリーは聞き流して、ドアの取っ手に手をかけた。するとフィニアス・ナイジェラスが面倒くさそうに言った。

「アルバス・ダンブルドアからの伝言があるんだがね」

ハリーはくるりと振り向いた。

「どんな？」

「動くでない」

「動いちゃいないよ！」ハリーは、手をドアの取っ手にかけたまま応えた。「それで、どんな伝言ですか？」

「いま、伝えた。愚か者」フィニアス・ナイジェラスがさらりと言う。「ダンブルドアは『動くでない』と言っておる」

「どうして？」ハリーは、聞きたさのあまりトランクを取り落とした。「どうしてダンブルドアは僕にここにいて欲しいわけ？　ほかになにか言わなかったの？」

「いっさいなにも」

フィニアス・ナイジェラスは、ハリーを無礼なやつだと言いたげに、黒く細い眉《まゆ》を吊り上げた。

ハリーの癇癪《かんしゃく》が、丈の高い草むらから蛇が鎌首をもたげるように迫《せ》り上がってきた。ハリーは疲れ果て、どうしようもなく混乱していた。この十二時間の間に、恐怖を、安堵を、そしてまた恐怖を経験したのに、それでもまだ、ダンブルドアは僕と話そうとはしない！

「それじゃ、たったそれだけ？」ハリーは大声を出した。『動くな』だって？　僕が吸魂鬼に襲われたあとも、みんなそれしか言わなかった！　ハリーよ、大人たちが片づける間、ただ動かないでいろ！　ただし、君にはなにも教えてやるつもりはない。君のちっちゃな脳みそじゃ、とても対処できないだろうから！」

「いいか」フィニアス・ナイジェラスが、ハリーよりも大声を出した。「これだから、私は教師をしていることが身震いするほどいやだった！　若いやつらは、なんでも自分が絶対に正しいと鼻持ちならん自信を持つ。思い上がりの哀れなお調子者め。ホグワーツの校長が、自分の企てをいちいち詳細に明かさないのには、たぶんれっきとした理由があるのだと考えてみたのかね？　不当な扱いだと感じる暇があったら、どうして、ダンブルドアの命令に従った結果、君に危害が及んだことなど一度もないとは考えようとしない？　いや、いや、君もほかの若い連中と同様、自分だけが感じたり考えたりしていると信じ込んでいるのだろう。自分だけが危険を認識できるし、自分だけが賢くて闇の帝王の企てを理解できるのだと――」

「じゃ、あいつは僕のことでなにか企てているんだね？」ハリーがすかさず聞いた。

「そんなことを言ったかな？」フィニアス・ナイジェラスは絹の手袋をもてあそびながらうそぶいた。「さてと、失礼しよう。思春期の悩みなど聞くより、大事な用事があるのでね……さらば」

フィニアスは、ゆっくりと額縁のほうに歩いていき、姿を消した。

「ああ、勝手に行ったらいい！」ハリーは空の額に向かってどなった。「ダンブルドアに、なんにも言ってくれなくてありがとうって伝えといて！」

空のキャンバスは無言のままだ。ハリーは腹の虫の納めどころもないままトランクをベッドの足元まで引きずってもどり、虫食いだらけのベッドカバーの上にうつ伏せに倒れ込んで目を閉じた。体が重く、痛んだ。

まるで何千キロもの旅をしたような気がした……ヤドリギの下でチョウ・チャンが近づいてきたときから、まだ二十四時間と経っていないなんて、信じられない……疲れていた……眠るのが怖かった……それでも、あとどのくらい睡魔に抵抗できるか……ダンブルドアが動くなと言った……つまり、眠ってもいいということだ……でも、恐ろしい……また同じことが起こったら？

ハリーは薄暗がりの中に沈んでいく……。

まるで、頭の中で映像フィルムが、映写を待ちかまえていたようだった。ハリーは、真っ黒な扉に向かう人気のない廊下を歩いている。ごつごつした石壁を通り、いくつもの松明《たいまつ》を通り過ぎ、左側の、下に続く石段の入口の前を通り……。ハリーは黒い扉にたどり着いた。しかし、開けることができない。……ハリーはじっと扉を見つめてたたずむ。無性に入りたい……欲しくてたまらないなにかが扉の向こうにある……夢のような褒美《ほうび》が……傷痕《きずあと》の痛みが止まってくれさえしたら……そうしたら、もっとはっきり考えることができるのに……。

「ハリー」どこかずっと遠くから、ロンの声がした。「ママが、夕食の支度ができたって言ってる。でも、まだベッドにいたかったら、君の分を残しておくってさ」

ハリーは目を開けた。しかし、ロンはもう部屋にはいなかった。

僕と二人きりになりたくないんだ。ムーディの言葉を聞いたあとだもの。自分の中になにがいるかを知ってしまった以上、みな僕にいて欲しくはないだろう。

夕食に下りていくつもりはない。むりやり僕と一緒にいてもらわなくてもいい。ハリーは寝返りを打ち、すぐにまた眠りに落ちた。目が覚めたのはかなり時間が経ってからで、明け方だった。空腹で胃が痛む。ロンは隣のベッドでいびきをかいている。目を凝らして部屋を見回すと、フィニアス・ナイジェラスの黒い輪郭《りんかく》がふたたび肖像画の額の中に立っている。たぶんダンブルドアが、ハリーがだれかを襲わないようにフィニアス・ナイジェラスを見張りに送ってよこしたにちがいない。穢《けが》れているという思いが激しくなった。ハリーは半ば後悔した。ダンブルドアの言うことに従わないほうがよかった……。グリモールド・プレイスでの暮らしが、これからずっとこんなふうなら、結局プリベット通りのほうがましかもしれない。

その日の午前中、ハリー以外の全員でクリスマスの飾りつけをした。シリウスがこんなに上機嫌なのを、ハリーは見たことがなかった。クリスマス・ソングまで歌っている。だれかとクリスマスを一緒に過ごせることが、うれしくてたまらない様子だ。下の階から、ハリーが一人座っている寒々とした客間まで、床を通してシリウスの歌声が響いてきた。空がだんだん白くなり、雪模様に変わるのを窓から眺めながら、ハリーは自虐的な満足感に浸っていた。どうせみな、僕のことを話しているにちがいない。僕はみなに僕のことを話す機会を作ってやってるんだ。昼食どき、ウィーズリーおばさんが、下の階からやさしくハリーの名前を呼ぶのが聞こえたが、ハリーはもっと上の階に引っ込んで、おばさんを無視した。

夕方六時ごろ、玄関の呼び鈴が鳴り、ブラック夫人がまたしてもさけびはじめた。マンダンガスかだれか、騎士団のメンバーだろうと思い、ハリーはバックビークの部屋の壁に寄りかかり、より楽な姿勢を確保した。ハリーはそこに隠れ、ヒッポグリフにネズミの死骸《しがい》をやりながら、自分の空腹を忘れようとした。数分後、だれかがドアを激しくたたく音にハリーは不意を衝《つ》かれた。

「そこにいるのはわかってるわ」ハーマイオニーの声だ。「お願い、出てきてくれない？　話があるの」

「なんで、君がここに？」

ハリーはドアをぐいと引いて開けた。バックビークが、食いこぼしたかもしれないネズミのかけらを漁って、また藁《わら》敷《じ》きの床を引っかきはじめた。

「パパやママと一緒に、スキーに行ってたんじゃないの？」

「あのね、ほんとのことを言うと、スキーって、どうも私の趣味じゃないのよ」ハーマイオニーが答えた。「それで、ここでクリスマスを過ごすことにしたの」

ハーマイオニーの髪には雪が載り、頬は寒さで紅くなっている。

「でも、ロンには言わないでね。ロンがさんざん笑うから、スキーはとってもおもしろいものだって、そう言ってやったの。パパもママもちょっとがっかりしてたけど、私、こう言ったの。試験に真剣な生徒は全部ホグワーツに残って勉強するって。二人とも私にいい成績を取って欲しいから、納得してくれるわ。とにかく——」ハーマイオニーは元気よく言った。「あなたの部屋に行きましょう。ロンのママが部屋に火を焚《た》いてくれたし、サンドイッチも届けてくださったわ」

ハーマイオニーのあとについてハリーは三階に下り、部屋に入ると、ロンとジニーがロンのベッドに腰掛けて待っていた。ハリーはどぎまぎした。

「私、『夜の騎士《ナイト》バス』に乗ってきたの」ハリーに口を開く間も与えず、ハーマイオニーは上着を脱ぎながら気楽な調子で話している。「ダンブルドアが昨日の朝一番に、なにがあったかを教えてくださったわ。でも、正式に学期が終わるのを待ってから出発しないとならなかったの。あなたたちにまんまと逃げられて、アンブリッジはもうカンカンよ。ダンブルドアは、ウィーズリーさんが聖マンゴに入院中で、あなたたちにお見舞いにいく許可を与えたって説明したんだけど。ところで……」

ハーマイオニーはジニーの隣に腰掛け、ロンと三人でハリーを見た。

「気分はどう？」ハーマイオニーがあらためてたずねた。

「元気だ」ハリーは素気なく言った。

「まあ、ハリー、むりするもんじゃないわ」ハーマイオニーが焦《じ》れったそうに返した。「ロンとジニーから聞いたわよ。聖マンゴから帰ってからずっと、みんなを避けているんですって？」

「そう言ってるのか？」ハリーはロンとジニーを睨《にら》んだ。ロンは足元に目を落としたが、ジニーはまったく気後れしない。

「だって本当だもの！」ジニーが言った。「それに、あなたはだれとも目を合わせないわ！」

「僕と目を合わせないのは、君たちのほうだ！」ハリーは怒った。

「もしかしたら、互いちがいに目を見て、すれちがってるんじゃないの？」ハーマイオニーが口元をぴくぴくさせながら言った。

「そりゃおかしいや」ハリーは突き放すようにそう言うなり、顔を背けた。

「ねえ、全然わかってもらえないなんて思うのはおよしなさい」ハーマイオニーは厳しい。「ねえ、みんなが昨夜『伸び耳』で盗み聞きしたことを話してくれたんだけど——」

「へぇえ？」いまやしんしんと雪の降り出した外を眺めながら、ハリーは両手を深々とポケットに突っ込んでうなるように言った「みんな、僕のことを話してたんだろう？　まあ、僕はもう慣れっこだけど」

「私たち、あなたと話したかったのよ、ハリー」ジニーが堪《こら》え切れずに口を出した。「だけど、あなたったら、帰ってきてからずっと隠れていて——」

「だれにも話しかけて欲しくなかったんだ」ハリーは、だんだんいらいらが募るのを意識していた。

「あら、それはちょっとおばかさんね」ジニーが怒ったように言う。『例のあの人』に取り憑《つ》かれたことのある人って、私以外にいないはずよ。それがどういう感じなのか、私なら教えてあげられるのに」

ジニーの言葉の衝撃で、ハリーは動けなかった。やがて、その場に立ったまま、ジニーに向きなおった。

「僕、忘れてた」ハリーが言う。

「幸せな人ね」ジニーが冷静に返した。

「ごめん」ハリーは心からすまないと思った。「それじゃ……それじゃ、君は、僕が取り憑かれていると思う？」

「そうね、あなた、自分のやったことを全部思い出せる？」ジニーが聞いた。「なにをしようとしていたのか思い出せない、大きな空白期間がある？」

ハリーは必死で考えた。

「ない」ハリーが答える。

「それじゃ、『例のあの人』はあなたに取り憑いてはいないわ」ジニーはこともなげに斬り捨てた。「あの人が取り憑いたときは、私、何時間も自分がなにをしていたか思い出せなかったの。どうやって行ったのかわからないのに、気がつくとある場所にいたり」

ハリーはジニーの言うことがとうてい信じられないような気持ちだったが、それでも気分が軽くなっていた。

「でも、僕の見た、君のパパと蛇の夢は――」

「ハリー、あなた、前にもそういう夢を見たことがあったわ」ハーマイオニーが指摘する。「先学期、ヴォルデモートがなにを考えているか、突然閃《ひらめ》いたことがあったでしょう」

「今度のはちがう」ハリーが首を振りながら言う。「僕は蛇の中にいた。僕自身が蛇だった……。ヴォルデモートが僕をロンドンに運んだのだとしたら――？」

「まあ、そのうち」ハーマイオニーが落胆したような声を出す。「あなたも読むときがくるかもしれない、『ホグワーツの歴史』をね。そしたらたぶんわかるわ。ホグワーツの中では『姿現わし』も『姿くらまし』もできないの、ハリー。ヴォルデモートだろうと、あなたを寮から連れ出して飛ばせるなんてことはできないのよ」

「君はベッドを離れてないぜ、おい」ロンが口を出した。「僕、君が眠りながらのた打ち回っているのを見たよ。僕たちがたたき起こすまで少なくとも一分ぐらい」

ハリーは考えながら、また部屋の中を往《い》ったり来たりしはじめた。みなの言うことは、単なる慰めではなく、理屈が通っている。……ほとんど無意識に、ハリーはベッドの上に置かれた皿からサンドイッチを取り、ガツガツと口に詰め込みはじめた。

なるほど。となると、結局僕は武器じゃないんだ。幸福な、ほっとした気持ちが胸をふくらませた。バックビークの部屋に行くシリウスが、クリスマス・ソングの替え歌を大声で歌いながら、ハリーたちの部屋の前を足音も高く通り過ぎていった。

「♪世のヒッポグリフ忘るな、クリスマスは……」

ハリーは一緒に歌いたい気分だった。

クリスマスにプリベット通りに帰るなんて、どうしてそんなとんでもないことを考えたんだろう？　シリウスは、館がまたにぎやかになったことが、とくにハリーがもどってきたことがうれしくてたまらないようだ。その気持ちにみなも感染した。シリウスはもうこの夏のような不機嫌な家主ではなく、みなにホグワーツでのクリスマス以上に楽しく過ごしてもらおうと決意したみたいだった。クリスマスをめざしてシリウスは、みなに手伝わせて掃除やら飾りつけやらと、疲れも見せずに働いた。おかげで、クリスマス・イブにみながベッドに入るときには、館は見違えるようになっていた。くすんだシャンデリアには、蜘蛛の巣の代わりにヒイラギの花飾りと金銀のモールがかかり、すり切れたカーペットには輝く魔法の雪が積もっている。マンダンガスが手に入れてきた大きなクリスマスツリーには本物の妖精が飾りつけられ、ブラック家の家系図を覆い隠していた。屋敷しもべ妖精の首の剥製《はくせい》さえ、サンタクロースの帽子をかぶり、白ひげを生やしていた。

クリスマスの朝、目を覚ましたハリーはベッドの脚元にプレゼントの山を見つけたが、ロンはもう、かなり大きめの山を半分ほど開け終わっていた。

「今年は大収穫だぞ」ロンは包み紙の山の向こうからハリーに教えた。「『箒用羅針《ほうきらしん》盤《ばん》』をありがとう。すごいよ。ハーマイオニーのなんか目じゃない。――あいつ、『宿題計画帳』なんかくれたんだぜ――」

ハリーはプレゼントの山をかき分け、ハーマイオニーの手書きが添えられた包みを見つけた。ハリーにも同じプレゼントだ。日記帳のような本だが、ページを開けるたびに声を出す。たとえば、「今日やらないと、明日は後悔！」。

シリウスとルーピンからは、『実践的防衛術と闇の魔術に対するその使用法』という、すばらしい全集だった。呪いや呪い崩し呪文の記述の一つひとつに、見事な動くカラーイラストがついている。ハリーは第一巻を夢中でパラパラとめくった。これは、DAの計画を立てるのに大いに役立つ。ハグリッドは茶色の毛皮の財布をくれた。牙《きば》がついているのは、泥棒避けのつもりなのだろう。残念なことに、ハリーが財布にお金を入れようとするたびに、指を食いちぎられそうになる。トンクスのプレゼントは、ファイアボルトの動くミニチュア・モデルだった。それが部屋の中をぐるぐる飛ぶのを眺めながらハリーは、本物の箒が手許《てもと》にあったらなぁと気が沈んだ。ロンは巨大な箱入りの「百味《ひゃくみ》ビーンズ」をくれた。ウィーズリーおじさん、おばさんは、いつもの手編みのセーターとミンスパイだ。ドビーは、なんともひどい絵をくれた。

自分で描いたのだろう。もしかしたらそのほうがまだましかと思い、ハリーは絵を逆さまにしてみた。ちょうどそのとき、バシッと音がして、フレッドとジョージがハリーのベッドの脚元に「姿現わし」してきた。

「メリー・クリスマス」ジョージが言った。「しばらくは下に行くなよ」

「どうして？」ロンが聞いた。

「ママがまた泣いてるんだ」フレッドが重苦しい声で言う。「パーシーがクリスマス・セーターを送り返してきやがった」

「手紙もなしだ」ジョージがつけ加えた。「パパの具合はどうかと聞きもしないし、見舞いにもこない」

「おれたち、慰めようと思って」フレッドがハリーの持っている絵を覗き込もうと、ベッドを回り込みながら言った。「それで、『パーシーなんか、ばかでっかいネズミの糞《くそ》の山』だって言ってやった」

「効き目なしさ」ジョージが蛙チョコレートを勝手に摘みながら引き取る。「そこでルーピンと選手交代だ。ルーピンの慰めが効いてから朝食に下りていくのがいいだろうな」

「ところで、これはなんのつもりかな？」フレッドが目を細めてドビーの絵を眺めている。「目のまわりの黒いテナガザルってとこかな」

「ハリーだよ！」ジョージが絵の裏を指さした。「裏にそう書いてある」

「似てるぜ」フレッドがにやりとした。ハリーは真新しい「宿題計画帳」をフレッドに投げつけたが、計画帳は後ろの壁に当たって床に落ち、楽しそうな声を出した。

「爪にツメなし瓜にツメあり。最後の仕上げが終わったら、なんでも好きなことをしていいわ！」

みな起き出して着替えをすませた。家の中で互いに「メリー・クリスマス」の挨拶を交わす声が聞こえる。階段を下りる途中でハーマイオニーに出会った。

「ハリー、本をありがとう」ハーマイオニーがうれしそうに言う。「あの『新数霊術《しんすうれいじゅつ》理論』の本、ずっと読みたいと思っていたのよ！　それから、ロン、あの香水、ほんとにユニークだわ」

「どういたしまして」ロンが言った。「それ、いったいだれのためだい？」

ロンはハーマイオニーが手にしている、きちんとした包みを顎《あご》で指した。

「クリーチャーよ」ハーマイオニーが明るく言う。

「まさか服じゃないだろうな！」ロンが咎《とが》めるように釘を刺した。「シリウスが言ったこと、わかってるだろう？『クリーチャーは知りすぎている。自由にしてやるわけにはいかない！』」

「服じゃないわ」ハーマイオニーが言う。「もっとも、私ならあんな汚らしいボロ布よりはましなものを身に着けさせるけど。ううん、これパッチワークのキルトよ。クリーチャーの寝室が明るくなると思って」

「寝室って？」ちょうどシリウスの母親の肖像画の前を通るところだったので、ハリーは声を落としてささやいた。

「まあね、シリウスに言わせると、寝室なんてものじゃなくて、いわば――巣穴だって」ハーマイオニーが答えた。「クリーチャーは、厨房《ちゅうぼう》脇の納戸にあるボイラーの下で寝ているみたいよ」

地下の厨房に着くと、ウィーズリーおばさんしかいなかった。竈《かまど》のところに立って、みなに「メリー・クリスマス」と挨拶するおばさんの声は、まるで鼻風邪を引いているようだった。だれもがおばさんの目を見ないようにした。

「それじゃ、ここがクリーチャーの寝床？」ロンは食料庫と反対側の角にある薄汚い戸までゆっくり歩いた。ハリーはその戸が開いているのを見たことがない。

「そうよ」ハーマイオニーは少しぴりぴりしながら言う。「あ……ノックしたほうがいいと思うけど」

ロンは拳《こぶし》でコツコツと戸をたたいたが、返事はなかった。

「上の階をこそこそうろついてるんだろ」ロンはいきなり戸を開けた。「うえっ！」

ハリーは中を覗いた。納戸の中は、旧式の大型ボイラーでほとんど一杯だったが、パイプの下の隙間に、クリーチャーがなんだか巣のようなものをこしらえていた。床にボロ布やぷんぷん臭う古毛布がごたごたに寄せ集められ、積み上げられている。その真ん中に小さなへこみがあり、クリーチャーが毎晩どこで丸まって寝るのかを示している。ごたごたのあちこちに、腐ったパンくずやかびの生えた古いチーズのかけらが見える。一番奥の隅には、コインや小物が光っている。シリウスが館から放り出したものを、クリーチャーが泥棒カササギよろしく集めまくったのだろう。夏休みにシリウスが捨てた銀の額入り家族写真も、クリーチャーはなんとか回収していた。ガラスは壊れているものの、白黒写真の人物たちは高慢ちきな顔でハリーを見上げていた。その中に――ハリーは胃袋がざわっとした――黒髪の、腫《は》れぼったい瞼《まぶた》の魔女がいる。ハリーが、ダンブルドアの「憂《うれ》いの篩《ふるい》」で裁判を傍聴したときに見た、ベラトリックス・レストレンジだ。どうやら、この写真はクリーチャーのお気に入りらしく、他の写真の一番前に置き、スペロテープで不器用にガラスを貼り合わせていた。

「プレゼントをここに置いておくだけにするわ」ハーマイオニーはボロと毛布のへこみの真ん中にきちんと包みを置き、そっと戸を閉めた。「あとで見つけるでしょう。それでいいわ」

「そう言えば」納戸を閉めたとき、ちょうどシリウスが食料庫から大きな七面鳥を抱えて現れた。「近ごろだれかクリーチャーを見かけたかい？」

「ここにもどってきた夜に見たきりだよ」ハリーが答えた。「シリウスおじさんが、厨房《ちゅうぼう》から出ていけって、命令してたよ」

「ああ……」シリウスが顔をしかめた。「わたしも、あいつを見たのはあのときが最後だ……。上の階のどこかに隠れているにちがいない」

「出ていっちゃったってことはないよね？」ハリーが続けた。「つまり、『出ていけ』って言われたとき、この館から出ていけという意味に取ったとか？」

「いや、いや、屋敷しもべ妖精は、衣服をもらわないかぎり出ていくことはできない。主人の家に縛りつけられているんだ」シリウスは断定する。

「本当にそうしたければ、家を出ることができるよ」ハリーが反論する。「ドビーがそうだった。三年前、僕に警告するためにマルフォイの家を離れたんだ。あとで自分を罰しなければならなかったけど、とにかくやってのけたよ」

シリウスは一瞬ちょっと不安そうな顔をしたが、やがて口を開いた。

「あとであいつを探すよ。どうせ、どこか上の階で、僕の母親の古いブルマーかなにかにしがみついて目を泣き腫《は》らしているんだろう。もちろん、乾燥用戸棚に忍び込んで死んでしまったということもありうるが……まあ、そんな期待はしないほうがいいだろうな」

フレッド、ジョージ、ロンは笑い、ハーマイオニーは非難の目つきになった。

クリスマス・ランチのあと、ウィーズリー一家にハリーとハーマイオニーは、マッド-アイとルーピンの護衛つきでもう一度ウィーズリー氏の見舞いにいくことにしていた。クリスマス・プディングとトライフルのデザートに間に合う時間にやってきたマンダンガスは、病院行きのために車を一台〝借りて〟きていた。クリスマスには地下鉄が走っていないからだ。車はハリーの見るところ、持ち主の了解の下に借り出されたとはとうてい思えないものだが、かつてのウィーズリーおじさんの中古車、フォード・アングリアのときと同じように、呪文で大きくなっている。外側は普通の大きさなのに、運転するマンダンガスのほか十人が楽々乗り込めた。ウィーズリーおばさんは、乗り込む前にためらっていた――マンダンガスを認めたくない気持ちと、魔法なしで移動するのはいやだという気持ちが戦っているのが、ハリーにはよくわかった――しかし、外が寒かったことと子供たちにせがまれたことで、ついに勝敗が決した。おばさんは後部席のフレッドとビルの間に潔く座り込んだ。

道路がとても空いていたので、聖マンゴまでの旅はあっという間だった。人通りのない街路に、病院を訪れるほんの数人の魔法使いや魔女がこそこそと入っていく。ハリーもみなもそこで車を降りた。マンダンガスは車を道の角に寄せて、みなの帰りを待った。一行は、緑のナイロン製エプロンドレスを着たマネキンが立っているショーウィンドウに向かってゆっくりと何気なく歩き、一人ずつウィンドウの中に入っていった。

受付ロビーはクリスマスの楽しい気分に包まれていた。聖マンゴ病院を照らすクリスタルの球は、赤や金色に塗られた輝く巨大な玉飾りになっていた。戸口という戸口にはヒイラギが下がり、魔法の雪や氷柱で覆われたクリスマスツリーが、あちこちの隅でキラキラ輝いていた。ツリーのてっぺんには金色にきらめく星がついている。病院は、この前ハリーたちがきたときほど混んではいなかったが、待合室の真ん中あたりで、ハリーは左の鼻の穴にみかんが詰まった魔女に押し退《の》けられた。

「家庭内のいざこざなの？　え？」ブロンドの案内魔女が、デスクの向こうでにんまりした。「この手の患者さんは、あなたで今日三人目よ……。呪文性損傷。五階」

ウィーズリー氏はベッドにもたれかかっていた。膝《ひざ》に載せた盆に、昼食の七面鳥の食べ残しがあり、なんだかバツの悪そうな顔をしている。

「あなた、お加減《かげん》はいかが？」みなの挨拶が終わり、プレゼントも渡し終えてから、おばさんがたずねた。

「ああ、とてもいい」ウィーズリーおじさんの返事は、少し元気がよすぎた。「母さん――その――スメスウィック癒師《いし》には会わなかっただろうね？」

「いいえ」おばさんが疑わしげに答えた。「どうして？」

「いや、別に」おじさんはプレゼントの包みを解きはじめながら、なんでもなさそうに答えた。

「みんな、いいクリスマスだったかい？　プレゼントはなにをもらったのかね？　ああ、ハリー――こりゃ、すばらしい！」おじさんはハリーからのプレゼントを開けたところだった。ヒューズの銅線とネジ回しだ。

おじさんの答えにまだ完全に納得していないウィーズリーおばさんは、ハリーと握手しようとかがんだ夫の寝巻きの下の包帯をちらりと見た。

「あなた」おばさんの声が、ネズミ捕りのようにピシャッと響いた。「包帯を換えましたね。アーサー、一日早く換えたのはどうしてなの？　明日までは換える必要がないって聞いていましたよ」

「えっ？」ウィーズリーおじさんは、かなりドキッとした様子で、ベッドカバーを胸まで引っ張り上げた。「いや、その――なんでもない――ただ――私は――」

ウィーズリーおじさんは、射すくめるようなおばさんの目の前に、萎《しぼ》んでいくように見える。

「いや――モリー、心配しないでくれ。オーガスタス・パイがちょっと思いついてね……ほら、研修癒《けんしゅうい》の、気持ちのいい若者だがね。それが大変興味を持っているのが

――ん ―……補助医療でね――つまり、旧来のマグル療法なんだが……そのなんだ、縫合《ほうごう》と呼ばれているものでね、モリー。これが非常に効果があるんだよ――マグルの傷には――」

ウィーズリーおばさんが不吉な声を出した。悲鳴ともうなり声ともつかない声だ。ルーピンは、ウィーズリーおじさんのまわりにいる大勢の見舞い客を羨《うらや》ましそうに眺めているだれも見舞い客のいない狼男のほうにゆっくり歩いていく。ビルはお茶を飲みにいってくるとかなんとかつぶやき、フレッドとジョージはすぐに立ち上がって、にやにやしながらビルについて行った。

「あなたのおっしゃりたいのは」ウィーズリーおばさんの声は、一語一語大きくなっていった。みながあわてふためいて避難していくのには、どうやらまったく気づいていない。「マグル療法でばかなことをやっていたというわけ？」

「モリーや、ばかなことじゃないよ」ウィーズリーおじさんがすがるように弁解する。「なんと言うか――パイと私とで試してみたらどうかと思っただけで――ただ、まことに残念ながら――まあ、この種の傷には――私たちが思っていたほどには効かなかったわけで――」

「つまり？」

「それは……おまえが知っているかどうか、あの――縫合というものだが？」

「あなたの皮膚を元どおりに縫い合わせようとしたみたいに聞こえますけど？」ウィーズリーおばさんはちっともおもしろくありませんよという笑い方をしている。

「だけど、いくらあなたでも、アーサー、そこまでばかじゃないでしょう――」

「僕もお茶が飲みたいな」ハリーは急いで立ち上がった。

ハーマイオニー、ロン、ジニーも、ハリーと一緒にほとんど走るようにしてドアに向かい、背後でドアがパタンと閉まったとたん、ウィーズリーおばさんのさけび声が聞こえてきた。

「だいたいそんなことだって、どういうことですか？」

「まったくパパらしいわ」四人で廊下を歩きはじめたとき、ジニーが頭を振り振りため息をついた。

「縫合だって……まったく……」

「でもね、魔法の傷以外ではうまくいくのよ」ハーマイオニーが公平な意見を述べた。「たぶん、あの蛇の毒が縫合糸を溶かしちゃうかなんかするんだわ。ところで喫茶室はどこかしら？」

「六階だよ」

ハリーが、案内魔女のデスクの上に掛かっていた案内板を思い出して言った。

両開きの扉を通り廊下を歩いていくと、頼りなげな階段があった。階段の両側に粗野な顔をした癒者《いしゃ》たちの肖像画が掛かっている。一行が階段を上ると、その癒者たちが四人に呼びかけ、奇妙な病状の診断を下したり、恐ろしげな治療法を意見してきた。中世の魔法使いがロンに向かってまちがいなく重症の黒斑病《こくはんびょう》だとさけんだときには、ロンは大いに腹を立てた。

「だったらどうなんだよ?」

ロンが憤慨して聞いた。その癒者は、六枚もの肖像画を通り抜け、それぞれの主《ぬし》を押し退けて追いかけてきていた。

「お若い方、これは非常に恐ろしい皮膚病ですぞ。あばた面になりますな。そして、いまよりもっとぞっとするような顔に——」

「だれに向かってぞっとする顔なんて言ってるんだ!」ロンの耳が真っ赤になっている。

「——治療法はただ一つ。ヒキガエルの肝《きも》を取って首にきつく巻きつけ、満月の夜に、素っ裸でウナギの目玉が詰まった樽《たる》の中に立ち——」

「僕は黒斑病なんかじゃない!」

「しかし、お若い方、貴殿の顔面にある、その醜い汚点は——」

「ソバカスだよ!」ロンはカンカンになった。「さあ、自分の額にもどれよ。僕のことはほっといてくれ!」

ロンはほかの三人を振り返った。だれもが必死で普通の顔をしていた。

「ここ、何階だ？」

「六階だと思うわ」ハーマイオニーが答えた。

「ちがうよ。五階だ」ハリーが訂正する。「もう一階――」

しかし、踊り場に足をかけたとたん、ハリーは立ち止まった。呪文性損傷の札の掛かった廊下の入口に、小さな窓のついた両開きのドアがある。ハリーはその窓に目を取られた。ガラスに鼻を押しつけて、一人の男が覗いている。波打つ金髪、明るいブルーの眼、にっこりと意味のない笑いに輝くような白い歯を見せる男。

「なんてこった」ロンも男を見つめた。

「まあ、驚いた」ハーマイオニーも気がつき、息が止まったような声を出す。「ロックハート先生！」

かつての「闇の魔術に対する防衛術」の先生が、ドアを押し開けこちらにやってくる。ライラック色の部屋着を着ている。

「おや、こんにちは！」先生が挨拶した。「私のサインが欲しいんでしょう？」

「あんまり変わっていないね？」ハリーがジニーにささやいた。ジニーはニヤッと笑った。

「えーと――先生、お元気ですか？」

ロンはちょっと気が咎《とが》めるように挨拶した。ロックハート先生は記憶を失い、聖マンゴに入院するはめになった。そのときロックハートはハリーとロンの記憶を永久に消し去ろうとしていたのだから、ハリーの同情も薄い。

「大変元気ですよ。ありがとう」ロックハートは生き生きと答え、ポケットから少しくたびれた孔雀の羽根ペンを取り出す。「さて、サインはいくつ欲しいですか？　私は、もう続け字が書けるようになりましたからね！」

「あー――いまはサインは結構です」ロンはハリーに向かって眉毛《まゆげ》をきゅっと吊り上げて見せた。

「先生、廊下をうろうろしていていいんですか？　病室にいないといけないんじゃないですか？」ハリーが聞く。

ロックハートのにっこりがゆっくり消えていく。しばらくの間ハリーをじっと見つめ、やがてこう言った。

「どこかでお会いしませんでしたか？」

「あー――ええ、会いました」ハリーが答えた。「あなたは、ホグワーツで私たちを教えていらっしゃいました。憶《おぼ》えてますか？」

「教えて？」ロックハートはかすかにうろたえた様子で繰り返した。「私が？　教えていた？」

それから突然笑顔がもどった。びっくりするほど突然だった。

「きっと、君たちの知っていることは全部私が教えたんでしょう？　さあ、サインはいかが？　一ダースもあればいいでしょう。お友達に配るといい。そうすれば、もらえない人はだれもいないでしょう！」

しかしちょうどそのとき、廊下の一番奥のドアから人が首を出し、声をかけた。

「ギルデロイ、悪い子ね。いったいどこをうろついていたの？」

髪にティンセルの花輪を飾った、母親のような顔つきの癒者《いしゃ》が、ハリーたちに温かく笑いかけながら、廊下の向こうから急いでやってきた。

「まあ、ギルデロイ、お客さまなのね！　よかったこと。しかもクリスマスの日にですもの！　あのね、この子にはだれもお見舞いにこないのよ。かわいそうに。どうしてなんでしょうね。こんなにかわいい子ちゃんなのに。ねえ、坊や？」

「サインをしてたんだよ！」

ギルデロイは癒者に向かって、またにっこりと輝く歯を見せた。

「たくさん欲しがってね。だめだって言えないんだ！　写真が足りるといいんだけど！」

「おもしろいことを言うのね」ロックハートの腕を取り、おませな二歳の子供でも見るような目で、いとおしそうににっこりとロックハートにほほえみかけながら、癒者が言う。「二、三年前まで、この人はかなり有名だったのよ。サインをしたがるのは、記憶がもどりかけている印ではないかと、私たちはそう願っているんですよ。こちらへいらっしゃいな。この子は隔離病棟にいるんですよ。私がクリスマス・プレゼントを運び込んでいる間に、抜け出したにちがいないわ。普段はドアに鍵がかかっているの……この子が危険なのじゃありませんよ！　でも」癒者は声を落としてささやく。「この子にとって危険なの。かわいそうに……自分がだれかもわからないでしょ。ふらふらさまよって、帰り道がわからなくなるの……。本当によくきてくださったわ」

「あの」ロンが上の階を指さして、むだな抵抗を試みた。「僕たち、実は——えーと——」

しかし、癒者がいかにもうれしそうに四人に笑いかけたので、ロンが力なく「お茶を飲みにいくところで」というブツブツ声は、尻すぼみに消えていった。四人はしかたがないと顔を見合わせ、ロックハートと癒者について廊下を歩いた。

「早く切り上げようぜ」ロンがそっと言った。

癒者は「ヤヌス・シッキー病棟」と書かれたドアを杖《つえ》で指し、「アロホモーラ」と唱えた。ドアがパッと開き、癒者が先導して入った。ベッド脇の肘掛《ひじかけ》椅子に座らせるまで、ギルデロイの腕をしっかり捕まえたままだった。

「ここは長期療養の病棟なの」ハリー、ロン、ハーマイオニー、ジニーに、癒者《いしゃ》が低い声で教えた。「呪文性の永久的損傷のね。もちろん、集中的な治療薬と呪文とちょっとした幸運で、多少は症状が改善します。ギルデロイは少し自分を取りもどしたようですし、ボードさんなんかは本当によくなりました。話す能力を取りもどしてきたみたいですもの。まだ私たちにわかる言語はなにも話せませんけどね。さて、クリスマス・プレゼントを配ってしまわないと。みんな、お話していてね」

ハリーはあたりを見回した。この病棟は、まちがいなく入院患者がずっと住む家だとはっきりわかる印がいろいろある。ウィーズリーおじさんの病棟に比べると、ベッドの周囲に個人の持ち物がたくさん置いてある。たとえば、ギルデロイのベッドの頭の上の壁は写真だらけで、その全部がにっこり白い歯を見せて訪問客に手を振っている。ギルデロイは写真の多くに、子供っぽいばらばらな文字で自分宛にサインをしていた。癒者が肘掛椅子に座らせたとたん、ギルデロイは新しい写真の山を引き寄せ、羽根ペンをつかんで夢中でサインを始めた。

「封筒に入れるといい」サインし終わった写真を一枚ずつジニーの膝《ひざ》に投げ入れながら、ギルデロイが言った。「私はまだ忘れられてはいないんですよ。まだまだ。いまでもファンレターがどっさりくる……グラディス・ガージョンなんか週一回くれる……どうしてなのか知りたいものだけど……」ギルデロイは言葉を切り、かすかに不思議そうな顔をしたが、またにっこりして、ふたたびサインに熱中した。「きっと私がハンサムだからなんだろうね……」

反対側のベッドには、土気色《つちけいろ》の肌をした悲しげな顔の魔法使いが、天井を見つめて横たわっていた。ひとりでなにやらブツブツつぶやき、まわりのことはまったく気づかない様子だ。二つ向こうのベッドには、頭全体に動物の毛が生えた魔女がいる。ハリーは二年生のときハーマイオニーに同じようなことが起こったのを思い出した。ハーマイオニーの場合は、幸いにも永久的なものではなかったけれど。一番奥の二つのベッドは、周囲に花柄のカーテンが引かれ、中の患者にも見舞い客にも、ある程度プライバシーが保てるようになっていた。

「アグネス、あなたの分よ」癒者が明るく言いながら、毛むくじゃらの魔女に、クリスマス・プレゼントの小さな山を手渡している。「ほーらね、あなたのこと、忘れてないでしょ？　それに息子さんがふくろう便で、今夜お見舞いにくると言ってよこしましたよ。よかったわね？」

アグネスは二声、三声、大きく吠《ほ》えた。

「それから、ほうら、ブロデリック、鉢植え植物が届きましたよ。それに素敵なカレンダー。毎月ちがう種類の珍しいヒッポグリフの写真が載っているわ。これでパッと明るくなるわね？」

癒者《いしゃ》はひとり言の魔法使いのところにいそいそと歩いていき、ベッド脇の収納棚の上に、鉢植えを置いた。長い触手をゆらゆらさせた、なんだか醜い植物だった。それから杖《つえ》で壁にカレンダーを貼った。

「それから――あら、ミセス・ロングボトム、もうお帰りですか？」

ハリーの頭が思わずくるりと回った。一番奥の二つのベッドを覆ったカーテンが開き、見舞い客が二人、ベッドの間の通路を歩いてきた。あたりを払う風貌《ふうぼう》の老魔女は、長い緑のドレスに虫食いだらけの狐の毛皮をまとい、尖《とが》った三角帽子にはまぎれもなく本物のハゲタカの剥製《はくせい》が載っている。後ろに従っているのは、打ちひしがれた顔の――ネビルだ。

突然すべてが読めた。ハリーには、奥のベッドにだれがいるのかがわかった。ネビルがだれにも気づかれず、質問も受けずにここから出られるようにと、他の三人の注意を逸《そ》らす物を探して、ハリーはあわててまわりを見回した。しかし、ロンも「ロングボトム」の名前が聞こえて目を上げていた。ハリーが止める間もなく、ロンが呼びかけた。

「ネビル！」

ネビルはまるで弾丸がかすめたかのように、飛び上がって縮こまった。

「ネビル、僕たちだよ」ロンが立ち上がって明るく言う。「ねえ、見た――？　ロックハートがいるよ！　君はだれのお見舞いなんだい？」

「ネビル、お友達かえ？」

ネビルのおばあさまが、四人に近づきながら、上品な口ぶりで聞いた。

ネビルは身の置き所がない様子だ。ぽっちゃりした顔に、赤紫色がさっと広がり、だれとも目を合わせないようにしている。ネビルのおばあさまは、目を凝らしてハリーを眺め、しわだらけの鉤爪《かぎづめ》のような手を差し出して握手を求めた。

「おう、おう、あなたがどなたかは、もちろん存じてますよ。ネビルがあなたのことをたいへん褒《ほ》めておりましてね」

「あ――どうも」ハリーが握手しながら応えた。ネビルはハリーの顔を見ようとせず、自分の足元を見つめている。顔の赤みがどんどん濃くなっていた。

「それに、あなた方お二人は、ウィーズリー家の方ですね」

ミセス・ロングボトムは、ロンとジニーに次々と、威風堂々《いふうどうどう》手を差し出した。

「ええ、ご両親を存じ上げておりますよ――もちろん親しいわけではありませんが――しかし、ご立派な方々です。ご立派な……そして、あなたがハーマイオニー・グレンジャーですね？」

ハーマイオニーはミセス・ロングボトムが自分の名前を知っていたのでちょっと驚

いたような顔をしたが、臆《おく》せず握手をした。

「ええ、ネビルがあなたのことは全部話してくれました。何度か窮地を救ってくださったのね？　この子はいい子ですよ」おばあさまは、骨ばった鼻の上から、厳しく評価するような目でネビルを見下ろした。「でもこの子は、口惜《くちお》しいことに、父親の才能を受け継ぎませんでした」そして、奥の二つのベッドのほうにぐいと顔を向けた。帽子の剥製《はくせい》ハゲタカが脅すように揺れる。

「えーっ？」ロンが仰天した（ハリーはロンの足を踏んづけたかったが、ローブではなくジーンズなので、そういう技をこっそりやり遂げるのはかなり難しい）。「奥にいるのは、ネビル、君の父さんなの？」

「なんたることです？」ミセス・ロングボトムの鋭い声が飛んだ。「ネビル、おまえは、お友達に、両親のことを話していなかったのですか？」

ネビルは深く息を吸い込み、天井を見上げて首を横に振った。ハリーは、これまでこんなに気の毒な思いをしたことがなかった。しかし、どうやったらこの状況からネビルを助け出せるか、なにも思いつかない。

「いいですか、なにも恥じることはありません！」ミセス・ロングボトムは怒りを込めて断言した。「おまえは誇りにすべきです。ネビル、誇りに！　あのように正常な体と心を失ったのは、一人息子が親を恥に思うためではありませんよ。おわかりか！」

「僕、恥に思ってない」

ネビルは消え入るように言ったが、頑《かたく》なにハリーたちの目を避けている。ロンはいまや爪先立ちで、二つのベッドにだれがいるか覗こうとしていた。

「はて、それにしては、おかしな態度だこと！」ミセス・ロングボトムが言う。「わたくしの息子と嫁は」おばあさまは誇り高く、ハリー、ロン、ハーマイオニー、ジニーの四人に向きなおった。「『例のあの人』の配下に、正気を失うまで拷問されたのです」

ハーマイオニーとジニーは、あっと両手で口を押さえた。ロンはネビルの両親を覗こうと首を伸ばすのをやめ、恥じ入った顔になった。

「二人とも『闇祓《やみばら》い』だったのですよ。しかも魔法使いの間では非常に尊敬を集めていました」ミセス・ロングボトムの話は続いた。「夫婦揃って、才能豊かでした。わたくしは――おや、アリス、どうしたのかえ？」

ネビルの母親が、寝間着のまま、部屋の奥から這《は》うような足取りで近寄ってきた。ムーディに見せてもらった不死鳥の騎士団設立メンバーの古い写真に写る、ふっくらとした幸せそうな面影はどこにもない。いまやその顔はやせこけ、やつれ果てて、目だけが異常に大きく見えた。髪は白くまばらで、死人のようだ。なにか話したい様子ではなかった。いや、話すことができなかったのだろう。しかし、おずおずとした仕草で、ネビルのほうに、なにかを持った手を差し伸ばした。

「またかえ?」ミセス・ロングボトムは少しうんざりした声を出した。「よしよし、アリスや――ネビル、なんでもいいから、受け取っておあげ」

ネビルはもう手を差し出していた。その手の中へ、母親は「よくふくらむドルーブル風船ガム」の包み紙をポトリと落とした。

「まあ、いいこと」

ネビルのおばあさまは、楽しそうな声を取り繕《つくろ》い、母親の肩をやさしくたたいた。

ネビルは小さな声で、「ママ、ありがとう」と声をかけていた。

母親は、鼻歌を歌いながらよろよろとベッドにもどっていった。ネビルはみなの顔を見回した。笑いたきゃ笑え、と挑むような表情だ。しかし、ハリーはこれまでの人生で、こんなにも笑いから遠いものを見たことはない。

「さて、もう失礼しましょう」

ミセス・ロングボトムは緑の長手袋を取り出し、ため息をついた。

「みなさんにお会いできてよかった。ネビル、その包み紙はクズ籠《かご》にお捨て。あの子がこれまでにくれた分で、もうおまえの部屋の壁紙が貼れるほどでしょう」

しかし、二人が立ち去るとき、ネビルが包み紙をポケットに滑り込ませるのを、ハリーはたしかに見た。

二人が出ていき、ドアが閉まった。

「知らなかったわ」ハーマイオニーが涙を浮かべて言った。

「僕もだ」ロンはかすれ声だ。

「私もよ」ジニーがささやくように言う。

三人がハリーを見た。

「僕、知ってた」ハリーが暗い声で言った。「ダンブルドアが話してくれた。でも、だれにも言わないって、僕、約束したんだ……ベラトリックス・レストレンジがアズカバンに送られたのは、そのためなんだ。ネビルの両親が正気を失うまで『磔《はりつけ》の呪い』を使ったからだ」

「ベラトリックス・レストレンジがやったの？」ハーマイオニーが恐ろしそうに言った。「クリーチャーが巣穴に持っていた、あの写真の魔女？」

長い沈黙が続いた。ロックハートの怒った声が沈黙を破った。

「ほら、せっかく練習して続け字のサインが書けるようになったのに！」

第24章　閉心術

クリーチャーは、屋根裏部屋に潜んでいた。シリウスが、埃《ほこり》まみれになって隠れているクリーチャーを見つけたのだ。ブラック家の形見の品を探して、さらに自分の巣穴に持ち込もうとしていたにちがいないと言う。シリウスはこの筋書きに納得していたが、ハリーはなんだか妙に胸が騒いだ。ふたたび姿を現したクリーチャーは、どことなく前より機嫌がよいように見える。辛辣《しんらつ》なつぶやきが少し治まり、これまでより従順に命令に従うようになった。しかし、ハリーは一度ならず、この屋敷しもべ妖精が自分を熱っぽく見つめていることに気づいた。ハリーがふいに目をやると、クリーチャーはいつもすばやく目を逸《そ》らすのだった。

ハリーは、このもやもやした疑惑を、クリスマスが終わって急激に元気をなくしたシリウスには言わなかった。ホグワーツへの出発の日が近づいてくるにつれ、シリウスはますます不機嫌になっていった。ウィーズリーおばさんが「むっつり発作」と呼ぶ症状が始まると、シリウスは無口で気難しくなり、しばしばバックビークの部屋に何時間も引きこもることになった。シリウスの憂鬱《ゆううつ》は、毒ガスのようにドアの下から滲《し》み出し、館中に拡散して全員が感染した。

ハリーはシリウスを、またクリーチャーと二人きりで残していきたくなかった。事実、こんなことははじめてだったが、ハリーはホグワーツに帰りたいという気持ちになれなかった。学校に帰るということは、またドローレス・アンブリッジの圧政の下に置かれるということだ。みなのいない間に、アンブリッジはまたしても十以上の省令を強行したにちがいない。クィディッチを禁じられているハリーには、その楽しみもない。試験がますます迫ってきたので、宿題の負担が重くなることは目に見えているし、ダンブルドアは相変わらずよそよそしい。実際、DAさえなければ、ホグワーツを退学させてグリモールド・プレイスに置いてくれるよう、シリウスに頼み込もうかとさえ思った。

そして、休暇最後の日に、学校に帰るのが本当に恐ろしいと思わせる出来事が起こった。

「ハリー」ウィーズリーおばさんが、ロンとの二人部屋のドアから顔を覗かせた。ちょうど魔法チェスをしているところで、ハーマイオニー、ジニー、クルックシャンクスは観戦していた。「厨《くりや》に下りてきてくれる？　スネイプ先生がお話があるんですって」

ハリーは、おばさんの言ったことが、すぐにはぴんとこなかった。自分の持ち駒のルークが、ロンのポーンと激しく格闘している最中で、ハリーはルークを焚《た》きつけるのに夢中だった。

「やっつけろ——やっちまえ。たかがポーンだぞ、うすのろ。あ、おばさん、ごめんなさい。なんですか？」

「スネイプ先生ですよ。厨房《ちゅうぼう》で。ちょっとお話があるんですって」

ハリーは恐怖で口があんぐり開いたまま、ロン、ハーマイオニー、ジニーを見た。三人も口を開けてハリーを見つめ返している。ハーマイオニーが苦労して押さえ込んでいたクルックシャンクスが、大喜びでチェス盤に飛び載り、駒は金切り声を上げて逃げ回った。

「スネイプ？」ハリーはぽかんとして言った。

「スネイプ先生ですよ」ウィーズリーおばさんがたしなめた。「さあ、早くいらっしゃい。長くはいられないとおっしゃってるわ」

「いったい君になんの用だ？」おばさんの顔が引っ込むと、ロンが落ち着かない様子で疑問を口にした。「なんかやらかしてないだろうな？」

「やってない！」ハリーは憤然として答えたが、スネイプがわざわざグリモールド・プレイスに訪ねてくるとは、自分はいったいなにをやったのだろうかと考え込む。最後の宿題が最悪の「T」でも取ったのだろうか？

それから一、二分後、ハリーは厨房のドアを開けて、中にシリウスとスネイプがいるのを見た。二人とも長テーブルに座っていたが、目を背けて反対方向を睨《にら》みつけている。互いの嫌悪感で、重苦しい沈黙が流れていた。シリウスの前に手紙が広げてある。

「あのー」ハリーは到着したことを告げた。

スネイプの脂《あぶら》っこい簾《すだれ》のような黒髪に縁取られた顔が、振り向く。

「座るんだ、ポッター」

「いいか」シリウスが椅子ごとそっくり返り、椅子を後ろの二本脚だけで支えながら、天井に向かって大声で言った。「スネイプ。ここで命令を出すのはご遠慮願いたいですな。なにしろ、わたしの家なのでね」

スネイプの血の気のない顔に、険悪な赤みがさっと広がった。ハリーはシリウスの隣の椅子に腰を下ろし、テーブル越しにスネイプと向き合った。

「ポッター、我輩《わがはい》は君一人だけと会うはずだった」スネイプの口元が、おなじみの嘲《あざけ》りで歪《ゆが》む。「しかし、ブラックが――」

「わたしはハリーの名付け親だ」シリウスがいっそう大声を出した。

「我輩《わがはい》はダンブルドアの命でここにきた」反対にスネイプの声は、だんだん低く不愉快なトーンに変わっていった。「しかし、ブラック、よかったらどうぞいてくれたまえ。気持ちはわかる……かかわっていたいわけだ」

「なにが言いたいんだ？」シリウスは後ろ二本脚だけでそっくり返っていた椅子を、バーンと大きな音とともに元にもどした。

「別に他意はない。君はきっと――あー――いらついているだろうと思ってね。なにも役に立つことができなくて」スネイプは言葉を微妙に強調する。「騎士団のためにね」

今度はシリウスが赤くなる番だった。ハリーのほうを向きながら、スネイプの唇が勝ち誇ったように歪《ゆが》んだ。

「校長が君に伝えるようにと我輩をよこしたのだ、ポッター。校長は来学期に君が『閉心術《へいしんじゅつ》』を学ぶことをお望みだ」

「なにを？」ハリーはぽかんとした。

スネイプはますますあからさまに嘲《あざけ》り笑いを浮かべた。

「『閉心術』だ、ポッター。外部からの侵入に対して心を防衛する魔法だ。世に知られていない分野の魔法だが、非常に役に立つ」

ハリーの心臓が急速に鼓動しはじめた。外部の侵入に対する防衛？　だけど、僕は取り憑《つ》かれてはいない。そのことはみなが認めた……。

「その『閉──なんとか』を、どうして、僕が学ばないといけないんですか？」ハリーは思わず質問した。

「なぜなら、校長がそうするのがよいとお考えだからだ」スネイプはさらりと答えた。「一週間に一度、個人教授を受ける。しかし、なにをしているかはだれにも言うな。とくに、ドローレス・アンブリッジには。わかったな？」

「はい」ハリーが答えた。「だれが教えてくださるのですか？」

スネイプの眉《まゆ》が吊り上がった。

「我輩だ」

ハリーは、内臓が溶けていくような恐ろしい感覚に襲われた。スネイプと課外授業──こんな目にあうなんて、僕がなにをしたって言うんだ？　ハリーは助けを求めて、急いでシリウスの顔を見た。

「どうしてダンブルドアが教えないんだ？」シリウスが食ってかかった。「なんで君が？」

「たぶん、あまり喜ばしくない仕事を委譲《いじょう》するのは、校長の特権なのだろう」スネイプは滑らかに言う。「言っておくが、我輩がこの仕事を懇願したわけではない」スネイプが立ち上がった。「ポッター、月曜の夕方六時にくるのだ。我輩の研究室。だれかに聞かれたら、『魔法薬』の補習だと言え。我輩の授業での君を知る者なら、補習の必要性を否定するまい」

スネイプは旅行用の黒マントを翻《ひるがえ》し、立ち去りかけた。

「ちょっと待て」シリウスが椅子に座りなおす。

スネイプは顔だけを二人に向けた。せせら笑いを浮かべている。

「我輩《わがはい》はかなり急いでいるんだがね、ブラック。君とちがって、際限なく暇なわけではない」

「では、要点だけ言おう」ブラックが立ち上がった。スネイプよりかなり背が高い。スネイプがマントのポケットの中で、杖《つえ》の柄《え》と思《おぼ》しい部分をにぎりしめるのがわかる。「もし君が、『閉心術』の授業を利用してハリーを辛《つら》い目にあわせていると聞いたら、わたしが黙ってはいないぞ」

「泣かせることよ」スネイプが嘲《あざけ》りもあらわに言う。「しかし、ポッターが父親そっくりなことには、当然君も気づいているだろうね？」

「ああ、そのとおりだ」シリウスが誇らしげに言った。

「さて、それなればわかるだろうが、こいつの傲慢《ごうまん》さときたら、批判など端《はな》から受けつけぬ」スネイプがすらりと言い放《の》つ。

シリウスは荒々しく椅子を押し退け、テーブルを回り込み、杖を抜き放ちながらつかつかとスネイプに詰め寄った。スネイプも自分の杖をさっと取り出す。二人は真正面から向き合った。シリウスはカンカンに怒り、スネイプはシリウスの杖の先から顔へと目を走らせながら状況を読んでいる。

「シリウス！」ハリーが大声で呼んだが、シリウスには聞こえないようだ。

「警告したはずだ、スニベルス」シリウスが言った。シリウスの顔はスネイプからほんの数十センチしか離れていない。「ダンブルドアが、貴様を改心したと思っていようと知ったことじゃない。わたしのほうがよくわかっている――」

「おや、それなら、どうしてダンブルドアにそう言わんのかね？」スネイプがささやくように言う。「それとも、なにかね、母親の家に六か月も隠れている男の言うことは、真剣に取り合ってくれないとでも思っているのか？」

「ところで、このごろルシウス・マルフォイはどうしてるかね？　さぞかし喜んでいるだろうね？　自分のペット犬がホグワーツで教えていることで」

「犬と言えば」スネイプが低い声で言い放つ。「君がこの前、駅まで遠足に出かける危険をあえて冒した際、ルシウス・マルフォイに気づかれたことを知っているかね？　うまい考えだったな、ブラック。安全な駅のホームで姿を見られるようにするとは……これで鉄壁の口実ができたわけだ。隠れ家から今後いっさい出ないという口実がね？」

シリウスが杖《つえ》を上げた。

「やめて！」ハリーはさけびながらテーブルを飛び越え、二人の間に割って入った。「シリウス、やめて！」

「わたしを臆病者呼ばわりするのか？」シリウスは、吠《ほ》えるように言うと、ハリーを押し退《の》けようとした。しかし、ハリーはてこでも動かない。

「まあ、そうだ。そういうことだな」スネイプが言った。

「ハリー――そこを――どけ！」シリウスは歯をむき出してうなると、空いている手でハリーを押し退けた。

厨房《ちゅうぼう》のドアが開き、ウィーズリー一家全員とハーマイオニーが入ってきた。みな幸せ一杯という顔で、真ん中には誇らしげな顔のウィーズリーおじさんがいる。縞《しま》のパジャマの上に、レインコートを着ている。

「治った！」おじさんが厨房全体に元気よく宣言した。「全快だ！」

おじさんも他のウィーズリー一家も、目の前の光景に入口で釘づけになった。見られたほうも、そのままの形で動きを止めている。シリウスとスネイプは、互いの顔に杖を突きつけたまま入口を見ていた。ハリーは二人を引き離そうと、両手を広げ、間に突っ立って固まっている。

「なんてこった」ウィーズリーおじさんの顔から笑いが消えた。「いったい何事だ？」

シリウスもスネイプも杖を下ろした。ハリーは両方の顔を交互に見た。二人ともきわめつきの軽蔑の表情をしていたが、思いがけなく大勢の目撃者が入ってきたことで正気を取りもどしたようだ。スネイプは杖をポケットにしまうと、さっと厨房を横切り、ウィーズリー一家の横を物も言わずに通り過ぎ、ドアのところで振り返った。

「ポッター、月曜の夕方、六時だ」

そしてスネイプは去った。シリウスは杖を手に持ったまま、その後ろ姿を睨《にら》みつけていた。

「いったいなにがあったんだ？」ウィーズリーおじさんがもう一度聞く。

「アーサー、なんでもない」シリウスは長距離を走った直後のように、ハァハァ息をはずませていた。「昔の学友と、ちょっとした親しいおしゃべりさ」シリウスがほほえんだ。相当努力したような笑いだ。「それで……治ったのかい？　そりゃあ、よかった。ほんとによかった」

「ほんとにそうよね？」ウィーズリーおばさんは夫を椅子のところまで導いた。「最終的にはスメスウィック癒師《いし》の魔法が効いたのね。あの蛇の牙《きば》にどんな毒があったにせよ、解毒剤を見つけたの。それに、アーサーはマグル医療なんかにちょっかいを出して、いい薬になったわ。そうでしょう？　あなたっ」おばさんがかなり脅しをきかせた。

「そのとおりだよ、モリーや」おじさんがおとなしく言った。

その夜の晩餐《ばんさん》は、ウィーズリーおじさんを囲んで、楽しいものになるはずだった。シリウスが努めてそうしようとしているのが、ハリーにはわかった。しかし、ハリーの名付け親は、フレッドやジョージの冗談に合わせてむりに声を上げて笑ったり、みなに食事を勧めたりしているとき以外は、むっつりと考え込むような表情にもどっていた。ハリーとシリウスの間には、マンダンガスとマッド‐アイが座っていた。ウィーズリー氏に快気祝いを述べるために立ち寄った二人だ。ハリーはスネイプの言葉なんか気にするなとシリウスに言いたかった。スネイプはわざと挑発したんだ。シリウスがダンブルドアに言われたとおりに、グリモールド・プレイスに留まっているからといって、臆病者だなんて思う人はほかにだれもいない。しかし、ハリーには声をかける機会がなかった。それに、シリウスの険悪な顔を見ていると、たとえ機会があっても、あえてそう言うことがいいのかどうか、迷いが生じる。その代わりハリーは、ロンとハーマイオニーにスネイプとの「閉心術」の授業のことを、こっそり話して聞かせた。

「ダンブルドアは、あなたがヴォルデモートの夢を見なくなるようにしたいんだわ」ハーマイオニーが即座に言った。「まあね、そんな夢、見なくても困ることはないでしょ?」

「スネイプと課外授業?」ロンは肝をつぶした。「僕なら、悪夢のほうがました!」

次の日は、「夜の騎士《ナイト》バス」に乗ってホグワーツに帰ることになっていた。翌朝ハリー、ロン、ハーマイオニーが厨房《ちゅうぼう》に下りていくと、護衛につくトンクスとルーピンが朝食の席に着いていた。ハリーがドアを開けたとき、大人たちはひそひそ話の最中だったらしい。全員がさっと振り向き、急に口をつぐんだ。

あわただしい朝食の後、灰色の一月の朝の冷え込みに備え、全員上着やスカーフで身繕《みづくろ》いした。ハリーは胸が締めつけられるような不快な気分だった。シリウスに別れを告げたくない。この別れがなにかいやだった。次に会うのはいつなのかわからない気がした。そして、シリウスにばかなことをしないようにと言うのは、ハリーの役目のような気がする。――スネイプが臆病者呼ばわりしたことでシリウスがひどく傷つき、いまやグリモールド・プレイスを抜け出すなにか無鉄砲な旅を計画しているのではないかと心配だった。しかし、なんと言うべきか思いつかないうちに、シリウスがハリーを手招きした。

「これを持っていって欲しい」シリウスは新書版の本ほどの、不器用に包んだなにかをハリーの手に押しつけた。

「これ、なに?」ハリーが聞いた。

「スネイプが君を困らせるようなことがあったら、わたしに知らせる手段だ。いや、ここでは開けないで！」シリウスはウィーズリーおばさんのほうを用心深く見た。おばさんは双子に手編みのミトンをはめるように説得中だった。「モリーは賛成しないだろうと思うんでね――でも、わたしを必要とするときには、君に使って欲しい。いいね？」

「オーケー」ハリーは上着の内ポケットに包みをしまい込んだ。しかし、それがなんであれ、決して使わないだろうと思った。スネイプがこれからの「閉心術」の授業で、僕をどんなひどい目にあわせても、シリウスを安全な場所から誘い出すのは、絶対に僕じゃない。

「それじゃ、行こうか」シリウスはハリーの肩をたたき、辛《つら》そうにほほえんだ。そして、ハリーがなにも言えないでいるうちに二人は上の階に上がり、重い鎖と閂《かんぬき》のかかった玄関扉の前で、ウィーズリー一家に囲まれていた。

「さよなら、ハリー。元気でね」ウィーズリーおばさんがハリーを抱きしめた。

「またな、ハリー。私のために、蛇を見張っていておくれ」ウィーズリーおじさんは、握手しながら朗らかに言った。

「うん――わかった」ハリーはシリウスのことを気にしながら上の空で答えた。シリウスに注意するならこれが最後の機会だ。ハリーは振り返り、名付け親の顔を見て口を開きかけた。しかし、声を出す前に、シリウスが片腕でさっとハリーを抱きしめ、ぶっきらぼうに言った。

「元気でな、ハリー」次の瞬間、ハリーは凍るような冬の冷気の中に押し出されていた。トンクスが（今日は背の高い、濃い灰色の髪をした田舎暮らしの貴族風の変装だ）、ハリーを追い立てるようにして階段を下りる。

十二番地の扉が背後でバタンと閉じた。一行はルーピンについて入口の階段を下り、歩道に出たところでハリーは振り返った。両側の建物が横に張り出し、十二番地はその間に押しつぶされるようにどんどん縮んでいき、瞬きする間に消えてしまった。

「さあ、バスに早く乗るに越したことはないわ」トンクスが言う。広場のあちこちに目を走らせているトンクスの声が、ぴりぴりしているとハリーは感じた。ルーピンがパッと右腕を上げた。

バーン。

ど派手な紫色の三階建てバスがどこからともなく一行の目の前に現れた。危うく近くの街灯にぶつかりそうになったが、街灯が飛び退《の》いて道をあけた。

紫の制服を着た、やせてニキビだらけの、耳が大きく突き出た若者が、歩道にぴょんと飛び降りて言った。「ようこそ、夜――」

「はい、はい、わかってるわよ。ごくろうさん」トンクスがすばやく言った。「乗って、乗って、さあ――」

そして、トンクスはハリーを乗車ステップのほうへ押しやる。前を通り過ぎるハリーを、車掌がじろじろ見た。

「いやー――アリーだ――!」

「その名前を大声で言ったりしたら、呪いをかけてあんたを消滅させてやるから」次にジニーとハーマイオニーを押しやりながら、トンクスが低い声で脅しをかけた。

「僕さ、一度こいつに乗ってみたかったんだ」ロンがうれしそうに乗り込み、ハリーのそばにきてきょろきょろしている。

以前にハリーが「夜の騎士《ナイト》バス」に乗ったときは夜で、三階とも真鍮《しんちゅう》の寝台で一杯だった。今回は早朝なので、てんでんばらばらな椅子が詰め込まれ、窓際にいいかげんに並べて置かれている。バスがグリモールド・プレイスで急停車した際に、椅子がいくつかひっくり返ったらしい。何人かの魔法使いや魔女たちが、ブツブツ言いながら立ち上がりかけている。だれかの買物袋がバスの端から端まで滑ったらしく、カエルの卵やら、ゴキブリ、カスタードクリームなどが混ぜこぜになって、床一面に散らばっていた。

「どうやら分かれて座らないといけないね」空いた席を見回しながら、トンクスがきびきびと指示した。「フレッドとジョージとジニー、後ろの席に座って……リーマスが一緒に座れるわ」

トンクス、ハリー、ロン、ハーマイオニーは三階まで進み、一番前に二席と後ろに二席見つけた。車掌のスタン・シャンパイクが、興味津々に後ろの席までハリーとロンにくっついてくる。ハリーが通り過ぎるのに合わせて、次々と乗客の顔が振り向き、後部座席に落ち着いたところで、全部の顔がまたパッと前を向いた。

ハリーとロンが、それぞれ十一シックルずつスタンに渡すと、バスはぐらぐら危なっかしげに揺れながら、ふたたび動き出した。歩道に上がったり下りたり、グリモールド・プレイスを縫うようにゴロゴロと走り、またしてもバーンという大音響とともに乗客はみな後ろにひっくり返りそうになる。ロンの椅子は完全にひっくり返った。膝《ひざ》に載っていたピッグウィジョンが籠《かご》から飛び出し、ピーピーやかましく囀《さえず》りながらバスの前方まで飛んでいってハーマイオニーの肩に舞い降りた。ハリーは腕木式の蠟《ろう》燭《そく》立てにつかまり、やっとのことで倒れずにすんだ。窓の外を見ると、バスはどうやら高速道路のようなところを突っ走っていた。

「バーミンガムのちょっと先でぇ」ハリーが聞きもしないのに、スタンがうれしそうに答えた。ロンは床から立ち上がろうとじたばたしている。「アリー、元気だったか？　おめぇさんの名前は、この夏さんざん新聞で読んだぜ。だがよ、なぁにひとっついいことは書いてねえ。おれはアーンに言ってやったね。こう言ってやった。『おれたちが見たときゃ、アリーは狂ってるようにゃ見えなかったなぁ？　まったくよう』」

スタンは二人に切符を渡したあとも、わくわくして、ハリーを見つめ続けた。どうやらスタンにとっては、新聞に載るほど有名なら、変人だろうが奇人だろうがどうでもいいらしい。「夜の騎士《ナイト》バス」は右側からでなく左側から何台もの車を追い抜き、わなわなと危険な揺れ方をした。前を見ると、ハーマイオニーが両手で目を覆っている。ピッグウィジョンがその肩でうれしそうにゆらゆらしていた。

バーン。

またしても椅子が後ろに投げ出された。バスはバーミンガムの高速道路から飛び降り、ヘアピンカーブだらけの静かな田舎道に出ていた。両側の生け垣が、バスに乗り上げられそうになると、飛び退《の》いて道をあけた。そこから、にぎやかな町の大通りに出たり、小高い丘に囲まれた陸橋を通ったり、高層アパートの谷間の吹きさらしの道路に出たりし、そのたびにバーンと大きな音がした。

「僕、気が変わったよ」ロンがブツブツ言った。床から立ち上がること六回目だった。「もうこいつには二度と乗りたくない」

「ほいさ、この次の次がオ《ホ》グワーツでぇ」スタンがゆらゆらしながらやってきて、威勢よく告げた。「前に座ってる、おめぇさんと一緒に乗り込んだ、あの態度のでかい姉さんが、チップをくれてよう、おめぇさんたちを先に降ろしてくれってこった。ただ、マダム・マーシを先に降ろさせてもらわねぇと――」下のほうからゲェゲェむかつく音が聞こえ、続いてドッと吐《は》くいやな音。「――ちょいと気分がよくねえんで」

数分後、「夜の騎士バス」は小さなパブの前で急停車した。衝突を避けるように、パブは身を縮めた。スタンが不幸なマダム・マーシをバスから降ろし、二階のデッキの乗客がやれやれとささやく声が聞こえてきた。バスはふたたび動き出し、スピードを上げた。そして――

バーン。

バスは雪深いホグズミードを走っていた。脇道の奥に、ちらりとホッグズ・ヘッドが見えた。イノシシの生首の看板が冬の風に揺れ、キーキー鳴っている。降りしきる雪がバスの大きなフロントガラスを打つ。バスはようやくホグワーツの校門前で停車した。

ルーピンとトンクスがバスからみなの荷物を降ろすのを手伝い、それから別れを告げるために下車した。ハリーがバスをちらりと見ると、乗客全員が、三階全部の窓に鼻をぺったり押しつけて、こちらをじっと見下ろしている。

「校庭に入ってしまえば、もう安全よ」人気のない道に油断なく目を走らせながら、トンクスが言った。「いい新学期をね、オッケー？」

「体に気をつけて」ルーピンが全員とひと渡り握手し、最後にハリーの番となった。「いいかい……」ほかのみながトンクスと最後の別れを交わしている間、ルーピンが声を落として諭《さと》した。「ハリー、君がスネイプを嫌っているのは知っている。だが、あの人は優秀な『閉心術士《へいしんじゅつし》』だ。それに、私たち全員が――シリウスも含めて――君が身を護る術を学んで欲しいと思っている。だから、がんばるんだ。いいね？」

「うん、わかりました」年のわりに多いしわが刻まれたルーピンの顔を見上げながら、ハリーは重苦しく答えた。「それじゃ、また」

六人はトランクを引きずりながら、つるつる滑る馬車道を城に向かって懸命に歩いた。ハーマイオニーはもう、寝る前にしもべ妖精の帽子をいくつか編む話をしている。樫《かし》の木の玄関扉にたどり着いたとき、ハリーは後ろを振り返った。「夜の騎士《ナイト》バス」はもういなくなっていた。明日の夜のことを考えると、ハリーはずっとバスに乗っていたかったと、半ばそんな気持ちになった。

次の日、ほとんど一日中、ハリーはその晩のことを恐れて過ごした。午前中に二時限続きの「魔法薬」の授業があったが、スネイプはいつもどおりにいやらしく、ハリーの怯《おび》えた気持ちを和らげるのにはまったく役に立たなかった。しかも、DAのメンバーが、授業の合間に入れ替わり立ち替わりハリーのところにやってきては、今夜は会合はないのかと期待を込めて聞くので、ハリーはますます滅入った。

「次の会合の日程が決まったら、いつもの方法で知らせるよ」ハリーは同じことを繰り返した。「だけど、今夜はできない。僕――えーと――「魔法薬」の補習を受けなくちゃならないんだ」

「君が、魔法薬の補習？」玄関ホールで昼食後にハリーを追い詰めたザカリアス・スミスが、ばかにしたように聞き返した。「驚いたな。君、よっぽどひどいんだ。スネイプは普通、補習なんてしないだろ？」

人をいらいらさせるような陽気さですたすた立ち去るスミスの後ろ姿を、ロンが睨《にら》みつける。

「呪いをかけてやろうか？　ここからならまだ届くぜ」ロンが杖《つえ》を上げ、スミスの肩甲骨《けんこうこつ》の間あたりに狙いをつけた。

「ほっとけよ」ハリーはしょげ切って言う。「みんなきっとそう思うだろ？　僕がよっぽどば――」

「あら、ハリー」背後で声がした。振り返ると、チョウが立っている。

「ああ」ハリーの胃袋が、気持ちの悪い飛び上がり方をした。「やあ」

「私たち、図書室に行ってるわ」ハーマイオニーがきっぱり言いながら、ロンの肘《ひじ》の上あたりをひっつかみ、大理石の階段のほうへ引きずっていった。

「クリスマスは楽しかった？」チョウが聞く。

「うん、まあまあ」ハリーが答えた。

「私のほうは静かだったわ」なぜか、チョウはかなりもじもじしている。

「あの……来月またホグズミード行きがあるわ。掲示を見た？」

「え？　あ、いや。帰ってからまだ掲示板を見てない」

「そうなのよ。バレンタインデーね……」

「そう」ハリーは、なぜチョウがそんなことを自分に言うのだろうと訝《いぶか》った。「えぇっと、たぶん君は——」

「あなたがそうしたければだけど」チョウが熱を込めて言う。

ハリーは目を見開いた。いま言おうとしたのは、「たぶん君は、次のDAの会合がいつなのか知りたいんだろう？」だった。しかし、チョウの受け答えはどうもちぐはぐだ。

「僕——えー——」

「あら、そうしたくないなら、別にいいのよ」チョウは傷ついたような顔をした。

「気にしないで。私――じゃ、またね」

チョウは行ってしまった。ハリーはその後ろ姿を見つめ、脳みそを必死で回転させながら突っ立っていた。すると、なにかがポンと当てはまった。

「チョウ！　おーい――チョウ！」ハリーはチョウを追いかけ、大理石の階段の中ほどで追いついた。「えーと――バレンタインデーに、僕と一緒にホグズミードに行かないか？」

「えぇぇ、いいわ！」チョウは真っ赤になってハリーににっこり笑いかけた。

「そう……じゃ……それで決まりだ」今日という一日も、まったくのむだではなかったという気がする。午後の授業の前に、ロンとハーマイオニーを迎えに図書室に行くハリーは、ほとんど体がはずんでいた。

しかし、夕方の六時になると、チョウ・チャンに首尾よくデートを申し込んだうれしい輝かしさも、もはや不吉な気持ちを明るくしてくれる材料にはならなかった。スネイプの研究室に向かう一歩ごとに、不吉さが募った。

部屋にたどり着くとドアの前に立ち止まり、この部屋以外ならどこだって行くのに、とハリーは思った。それから深呼吸をひとつして、おもむろにドアをノックし、ハリーは部屋に入った。

部屋は薄暗く、壁に並んだ棚には、何百というガラス瓶《びん》が並び、さまざまな色合いの魔法薬に、動物や植物のヌルッとした断片が浮かんでいた。片隅に、材料がぎっしり入った薬戸棚がある。スネイプはハリーがその戸棚から中の物を盗んだという言いがかりで――いわれのないものではなかったけれど――ハリーを責めたことがある。しかし、ハリーの気を引いたのは、むしろ机の上にあるルーン文字や記号が刻まれた石の水盆《すいぼん》だった。蠟燭《ろうそく》の光溜りの中に置かれている。ハリーにはそれがなにかすぐわかった――ダンブルドアの「憂《うれ》いの篩《ふるい》」だ。いったいなんのためにここにあるのだろうと訝《いぶか》っていたハリーは、スネイプの冷たい声が薄暗がりの中から上がって、飛び上がった。

「ドアを閉めるのだ、ポッター」

ハリーは言われたとおりにした。自分自身を牢に閉じ込めたような気がしてぞっとする。部屋の中にもどると、スネイプは明るいところに移動していた。そして机の前にある椅子を黙って指さした。ハリーが座り、スネイプも腰を下ろした。冷たい暗い目が、瞬きもせずハリーを捕らえた。顔のしわの一本一本に嫌悪感が刻まれている。

「さて、ポッター。ここにいる理由はわかっているな」スネイプが言った。「『閉心術』を君に教えるよう、校長から頼まれた。我輩《わがはい》としては、君が『魔法薬』より少しはましなところを見せてくれるよう望むばかりだ」

「ええ」ハリーはぶっきらぼうに答えた。

「ポッター、この授業は、普通とはちがうかもしれぬ」スネイプは憎々しげに目を細めた。「しかし、我輩が君の教師であることに変わりない。であるから、我輩に対しては、必ず『先生』とつけるのだ」

「はい……先生」ハリーが言った。

「さて、『閉心術』だ。君の大事な名付け親の厨房《ちゅうぼう》で言ったように、この分野の術は、外部からの魔法による侵入や影響に対して心を封じる」

「それで、ダンブルドア校長は、どうして僕にそれが必要だと思われるのですか？先生」ハリーは果たしてスネイプが答えるだろうかと訝《いぶか》りながら、まっすぐにスネイプの目を見る。

スネイプは一瞬ハリーを見つめ返したが、やがてばかにしたように言った。

「君のような者でも、もうわかったのではないかな？ポッター。闇の帝王は『開《かい》心術《しんじゅつ》』に長《た》けている――」

「それ、なんですか？先生」

「他人の心から感情や記憶を引き出す能力だ――」

「人の心が読めるんですか？」ハリーが即座に言った。最も恐れていたことが確認されたのだ。

「繊細さのかけらもないな、ポッター」スネイプの暗い目がぎらりと光った。「微妙なちがいが、君には理解できない。その欠点のせいで、君はなんとも情けない魔法薬しか作れない」

スネイプはここで一瞬間を置き、言葉を続ける前にハリーをいたぶる楽しみを味わっているように見える。

『読心術』はマグルの言い種《ぐさ》だ。心は書物ではない。好きなときに開いたり、暇なときに調べたりするものではない。思考とは、侵入者がだれかれなく一読できるように、頭蓋骨の内側に刻み込まれているようなものではない。心とは、ポッター、複雑で、重層的なものだ――少なくとも、大多数の心とはそういうものだ」スネイプがにやりと笑った。「しかしながら、『開心術』を会得した者は、一定の条件の下で獲物の心を穿《うが》ち、そこに見つけたものを解釈できるという。たとえば闇の帝王は、だれかが嘘をつくと、ほとんど必ず見破る。『閉心術』に長《た》けた者だけが、嘘とは裏腹な感情も記憶も閉じ込めることができ、帝王の前で虚偽を口にしてもけっして見破られることがない」

スネイプがなんと言おうが、ハリーには「開心術」は「読心術」のようなものに思えた。そして、どうもいやな感じの言葉だ。

「それじゃ、『あの人』は、たったいま僕たちが考えていることがわかるかもしれないんですか？　先生」

「闇の帝王は相当遠くにいる。しかも、ホグワーツの壁も敷地も、古くからのさまざまな呪文で護られているからして、中に住む者の体ならびに精神的安全が確保されている」スネイプが言った。「ポッター、魔法では時間と空間がものを言う。『開心術』では、往々にして目を合わせることが重要となる」

「それなら、どうして僕は『閉心術』を学ばなければならないんですか？」

スネイプは、唇を長く細い指の一本でなぞりながら、ハリーを意味ありげに見た。

「ポッター、通常の原則はどうやら君には当てはまらぬ。君を殺しそこねた呪いが、なんらかの絆を、君と闇の帝王との間に創り出したようだ。事実の示唆するところによれば、ときおり君の心が非常に弛緩《しかん》し、無防備な状態になると――たとえば、眠っているときだが――君は闇の帝王と感情、思考を共有する。校長はこの状態が続くのは芳しくないとお考えだ。我輩《わがはい》に、闇の帝王に対して心を閉じる術を、君に教えて欲しいとのことだ」

ハリーの心臓がまたしても早鐘を打ちはじめた。なにもかも、理屈に合わない。

「でも、どうしてダンブルドア先生はそれをやめさせたいんですか？」ハリーが唐突に聞いた。「僕だってこんなの好きじゃない。でも、これまで役に立ったじゃありませんか？　つまり……僕は蛇がウィーズリー氏を襲うのを見た。もし僕が見なかったら、ダンブルドア先生はウィーズリー氏を助けられなかったでしょう？　先生？」

スネイプは、相変わらず指を唇に這《は》わせながら、しばらくハリーを見つめていた。やがて口を開いたスネイプは、一言一言、言葉の重みを計るかのように、考えながら話した。

「どうやら、ごく最近まで、闇の帝王は君との間の絆に気づいていなかったらしい。いままでは、君が帝王の感情を感じ、帝王の思考を共有したが、帝王のほうはそれに気づかなかった。しかし、君がクリスマス直前に見た、あの幻覚は……」

「蛇とウィーズリー氏の？」

「口を挟むな、ポッター」スネイプは険悪な声で言った。「いま言ったように、君がクリスマス直前に見たあの幻覚は、闇の帝王の思考にあまりに強く侵入したということであり――」

「僕が見たのは蛇の頭の中だ、あの人のじゃない！」

「ポッター、口を挟むなと、いま言ったはずだが？」

しかし、スネイプが怒ろうが、ハリーはどうでもよかった。ついに問題の核心に迫ろうとしているように思えた。ハリーは座ったままで身を乗り出し、自分でも気づかずに、まるでいまにも飛び立ちそうな緊張した姿勢で、椅子の端に腰掛けていた。

「僕が共有しているのがヴォルデモートの考えなら、どうして蛇の目を通して見たんですか？」

「闇の帝王の名前を言うな！」スネイプが吐《は》き棄《す》てた。

いやな沈黙が流れた。二人は「憂《うれ》いの篩《ふるい》」を挟んで睨《にら》み合う。

「ダンブルドア先生は名前を言います」ハリーが静かに言う。

「ダンブルドアはきわめて強力な魔法使いだ」スネイプが低い声で返す。「あの方なら名前を言っても安心していられるだろうが……その他の者は……」

スネイプは左の肘《ひじ》の下あたりを、どうやら無意識にさすった。そこには、皮膚に焼きつけられた闇の印があることを、ハリーは知っている。

「僕はただ、知りたかっただけです」ハリーは、丁寧な声にもどすように努力した。「なぜ――」

「君は蛇の心に入り込んだ。なぜなら、闇の帝王があのときそこにいたからだ」スネイプがうなるように説いた。「あのとき、帝王は蛇に取り憑《つ》いていた。それで君も蛇の中にいる夢を見たのだ」

「それで、ヴォル――あの人は――僕があそこにいたのに気づいた？」

「そうらしい」スネイプが冷たく応じた。

「どうしてそうだとわかるんですか？」ハリーが急き込んで聞いた。「ダンブルドア先生がそう思っただけなんですか？　それとも――」

「言ったはずだ」スネイプは姿勢も崩さず、目を糸のように細めた。「我輩《わがはい》を『先生』と呼べと」

「はい、先生」ハリーは待ち切れない思いで聞いた。「でも、どうしてそうだとわかるんですか――？」

「そうだとわかっていれば、それでよいのだ」スネイプが押さえつけた。「重要なのは、闇の帝王が、自分の思考や感情に君が入り込めるということに、いまや気づいているということだ。さらに、帝王はこの事実から、その逆も可能だと推量した。つまり、逆に帝王が君の思考や感情に入り込める可能性があると気づいてしまった――」

「それで、僕になにかをさせようとするかもしれないんですか？」ハリーが聞き、「先生？」あわててつけ加えた。

「そうするかもしれぬ」スネイプは冷たく、無関心な声で言った。「そこで『閉心術』に話をもどす」

スネイプがローブのポケットから杖《つえ》を取り出したので、ハリーは座ったまま身を固くした。しかし、スネイプは単に自分のこめかみに杖を上げ、脂《あぶら》っこい髪の根元に杖先を押し当てただけだった。杖を引き抜くと、こめかみから杖先までなにやら銀色のものが伸びている。太い蜘蛛《くも》の糸のようなもので、杖を糸から引き離すと、それは「憂《うれ》いの篩《ふるい》」にふわりと落ち、気体とも液体ともつかない銀白色の渦を巻いた。さらに二度、スネイプはこめかみに杖を当て、銀色の物質を石の水盆《すいぼん》に落とした。そして、一言も自分の行動を説明せず、スネイプは「憂いの篩」を慎重に持ち上げて邪魔にならないように棚に片づけ、杖を構えてハリーと向き合った。

「立て、ポッター。そして、杖を取れ」

ハリーは、落ち着かない気持ちで立ち上がった。二人は机を挟んで向かい合う。

「杖を使い、我輩《わがはい》を武装解除するもよし、そのほか、思いつくかぎりの方法で防衛するもよし」スネイプが言う。

「それで、先生はなにをするんですか？」ハリーはスネイプの杖を不安げに見つめた。

「君の心に押し入ろうとする」スネイプが静かに言う。「どの程度抵抗できるかやってみよう。君が『服従《ふくじゅう》の呪い』に抵抗する能力を見せたことは聞いている。これにも同じような力が必要だということがわかるだろう……。構えるのだ。いくぞ。『開心《かいしん》！　レジリメンス！』」

ハリーがまだ抵抗力を奮い起こしもせず、準備もしないうちに、スネイプが攻撃してきた。目の前の部屋がぐらぐら回り、消えた。切れ切れの映画のように、画面が次々に心をよぎる。そのあまりの鮮明さに目がくらみ、ハリーはあたりが見えなくなった。

五歳だった。ダドリーが新品の赤い自転車に乗るのを見ている。ハリーの心は羨《うらや》ましさで張り裂けそうだ……。九歳。ブルドッグのリッパーに追いかけられ、木に登った。ダーズリー親子が下の芝生で笑っている……。組分け帽子をかぶって座っている。帽子が、スリザリンならうまくやれるとハリーに言っていた……。ハーマイオニーが医務室に横たわっている。顔が黒い毛でとっぷりと覆われていた……。百あまりの吸魂鬼が、暗い湖のそばでハリーに迫ってくる……。チョウ・チャンが、ヤドリギの下でハリーに近づいてきた……。

だめだ。チョウの記憶が次第に近づいてくると、ハリーの頭の中で声がした。見せないぞ。見せるもんか。これは秘密だ――。

ハリーは膝《ひざ》に鋭い痛みを感じた。スネイプの研究室がもどってきた。ハリーは床に膝をついている自分に気づいた。片膝がスネイプの机の脚にぶつかって、ずきずきしている。ハリーはスネイプを見上げた。杖《つえ》を下ろし、手首を揉《も》んでいた。そこに、焦《こ》げたように赤くただれたみみず腫《ば》れがあった。

『針刺《はりさ》しの呪い』をかけようとしたのか？」スネイプが冷たく聞く。

「いいえ」ハリーは立ち上がりながら恨めしげに答えた。

「ちがうだろうな」スネイプは見下すように言った。「君は我輩《わがはい》を入り込ませすぎた。制御力を失った」

「先生は僕の見たものを全部見たのですか？」答えを聞きたくないような気持ち

で、ハリーがたずねた。

「断片だが」スネイプはにたりと唇を歪《ゆが》めた。「あれはだれの犬だ？」

「マージおばさんです」ハリーがぼそりと言った。スネイプが憎かった。

「はじめてにしては、まあ、それほど悪くなかった」スネイプはふたたび杖を上げた。「君は大声を上げて時間とエネルギーをむだにしたが、最終的にはなんとか我輩を阻止した。気持ちを集中するのだ。頭で我輩を撥《は》ねつけろ。そうすれば杖に頼る必要はなくなる」

「僕、やってます」ハリーは怒ったように言い返す。「でも、どうやったらいいか、教えてくれないじゃないですか！」

「態度が悪いぞ、ポッター」スネイプが脅すように言い放つ。「さあ、目をつむりたまえ」

言われたとおりにする前に、ハリーはスネイプを睨《ね》めつけた。スネイプが杖を持って自分と向き合っているのに、目を閉じてそこに立っているというのが気に入らなかった。

「心を空にするのだ、ポッター」スネイプの冷たい声がした。「すべての感情を棄《す》てろ……」

しかし、スネイプへの怒りは、毒のようにハリーの血管をドクンドクンと駆け巡った。怒りを棄てろだって？　両足を取り外すほうがまだたやすい……。もっと克己心が必要だ……。集中しろ。さあ……」

ハリーは心を空にしようと努力した。なにも考えまい、なにも思い出すまい、なにも感じまい……。

「もう一度やるぞ……三つ数えて……一――二――三――『レジリメンス！』」

巨大な黒いドラゴンが、ハリーの前で後足立ちしている……。「みぞの鏡」の中から、父親と母親がハリーに手を振っている……。セドリック・ディゴリーが地面に横たわり、虚ろに見開いた目でハリーを見つめている……。

「いやだあああああああ！」

またしてもハリーは、両手で顔を覆い、両膝《ひざ》をついていた。だれかが脳みそを頭蓋骨から引っ張り出そうとしたかのように頭痛がした。

「立て！」スネイプの鋭い声が飛ぶ。「立つんだ！　やる気がないな。努力していない。自分の恐怖の記憶に、我輩《わがはい》の侵入を許している。我輩に武器を差し出している！」

ハリーはふたたび立ち上がった。たったいま、墓場でセドリックの死体を本当に見たかのように、ハリーの心臓は激しく鳴っていた。スネイプはいつもより蒼《あお》ざめ、いっそう怒っているように見えたが、ハリーの怒りには及ばない。

「僕――努力――している」ハリーは歯を食いしばった。

「感情を無にしろと言ったはずだ！」

「そうですか？　それなら、いま、僕にはそれが難しいみたいです」ハリーはうなるように言い返した。

「なれば、やすやすと闇の帝王の餌食《えじき》になることだろう！」スネイプは容赦なく言い放った。「鼻先に誇らしげに心をひけらかすばか者ども。感情を制御できず、悲しい思い出に浸り、やすやすと挑発される者ども――言うなれば弱虫どもよ――帝王の力の前に、そいつらはなにもできぬ！　ポッター、帝王は、やすやすとおまえの心に侵入するぞ！」

「僕は弱虫じゃない」ハリーは低い声を出した。怒りがドクドクと脈打ち、自分はいまにもスネイプを襲いかねないと思った。

「なれば証明してみろ！　己を支配するのだ！」スネイプが吐き出すように言った。「怒りを制するのだ。心を克《よく》せ！　もう一度やるぞ！　構えろ、いくぞ！『レジリメンス！』」

ハリーはバーノンおじさんを見ていた。郵便受けを釘づけにしている……百有余の吸魂鬼が、校庭の湖をスルスルと渡って、ハリーに向かってくる……ハリーはウィーズリーおじさんと窓のない廊下を走っていた……廊下の突き当たりにある真っ黒な扉に、二人は徐々に近づいていく……ハリーはそこを通るのだと思った……しかし、ウィーズリーおじさんはハリーを左のほうへと導き、石段を下りていく……。

「わかった！　わかったぞ！」

ハリーはまたしても、スネイプの研究室の床に四つん這《ば》いになっていた。傷痕《きずあと》にちくちくといやな痛みを感じていた。しかし、口を衝《つ》いて出た声は、勝ち誇っていた。ふたたび身を起こしてスネイプを見ると、杖《つえ》を上げたままハリーをじっと見つめている。今度はどうやらスネイプのほうが、ハリーがまだ抗《あらが》いもしないうちに術を解いたらしい。

「ポッター、なにがあったのだ？」スネイプは意味ありげな目つきでハリーを見た。

「わかった――思い出したんだ」ハリーが喘《あえ》ぎ喘ぎ言った。「いま気づいた……」

「なにを？」スネイプが鋭く詰問した。

ハリーはすぐには答えなかった。額《ひたい》をさすりながら、ついにわかったという目くるめくような瞬間を味わっていた。

この何か月間ずっと、ハリーは突き当たりに鍵のかかった扉がある、窓のない廊下の夢を見てきた。しかし、それが現実の場所だとは一度も気づかなかった。記憶をもう一度見せられたいま、ハリーは、夢に見続けたあの廊下がどこだったのかがわかった。八月十二日、魔法省の裁判所へと急ぐのに、おじさんと一緒に走ったあの廊下。「神秘部《しんぴぶ》」に通じる廊下だ。ウィーズリーおじさんは、ヴォルデモートの蛇に襲われた夜、あそこにいたのだ。

ハリーはスネイプを見上げた。

「『神秘部』にはなにがあるんですか？」

「なんと言った？」スネイプが低い声で問うた。なんとうれしいことに、スネイプがうろたえている。

「『神秘部』にはなにがあるんですか、と言いました。先生？」

「何故《なにゆえ》」スネイプがゆっくりと言った。「そんなことを聞くのだ？」

「それは」ハリーはスネイプの反応をじっと見ながら言葉を続けた。「いま僕が見たあの廊下は――この何か月も僕の夢に出てきた廊下です――それがたったいま、わかったんです――あれは、『神秘部』に続く廊下です……そして、たぶんヴォルデモートの望みは、そこからなにかを――」

「闇の帝王の名前を言うなと言ったはずだ！」

二人は睨《にら》み合った。ハリーの傷痕《きずあと》がまた焼けるように痛んだ。しかし気にならなかった。スネイプは動揺しているようだ。しかし、ふたたび口を開いたスネイプは、努めて冷静に、無関心を装っているような声を出した。

「ポッター、『神秘部』にはさまざまな物がある。君に理解できるような物はほとんどないし、また関係のある物は皆無だ。これで、わかったか？」

「はい」ハリーは痛みの増してきた傷痕《きずあと》をさすりながら答えた。

「水曜の同時刻に、またここにくるのだ。続きはそのときに行う」

「わかりました」ハリーは早くスネイプの部屋を出て、ロンとハーマイオニーを探したくてうずうずしていた。

「毎晩寝る前、心からすべての感情を取り去るのだ。心を空にし、無にし、平静にするのだ。わかったな？」

「はい」ハリーはほとんど聞いていなかった。

「警告しておくが、ポッター……。訓練を怠れば、我輩《わがはい》の知るところとなるぞ……」

「ええ」ハリーは口の中でボソボソと言い、カバンを取り、肩に引っかけ、ドアへと急いだ。ドアを開けるとき、ちらりと後ろを振り返ると、スネイプはハリーに背を向け、杖先《つえさき》で「憂《うれ》いの篩《ふるい》」から自分の想《おも》いをすくい上げ、注意深く自分の頭にもどしていた。ハリーは、それ以上なにも言わず、ドアをそっと閉めた。傷痕はまだずきずきと痛んでいた。

ハリーは図書室でロンとハーマイオニーを見つけた。アンブリッジがいきなり出した山のような宿題に取り組んでいる。ほかの生徒たちも、ほとんどが五年生だったが、近くの机でランプの灯《あか》りを頼りに、本にかじりついて夢中で羽根ペンを走らせている。格子窓から見える空は、刻々と暗くなっていく。他に聞こえる音と言えば、司書のマダム・ピンスが、自分の大切な書籍に触る者をしつこく監視《かんし》し、脅すように通路を往《い》き来するかすかな靴音だけだった。

ハリーは寒気を覚えた。傷痕はまだ痛み、熱があるような感じさえした。ロンとハーマイオニーの向かい側に腰掛けると、窓に映る自分の顔が見えた。蒼白《そうはく》で、傷痕がいつもよりくっきりと見えるように思えた。

「どうだった？」ハーマイオニーがそっと、そして心配そうな顔で声をかけてきた。「ハリー、あなた大丈夫？」

「うん……大丈夫……なのかな」またしても傷痕に痛みが走り、顔をしかめながら、ハリーはじりじりしていた。「ねえ……僕、気がついたことがあるんだ……」

そしてハリーは、いましがた見たこと、推測したことを二人に話した。

「じゃ……それじゃ、君が言いたいのは……」マダム・ピンスがかすかに靴の軋《きし》む音を立てて通り過ぎる間、ロンが小声で言った。「あの武器が――『例のあの人』が探しているやつが――魔法省の中にあるってこと？」

「『神秘部』の中だ。まちがいない」ハリーがささやく。「君のパパが、僕を尋問《じんもん》の法廷に連れていってくれたとき、その扉を見たんだ。蛇に噛《か》まれたときに、おじさんが護っていたのは、絶対に同じ扉だ」

ハーマイオニーはフーッと長いため息を漏《も》らした。

「そうなんだわ」ハーマイオニーがため息交じりに言う。

「なにが、そうなんだ?」ロンがちょっといらいらしながら聞いた。

「ロン、考えてもみてよ……スタージス・ポドモアは、『魔法省』のどこかの扉から忍び込もうとした……きっとその扉だったのよ。偶然にしてはできすぎだもの!」

「スタージスがなんで忍び込むんだよ。僕たちの味方だろ?」ロンが言った。

「さあ、わからないわ」ハーマイオニーも同意した。「そうよね、ちょっとおかしいわよね……」

「それで、『神秘部』にはなにがあるんだい?」ハリーがロンにたずねた。「君のパパ、なにか言ってなかった?」

「そこで働いている連中を『無言者《むごんしゃ》』って呼ぶことは知ってるけど」ロンが顔をしかめながら言った。「連中がなにをやっているのか、だれも本当のところは知らないみたいだから――武器を置いとくにしては、へんてこな場所だなあ」

「全然へんてこじゃないわ、完全に筋が通ってる」ハーマイオニーが断言した。「魔法省が開発してきた、なにかの極秘事項なんだわ、きっと……ハリー、あなた、ほんとうに大丈夫？」

ハリーは、額《ひたい》にアイロンをかけるかのように、両手で強くこすっていた。

「うん……大丈夫……」ハリーは手を下ろしたが、両手が震えている。「ただ、僕、ちょっと……『閉心術』はあんまり好きじゃない」

「そりゃ、何度も繰り返して心を攻撃されたら、だれだってちょっとぐらぐらするわよ」ハーマイオニーが気の毒そうに言う。「ねえ、談話室にもどりましょう。あそこのほうが少しはゆったりできるわ」

しかし、談話室は満員で、笑い声や興奮したかん高い声であふれていた。フレッドとジョージが「悪戯《いたずら》専門店」の最近の商品を試して見せていたのだ。

「首なし帽子！」ジョージがさけんだ。フレッドが見物人の前で、ピンクのふわふわした羽飾りのついた三角帽子を振って見せた。「一個二ガリオンだよ。さあ、フレッドをご覧あれ！」

フレッドがにっこり笑って帽子をさっとかぶった。ばかばかしい格好に見えた次の瞬間、帽子も首もかき消えた。女子生徒が数人、悲鳴を上げたが、他のみなは大笑いしていた。

「はい、帽子を取って！」ジョージがさけんだ。するとフレッドの手が、肩の上あたりのなにもないように見えるところをもぞもぞと探った。そして、ふたたび首が現れ、脱いだピンクの羽飾り帽子を手にしている。

「あの帽子、どういう仕掛けなのかしら？」フレッドとジョージを眺めながら、ハーマイオニーは、一瞬宿題から気を逸《そ》らされていた。「つまり、あれは一種の『透明呪文』にはちがいないけど、呪文をかけた物の範囲を越えたところまで『透明の場』を延長するっていうのは、かなり賢いわ……呪文の効き目があまり長持ちしないとは思うけど」

ハリーはなにも言わなかった。気分が悪かった。

「この宿題、明日やるよ」ハリーは取り出したばかりの本をまたカバンに押し込みながら、ボソボソと言った。

「ええ、それじゃ、『宿題計画帳』に書いておいてね！」ハーマイオニーが釘を刺した。「忘れないために！」

ハリーとロンは顔を見合わせた。ハリーはバッグに手を突っ込み、「計画帳」を引っ張り出し、開くともなく開いた。

「あとに延ばしちゃだめになる！　それじゃ自分がだめになる！」

ハリーがアンブリッジの宿題をメモすると、「計画帳」がたしなめた。ハーマイオニーが「計画帳」に満足げに笑いかけた。

「僕、もう寝るよ」ハリーは「計画帳」をカバンに押し込みながら、チャンスがあったらこいつを暖炉に放り込もうと決めた。

ハリーは、「首なし帽子」をかぶせようとするジョージをかわして、談話室を横切り、男子寮に続くひんやりと安らかな石の階段にたどり着いた。また吐《は》き気がした。蛇の姿を見た夜と同じような感じだ。しかし、ちょっと横になれば治るだろうと思った。

寝室のドアを開き、一歩中に入ったとたん、ハリーは激痛を感じた。だれかが、頭のてっぺんに鋭い切れ込みを入れたかのようだった。自分がどこにいるのかも、立っているのか横になっているのかもわからない。自分の名前さえわからなくなった。

狂ったような笑いが、ハリーの耳の中で鳴り響いた……こんなに幸福な気分になったのは久しぶりだ……歓喜、恍惚《こうこつ》、勝利……すばらしい、すばらしいことが起きたのだ……。

「ハリー？　ハリー？」

だれかがハリーの顔をたたいた。狂気の笑いが、激痛のさけびで途切れた。幸福感が自分から流れ出していく……しかし笑いは続いた……。

ハリーは目を開けた。そのとき、狂った笑い声がハリー自身の口から出ていることに気づいた。気づいたとたん、声がやんだ。ハリーは天井を見上げ、床に転がって荒い息をしていた。額《ひたい》の傷痕《きずあと》がずきずきと疼《うず》いた。ロンがかがみ込み、心配そうに覗き込んでいる。

「どうしたんだ？」ロンが聞いてきた。

「僕……わかんない……」ハリーは体を起こし、喘《あえ》いだ。「やつがとっても喜んでいる……とっても……」

「『例のあの人』が？」

「なにかいいことが起こったんだ」ハリーがつぶやくように言う。ウィーズリーおじさんが蛇に襲われるところを見た直後と同じくらい激しく震え、ひどい吐《は》き気がする。「なにかやつが望んでいたことだ」

言葉が口を衝《つ》いて出てくる。グリフィンドールの更衣室で、前にもそういうことがあったが、ハリーの口を借りてだれか知らない人がしゃべっているようだった。しかも、それが真実だと、ハリーにはわかっていた。ロンに吐きかけたりしないようにと、ハリーは大きく息を吸い込んだ。こんな姿をディーンやシェーマスに見られなくて本当によかったと思う。

「ハーマイオニーが、君の様子を見てくるようにって言ったんだ」ハリーを助け起こしながら、ロンが小声で言った。「あいつ、君がスネイプに心を引っかき回されたあとだから、いまは防衛力が落ちてるだろうって言うんだ……。でも、長い目で見れば、これって、役に立つんだよな？」

ハリーを支えてベッドに向かいながら、ロンは疑わしげにハリーを見た。ハリーはなんの確信もないままうなずき、枕に倒れ込んだ。一晩に何回も床に倒れたせいで体中が痛む上、傷痕がまだちくちくと疼《うず》いていた。「閉心術」への最初の挑戦は、心の抵抗力を強めるどころか、むしろ弱めたと思わないわけにはいかなかった。そして、ヴォルデモート卿《きょう》をこの十四年間になかったほど大喜びさせた出来事とはなんだったのだろう。

それを考えると、ぞくっと戦慄《せんりつ》が走った。

第25章　追い詰められたコガネムシ

ハリーの疑問に対する答えは、さっそく次の日に出た。配達された「日刊予言者新《にっかんよげんしゃしん》聞《ぶん》」を広げて一面を見たハーマイオニーが、急に悲鳴を上げた。まわりのみなが何事かと振り返って見つめる。

「どうした？」ハリーとロンが同時に聞いた。

答えの代わりに、ハーマイオニーは新聞を二人の前のテーブルに広げ、一面べったりに載っている十枚の白黒写真を指さした。魔法使い九人と十人目は魔女だ。何人かは黙って嘲《あざけ》り笑いを浮かべ、他は傲慢《ごうまん》な表情で、写真の枠を指でトントンとたたいている。一枚一枚に名前とアズカバン送りになった罪名が書いてあった。

アントニン・ドロホフ　面長でねじ曲がった顔の、青白い魔法使いの名前だ。ハリーを見上げて嘲笑っている。ギデオンならびにフェービアン・プルウェットを惨殺した罪、と書いてある。

オーガスタス・ルックウッド　あばた面の脂《あぶら》っこい髪の魔法使いは、退屈そうに写真の縁に寄りかかっている。魔法省の秘密を「名前を呼んではいけないあの人」に漏《ろう》洩《えい》した罪、とある。

ハリーの目は、それよりも、ただ一人の魔女に引きつけられていた。一面を覗いたとたん、その魔女の顔が目に飛び込んできた。写真では、長い黒髪に櫛《くし》も入れず、ばらばらに広がっていたが、ハリーはそれが滑らかで、ふさふさと輝いているのを見たことがある。写真の魔女は、腫《は》れぼったい瞼《まぶた》の下からハリーをぎろりと睨《にら》んでいた。唇の薄い口元に、人を軽蔑したような尊大な笑いを漂わせている。シリウスと同様、この魔女も、すばらしく整っていたであろう昔の顔立ちの名残を留めていた。しかし、なにかが――おそらくアズカバンが――その美しさのほとんどを奪い去ってしまっていた。

ベラトリックス・レストレンジ　フランクならびにアリス・ロングボトムを拷問し、廃人にした罪

ハーマイオニーはハリーを肘《ひじ》で突つき、写真の上の大見出しを指した。ハリーはベラトリックスにばかり気を取られ、まだそれを読んでいなかった。

アズカバンから集団脱獄

魔法省の危惧《きぐ》──かつての死喰い人、ブラックを旗頭に結集か？

「ブラックが？」ハリーが大声を出した。「まさかシリ──？」

「しぃーっ！」ハーマイオニーがあわててささやいた。「そんなに大きな声出さないで──黙って読んで！」

昨夜遅く魔法省が発表したところによれば、アズカバンから集団脱獄があった。

魔法大臣コーネリウス・ファッジは、大臣室で記者団に対し、特別監視《かんし》下にある十人の囚人が昨夕脱獄したことを確認し、すでにマグルの首相に対し、これら十人が危険人物であることを通告したと語った。

「まことに残念ながら、我々は、二年半前、殺人犯のシリウス・ブラックが脱獄したときと同じ状況に置かれている」ファッジは昨夜このように語った。「しかも、この二つの脱獄が無関係だとは考えていない。このように大規模な脱獄は、外からの手引きがあったことを示唆しており、歴史上はじめてアズカバンを脱獄したブラックこそ、他の囚人がそのあとに続く手助けをするにはもってこいの立場にあることを、我々は思い出さなければならない。我々は、ブラックのいとこであるベラトリックス・レストレンジを含むこれらの脱獄囚が、ブラックを指導者として集結したのではないかと考えている。しかし、我々は、罪人を一網打尽にすべく全力を尽くしているので、魔法界の諸君も警戒と用心をおさおさ怠らぬよう切にお願いする。どのようなことがあっても、けっしてこれらの罪人たちには近づかぬよう」

「おい、これだよ、ハリー」ロンは恐れ入ったように言った。「昨日の夜、『あの人』が喜んでたのは、これだったんだ」

「こんなの、とんでもないよ」ハリーがうなった。「ファッジのやつ、脱獄はシリウスのせいだって？」

「ほかになんと言える？」ハーマイオニーが苦々しげに言った。「とても言えないわよ。『みなさん、すみません。ダンブルドアがこういう事態を私に警告していたのですが、アズカバンの看守がヴォルデモート卿《きょう》一味に加担し』なんて——ロン、そんな哀れっぽい声を上げないで——『いまや、ヴォルデモートを支持する最悪の者たちも脱獄してしまいました』なんてね。だって、ファッジは、優に六か月以上、みんなに向かって、あなたやダンブルドアを嘘つき呼ばわりしてきたじゃないの？」

ハーマイオニーは勢いよく新聞をめくり、中の記事を読みはじめた。一方ハリーは、大広間を見回した。一面記事でこんな恐ろしいニュースがあるのに、他の生徒たちはどうして平気な顔でいられるんだろう。少なくとも話題くらいにしたっていいじゃないか。ハリーには理解できなかった。もっとも、ハーマイオニーのように毎日新聞を取っている生徒はほとんどいない。宿題やクィディッチといった、くだらない話をしているだけだ。この城壁の外では、十人もの死喰い人がヴォルデモートの陣営に加わったというのに。

ハリーは教職員テーブルに目を走らせた。そこは様子がちがっていた。ダンブルドアとマクゴナガル先生が、深刻な表情で話し込んでいる。スプラウト先生はケチャップの瓶《びん》に「日刊予言者《にっかんよげんしゃ》」を立てかけ、食い入るように読んでいる。手にしたスプーンが止まったままで、そこから半熟卵の黄身がポタポタと膝《ひざ》に落ちるのにも気づいていない。一方、テーブルの一番端では、アンブリッジ先生がオートミールを旺盛にかき込んでいた。ガマガエルのようなぼってりした目が、いつもなら行儀の悪い生徒はいないかと大広間をなめ回しているのに、今日だけはちがった。食べ物を飲み込むたびにしかめ面をして、ときどきテーブルの中央をちらりと見ては、ダンブルドアとマクゴナガルが話し込んでいる様子に毒々しい視線を投げかけている。

「まあ、なんて――」ハーマイオニーが新聞から目を離さずに、不思議そうな声で言った。

「まだあるのか？」ハリーはすぐ聞き返した。神経がぴりぴりしている。

「これって……ひどいわ」ハーマイオニーはショックを受けていた。十面を折り返し、ハリーとロンに新聞を渡した。

魔法省職員、非業の死

魔法省の職員であるブロデリック・ボード（49）が、鉢植え植物に首を絞められてベッドで死亡しているのが見つかった事件で、聖マンゴ病院は昨夜、徹底的な調査を約束した。現場に駆けつけた癒者《いしゃ》たちは、ボード氏を蘇生させることができなかった。ボード氏は死の数週間前職場の事故で負傷し、入院中だった。

事故当時、ボード氏の病棟担当だった癒者のミリアム・ストラウトは戒告《かいこく》処分となり、昨日はコメントを得ることができなかった。しかし、病院のスポークス魔《マ》ンは次のような声明を出した。

「聖マンゴはボード氏の死を心からお悔やみ申し上げます。この悲惨な事故が起こるまで、氏は順調に健康を回復してきていました。

我々は、病棟の飾りつけに関して厳しい基準を定めておりますが、ストラウト癒師《いし》は、クリスマスの忙しさに、ボード氏のベッド脇のテーブルに置かれた植物の危険性を見落としたものと見られます。ボード氏は、言語並びに運動能力が改善していたため、ストラウト癒師は、植物が無害な「ひらひら花」ではなく、「悪魔《あくま》の罠《わな》」の切り枝だったとは気づかず、ボード氏自身が世話をするよう勧めました。植物は、快方に向かっていたボード氏が触れたとたん、たちまち氏を絞め殺しました。

聖マンゴでは、この植物が病棟に持ち込まれた経緯についていまだ解明できておらず、すべての魔法使い魔女に対し、情報提供を呼びかけています」

「ボード……」ロンが口を開いた。「ボードか。聞いたことがあるな……」

「私たち、この人に会ってるわ」ハーマイオニーがささやいた。「聖マンゴで。覚えてる？　ロックハートの反対側のベッドで、横になったままで天井を見つめていたわ。それに、『悪魔の罠』が着いたときを、私たち目撃してる。あの魔女が——あの癒者の——クリスマス・プレゼントだって言ってたわ」

ハリーは再度記事を見た。恐怖感が、苦い胆汁《たんじゅう》のように喉《のど》に込み上げてくる。

「僕たち、どうして『悪魔の罠』だって気づかなかったんだろう？　前に一度見てるのに……こんな事件、僕たちが防げたかもしれないのに」

「『悪魔の罠』が鉢植えになりすまして病院に現れるなんて、だれが予想できる？」ロンがきっぱり言った。「僕たちの責任じゃない。だれだか知らないけど、送ってきたやつが悪いんだ！　自分がなにを買ったのかよく確かめもしないなんて、まったく、ばかじゃないか？」

「まあ、ロン、しっかりしてよ！」ハーマイオニーが身震いした。『悪魔の罠』を鉢植えにしておいて、触《ふ》れるものをだれかれかまわず絞め殺すとは思わなかった、なんていう人がいると思う？　これは――殺人よ……しかも巧妙な手口の……鉢植えの贈り主が匿名《とくめい》だったら、だれが殺《や》ったかなんて、絶対わかりっこないでしょう？」

ハリーは「悪魔の罠」のことを考えてはいなかった。尋問《じんもん》の日に、エレベーターで地下九階まで下りたときのことを思い出していた。あのとき、アトリウムの階から乗り込んできた、土気色《つちけいろ》の顔の魔法使いがいた。

「僕、ボードに会ってる」ハリーはゆっくりと言う。「君のパパと一緒に、魔法省でボードを見たよ」

「僕、パパが家でボードのことを話すのを聞いたことがある。『無言者《むごんしゃ》』だって――『神秘部《しんぴぶ》』に勤めてたんだ！」ロンがあっと言ったあとに続けた。

三人は一瞬顔を見合わせた。それから、ハーマイオニーが新聞を自分のほうに引き寄せてたたみなおし、一面の十人の脱走した死喰い人たちの写真を一瞬睨《にら》みつけ、それから勢いよく立ち上がった。

「どこに行く気だ？」ロンがびっくりした。

「手紙を出しに」ハーマイオニーは鞄を肩に放り上げながら言った。「これって……うーん、どうかわからないけど……でも、やってみる価値はあるわね。……それに、私にしかできないことだわ」

「まーたこれだ、いやな感じ」ハリーと二人でテーブルから立ち上がり、ハーマイオニーよりはゆっくりと大広間を出ながら、ロンがぶつくさ言った。「いったいなにをやるつもりなのか、一度ぐらい教えてくれたっていいじゃないか？　たいした手間じゃなし。十秒もかからないのにさ。――やあ、ハグリッド！」

ハグリッドは大広間の出口の扉の脇に立ち、レイブンクロー生の群れが通り過ぎるのをやり過ごしていた。いまだに、巨人のところからもどった当日と同じくらい、あちこちけがだらけの様子だ。しかも鼻っ柱を真一文字に横切る生々しい傷まである。

「二人とも、元気か？」ハグリッドはなんとか笑ってみせようとしたが、せいぜい痛そうに顔をしかめたようにしか見えなかった。

「ハグリッド、大丈夫かい？」レイブンクロー生のあとからドシンドシンと歩いていくハグリッドを追って、ハリーが聞いた。

「大丈夫だ、だいじょぶだ」ハグリッドはなんでもない風を装ったが、見え透いている。片手を気軽に振ったつもりが、通りがかったベクトル先生をかすめ、危うく脳《のう》震盪《しんとう》を起こさせるところだった。先生は肝《きも》を冷やした顔をした。「ほれ、ちょいと忙しくてな。いつものやつだ――授業の準備――火トカゲが数匹、鱗《うろこ》が腐ってな――それと、停職候補になった」ハグリッドが口ごもった。

「停職だって？」ロンが大声を出したので、通りがかった生徒が何事かと振り返った。「ごめん――いや、あの――停職だって？」ロンが声を落とした。

「ああ」ハグリッドが答える。「ほんと言うと、こんなことになるんじゃねえかと思っちょった。おまえさんたちにゃわからんかったかもしれんが、あの査察《ささつ》は、ほれ、あんまりうまくいかんかった……まあ、とにかく」ハグリッドは深いため息をつく。「火トカゲに、もうちぃと粉トウガラシをすり込んでやらねえと、こん次は尻尾《しっぽ》がちょん切れっちまう。そんじゃな、ハリー……ロン……」

ハグリッドは玄関の扉を出て、石段を下り、じめじめした校庭を重い足取りで去っていく。これ以上、あとどれだけ多くの悪い知らせに耐えていけるだろうかと気落ちする思いで、ハリーはその後ろ姿を見送った。

ハグリッドが停職候補になったことは、それから二、三日もすると学校中に知れ渡っていた。しかし、ほとんどだれも気にしていないらしいのが、ハリーは腹立たしかった。それどころか、ドラコ・マルフォイを筆頭に、何人かはかえって大喜びしているようだった。聖マンゴで「神秘部」の影の薄い役人が一人頓死《とんし》したことなどは、ハリー、ロン、ハーマイオニーぐらいしか知らないし、みな気にもしていないようだ。いまや廊下での話題はただ一つ、十人の死喰い人が脱獄したこと。この話は、新聞を読みつけているごく少数の生徒から、ついに学校中に浸透していた。ホグズミードで脱獄囚数人の姿を目撃したという噂《うわさ》が飛び、「叫《さけ》びの屋敷《やしき》」に潜伏しているらしいとか、シリウス・ブラックがかつてやったようにこの連中もホグワーツに侵入してくるという話まで広まった。

魔法族の家庭出身の生徒は、死喰い人の名前が、ヴォルデモートと同じくらい恐怖をもって口にされるのを聞きながら育っている。ヴォルデモートの恐怖支配の下で死喰い人が犯した罪は、いまに言い伝えられていた。ホグワーツの生徒の中で親戚に犠牲者がいるという生徒は、身内の凄惨《せいさん》な犠牲という名誉を担い、廊下を歩くとありがたくない視線にさらされることになった。スーザン・ボーンズのおじ、おば、いとこは、十人のうちの一人の手にかかり全員殺されたのだが、「薬草学」の時間に、ハリーの気持ちがいまやっとわかったと、しょげ返って言った。

「あなた、よく耐えられるわね——ああ、いや！」スーザンは投げやりにそう言うと、「キーキースナップ」の苗木箱に、ドラゴンの堆肥《たいひ》をいやというほどぶち込んだ。苗木は気持ち悪そうに身をくねらせてキーキーわめいた。

たしかにハリーはこのごろ、またしても廊下で指さされたりこそこそ話をされたりする対象になってはいた。ところが、ひそひそ声の調子がいままでとは少しちがうように感じられる。いまは、敵意よりむしろ好奇心からの声が多く、アズカバン要塞からなぜ、どのように十人の死喰い人が脱走し遂げたのか、「日刊《にっかん》予言者《よげんしゃ》」版の話では満足できないという会話も、断片的にではあるが二度ほどまちがいなく耳にしている。恐怖と混乱の中でこうした疑いを持つ生徒たちは、それ以外の唯一の説明に注意を向けはじめていた。ハリーとダンブルドアが先学期から述べ続けている説明だ。

　変わったのは生徒たちの雰囲気ばかりではない。先生も廊下で二人、三人と集まり、低い声で切羽詰まったようにささやき合い、生徒が近づくのに気づくと、ふっつりと話をやめるというのが、いまや見慣れた光景になっている。

「きっと、もう職員室では自由に話せないんだわ」あるとき、マクゴナガル、フリットウィック、スプラウトの三教授が、「呪文学」の教室の外で額《ひたい》を寄せ合って話しているそばを通りながら、ハーマイオニーが低い声でハリーとロンに言った。「アンブリッジがいたんじゃね」

「先生方はなにか新しいことを知ってると思うか？」ロンが三人の先生を振り返ってじっと見ながら言う。

「知ってたところで、僕たちの耳には入らないだろ？」ハリーは怒ったように吐《は》き棄《す》てた。「だって、あの教育令……もう第何号になったんだっけ？」

その新しい教育令は、アズカバン脱走のニュースが流れた次の日の朝、寮の掲示板に貼り出されていた。

ホグワーツ高等尋問官令《じんもんかんれい》

教師は、自分が給与の支払いを受けて教えている科目に厳密に関係すること以外は、生徒に対しいっさいの情報を与えることを、ここに禁ず。

以上は教育令第二十六号に則ったものである。

高等尋問官　ドローレス・ジェーン・アンブリッジ

この最新の教育令は、生徒の間でさんざん冗談のタネになった。フレッドとジョージが教室の後ろで「爆発スナップ」カードゲームをやっていたとき、リー・ジョーダンは、この新しい規則を文言どおり適用すれば、アンブリッジが二人を叱りつけることはできないと、面と向かって指摘した。

「先生、『爆発スナップ』は『闇の魔術に対する防衛術』とはなんの関係もありません！　これは先生の担当科目に関係する情報ではありません！」

ハリーがそのあとでリーに会ったとき、リーの手の甲がかなりひどく出血しているのを見て、マートラップのエキスがいいと教えてやった。

アズカバンからの脱走で、アンブリッジが少しはへこむのではないかと、ハリーは少し期待していた。いとしのファッジの目と鼻の先でこんな大事件が起こるとは、アンブリッジも恥じ入るのではないかと思ったのだ。ところが、どうやらこの事件は、ホグワーツの生活をなにからなにまで自分の統制下に置こうとするアンブリッジの激烈な願いに、かえって拍車をかけただけらしい。少なくともアンブリッジは、首切りの実施についての意思を固めたようで、あとはトレローニー先生とハグリッドのどちらが先かだけだった。

「占い学」と「魔法生物飼育学」の二つの授業には、必ずアンブリッジとクリップボードがついて回った。むっとするような香料が漂う北塔の教室で、アンブリッジは暖炉の傍《かたわら》に潜んで様子を窺《うかが》い、ますますヒステリックになってきたトレローニー先生の話を、鳥占いや七正方形学《しちせいほうけいがく》などの難問を出して中断するばかりか、生徒が答える前にその答えを言い当てろと迫ったり、水晶玉占い、茶の葉占い、石のルーン文字盤占いなど、次々にトレローニー先生の術を披露せよと強要したりした。トレローニー先生は、そのうちストレスで気が変になるのではないかとハリーは思った。廊下で先生とすれちがうことが何度かあったが――トレローニー先生はほとんど北塔の教室にこもり切りなので、それ自体がありえないような出来事だったのだが――料理用のシェリー酒の強烈な匂いをぷんぷんさせ、怖気《おじけ》づいた目でちらちら後ろを振り返り、手を揉《も》みしだきながら、わけのわからないことをブツブツつぶやいて歩いていた。ハグリッドのことが心配でなかったら、ハリーはトレローニー先生をかわいそうだと思ったかもしれない。――しかし、どちらかが職を追われなければならないとすれば、ハリーにとって、答えは一つしかない。

残念ながら、ハリーの見るところ、ハグリッドの様子もトレローニーよりましだとは言えなかった。ハーマイオニーの忠告に従っているらしく、クリスマス休暇から後は、恐ろしい動物といっても、せいぜいクラップ（小型のジャック・ラッセル・テリア犬そっくりだが、尻尾《しっぽ》が二股《ふたまた》に分かれている）ぐらいしか見せていなかったが、ハグリッドも神経が参っているようだった。授業中、変にそわそわしたり、びくついたり、自分の話の筋道がわからなくなったり、質問の答えをまちがえたり、おまけに、始終不安そうにアンブリッジをちらちら見る。それに、ハリー、ロン、ハーマイオニーに対して、これまでになかったほどよそよそしくなり、暗くなってから小屋を訪ねることさえはっきり禁止してしまった。

「おまえさんたちがあの女に捕まってみろ。おれたち全員のクビが危ねえ」ハグリッドが三人にきっぱりと言った。これ以上ハグリッドの職が危なくなるようなことはしたくないと、三人は暗くなってからハグリッドの小屋に行くのを遠慮した。ホグワーツでの暮らしを楽しくしているものを次々と、アンブリッジは確実にハリーから奪っていくような気がする。ハグリッドの小屋を訪ねること、シリウスからの手紙、ファイアボルトにクィディッチ。ハリーはたった一つ自分ができるやり方で、復讐していた。――DAにますます力を入れることだ。

ハリーにとってうれしいことに、野放し状態の死喰い人がいまや十人増えたというニュースで、DAメンバー全員に活が入り、あのザカリアス・スミスでさえ、これまで以上に熱心に練習するようになった。しかし、なんと言っても、ネビルほど長足の進歩を遂げた生徒はいない。両親を襲った連中が脱獄したというニュースは、ネビルに不思議な、ちょっと驚くほどの変化をもたらした。ネビルは、聖マンゴの隔離病棟でハリー、ロン、ハーマイオニーに出会ったことを、一度たりとも口にしなかった。三人もネビルの気持ちを察して沈黙を守った。そればかりかネビルは、ベラトリックスと拷問した仲間の脱獄のことにも一言も触れなかった。実際ネビルは、DAの練習中ほとんど口をきかない。ハリーが教える新しい呪いや逆呪いのすべてを、ただひたすらに練習している。ぽっちゃりした顔を歪《ゆが》めて集中し、けがも事故もなんのその、ほかのだれよりも一所懸命に取り組んだ。上達ぶりのあまりの速さに、戸惑うほどだ。ハリーが「盾《たて》の呪文」を教えたとき——軽い呪いを撥《は》ね返し、襲った側を逆襲する方法だが——ネビルより早く呪文を習得したのは、ハーマイオニーだけだった。ハリーは「閉心術」で、ネビルがDAで見せるほどの進歩を遂げられたら、どんなにありがたいかと思った。滑り出しからつまずいていたスネイプとの授業は、さっぱり進歩がない。むしろ、毎回だんだんへたになるような気もする。

「閉心術」を学びはじめるまでは、額《ひたい》の傷がちくちく痛むといってもときどきだったし、たいていは夜だった。あるいは、ヴォルデモートの考えていることや気分がときおりパッと閃《ひらめ》くという奇妙な経験のあとに痛んだ。ところがこのごろは、ほとんど絶え間なくちくちく痛み、ある時点でハリーの身に起こっていることとは無関係に、頻繁に感情が揺れ動き、いらだったり楽しくなったりした。そういうときには必ず傷《きず》痕《あと》に激痛が走った。なんだか徐々に、ヴォルデモートのちょっとした気分の揺れに波長を合わせるアンテナになっていくような気がして、ハリーはぞっとした。こんなに感覚が鋭くなったのは、スネイプとの最初の「閉心術」の授業からなのはまちがいない。おまけに、毎晩のように、「神秘部」の入口に続く廊下を歩く夢を見るようになっていた。夢はいつも、真っ黒な扉の前でなにかを渇望しながら立ち尽くすところで頂点に達する。

「たぶん病気の場合とおんなじじゃないかしら」ハリーがハーマイオニーとロンに

打ち明けると、ハーマイオニーが心配そうに言った。「熱が出たりなんかするじゃない。病気はいったん悪くなってから良くなるのよ」

「スネイプとの練習のせいでひどくなってるんだ」ハリーはきっぱりと断じた。「傷痕の痛みはもうたくさんだ。毎晩あの廊下を歩くのも、もううんざりしてきた」ハリーはいまいましげに額《ひたい》をごしごしこすった。「あの扉が開いてくれたらなあ。扉を見つめて立っているのはもういやだ――」

「冗談じゃないわ」ハーマイオニーが鋭く言う。「ダンブルドアは、あなたに廊下の夢なんか見ないで欲しいのよ。そうじゃなきゃ、スネイプに『閉心術』を教えるように頼んだりしないわ。あなた、もう少し一所懸命練習しなきゃ」

「ちゃんとやってるよ！」ハリーはいらだった。「君も一度やってみろよ――スネイプが頭の中に入り込もうとするんだ――とても、楽しくてしょうがないってわけにはいかないよ！」

「もしかしたら……」ロンがゆっくりと切り出す。

「もしかしたらなんなの？」ハーマイオニーがちょっと噛《か》みつくように急かした。

「ハリーが心を閉じられないのは、ハリーのせいじゃないかもしれない」ロンが暗い声で言った。

「どういう意味？」ハーマイオニーが聞いた。

「うーん。スネイプが、もしかしたら、本気でハリーを助けようとしていないんじゃないかって……」

ハリーとハーマイオニーはロンを見つめた。ロンは意味ありげな沈んだ目で、二人の顔を交互に見た。

「もしかしたら」ロンがふたたび低い声で繰り返す。「ほんとはあいつ、ハリーの心をもう少し開こうとしてるんじゃないのかな……そのほうが好都合だもの、『例のあの人』――」

「やめてよ、ロン」ハーマイオニーが怒った。「何度スネイプを疑えば気がすむの？　それが一度でも正しかったことがある？　ダンブルドアはスネイプを信じていらっしゃるし、スネイプは騎士団のために働いている。それだけで十分なはずよ」

「あいつ、死喰い人だったんだぜ」ロンが言い張った。「それに、本当にこっちの味方になったっていう証拠を見たことがないじゃないか」

「ダンブルドアが信用しています」ハーマイオニーが繰り返した。「それに、ダンブルドアを信じられないなら、私たち、だれも信じられないわ」

心配事も、やることも山ほどあって――宿題の量が半端ではなく、五年生はしばしば真夜中過ぎまで勉強しなければならなかったし、ＤＡの秘密練習やら、スネイプとの定期的な特別授業やらで――一月はあっという間に過ぎていった。気がついたらもう二月。天気は少し温かく湿り気を帯び、二度目のホグズミード行きの日が近づいていた。ホグズミードに二人で行く約束をして以来、ハリーはほとんどチョウと話す時間がなかったが、突然、バレンタインの日をチョウと二人きりで過ごす予定になっていることを思い出した。

十四日の朝、ハリーはとくに念入りに仕度し、ロンと二人で朝食に行くと、ふくろう便の到着にちょうど間に合った。ヘドウィグはその中にいなかった。――期待していたわけではなかったが――しかし、二人が座ったとき、ハーマイオニーは見慣れないモリフクロウが嘴《くちばし》にくわえた手紙を引っ張っていた。

「やっときたわ。もし今日こなかったら……」ハーマイオニーは待ち切れないように封筒を破り、小さな羊皮紙《ようひし》を引っ張り出した。ハーマイオニーの目がすばやく手紙の行を追った。まもなく、どこか真剣で満足げな表情が広がった。

「ねえ、ハリー」ハーマイオニーがハリーを見上げた。「とっても大事なことなの。お昼ごろ、『三本の箒《ほうき》』で会えないかしら？」

「うーん……どうかな」ハリーは曖昧な返事をした。「チョウは、僕と一日中一緒だって期待してるかもしれない。なにをするかは全然話し合ってないけど」

「じゃ、どうしてもというときは一緒に連れてきて」ハーマイオニーは急を要するような言い方をした。「とにかくあなたはきてくれる？」

「うーん……いいよ。でもどうして？」

「いまは説明してる時間がないわ。急いで返事を書かなきゃならないの」

ハーマイオニーは、片手に手紙を、もう一方にトーストを一枚ひっつかみ、急いで大広間を出ていった。

「君もくるの？」ハリーが聞くと、ロンはむっつりと首を横に振った。

「ホグズミードにも行けないんだ。アンジェリーナが一日中練習するってさ。それでなんとかなるわけじゃないのに。僕たちのチームは、いままでで最低。スローパークを見ろよ。絶望的さ。僕よりひどい」ロンは大きなため息をついた。「アンジェリーナは、どうして僕を退部させてくれないんだろう」

「そりゃあ、調子のいいときの君は上手《うま》いからだよ」ハリーはいらいらと言った。

きたるハッフルパフ戦でプレイできるなら、他になにもいらないとさえ思っているハリーは、ロンの苦境に同情する気にはなれなかった。ロンはハリーの声の調子に気づいたらしく、朝食の間、クィディッチのことは二度と口にしなかった。食事が終わり、互いの用に別れる際には、二人ともなんとなくよそよそしくなっていた。ロンはクィディッチ競技場に向かい、ハリーは、ティースプーンの裏に映る自分の顔を睨《にら》みながらなんとか髪をなでつけようとしたあと、チョウに会いにひとりで玄関ホールに向かった。いったいなにを話したらいいやらと、不安でしかたがなかった。

チョウは樫《かし》の扉のちょっと横でハリーを待っていた。長い髪をポニーテールにして、とても可愛く見えた。チョウのほうに歩きながら、ハリーは自分の足がばかに大きく思え、それに突然、自分の両腕が体の両脇でぶらぶら揺れているのがひどく滑稽に思えた。

「こんにちは」チョウがちょっと息をはずませた。

「やあ」ハリーが返す。

二人は一瞬見つめ合い、それからハリーが言った。「あの——えーと——じゃ、行こうか？」

「え——ええ……」

列に並んでフィルチのチェックを待ちながら、ときどき目を合わせて照れ笑いはしたが、話はしなかった。二人で外の清々しい空気に触れると、ハリーはほっとした。互いにもじもじしながら突っ立っているよりは、黙って歩くほうが気楽だ。風のあるさわやかな日だった。クィディッチ競技場を通り過ぎるとき、ロンとジニーが観客席の上端すれすれに飛んでいるのがちらりと見えた。自分は一緒に飛べないと思うと、ハリーは胸が締めつけられる。

「飛べなくて、とっても寂しいのね？」チョウが言う。

振り返ると、チョウがハリーをじっと見ていた。

「うん」ハリーがため息をつく。「そうなんだ」

「最初に私たちが対戦したときのこと、憶《おぼ》えてる？」

「ああ」ハリーはにやりと笑った。「君は僕のことブロックしてばかりいた」

「それでウッドが、紳士面するな、必要なら私を箒《ほうき》からたたき落とせって、あなたにそう言ったわ」チョウは懐かしそうにほほえんだ。「プライド・オブ・ポーツリーとかいうプロチームに入団したと聞いたけど、そうなの？」

「いや、パドルミア・ユナイテッドだ。去年、ワールドカップのとき、ウッドに会ったよ」

「あら、私もあそこであなたに会ったわ。憶えてる？　同じキャンプ場だったわ。あの試合、ほんとによかったわね？」

クィディッチ・ワールドカップの話題が、馬車道を通って校門を出るまで続いた。こんなに気軽にチョウと話せることが、ハリーには信じられなかった――実際、ロンやハーマイオニーに話すのと同じぐらい簡単だ――自信がついて朗らかになってきたちょうどそのとき、スリザリンの女子生徒の大集団が二人を追い越していった。パンジー・パーキンソンもいる。

「ポッターとチャンよ！」パンジーがキーキー声を出すと、いっせいにくすくすと嘲《あざけ》り笑いが起こった。「うぇー、チャン。あなた、趣味が悪いわね……少なくともディゴリーはハンサムだったけど！」

女子生徒たちは、わざとらしくしゃべったりさけんだりしながら、足早に通り過ぎた。ハリーとチョウを大げさにちらちら見る子も多かった。みなが行ってしまうと、二人はバツの悪い思いで黙り込んだ。ハリーはもうクィディッチの話題も考えつかず、チョウは少し赤くなって足元を見つめていた。

「それで……どこに行きたい？」ホグズミードに入ると、ハリーが聞いた。ハイストリート通りは生徒で一杯だ。ぶらぶら歩いたり、ショーウィンドウをあちこち覗いたり、歩道にたむろしてふざけたりしている。

「あら……どこでもいいわ」チョウは肩をすくめた。「んー……じゃあ、お店でも覗いてみましょうか？」

二人はぶらぶらと、ダービシュ・アンド・バングズ店のほうに歩いていった。窓には大きなポスターが貼られ、ホグズミードの村人が二、三人それを見ていたが、ハリーとチョウが近づくと脇に避けた。ハリーは、またしても脱獄した十人の死喰い人の写真と向き合ってしまった。「魔法省通達」と書かれたポスターには、写真の脱獄囚のだれか一人に関してでも、再逮捕に結びつくような情報を提供した者には、一千ガリオンの懸賞金を与えるとなっていた。

「おかしいわねえ」死喰い人の写真を見つめながら、チョウが低い声で言う。「シリウス・ブラックが脱走したときのこと、憶《おぼ》えてるでしょう？　ホグズミード中に捜索の吸魂鬼がいたわよね？　それが、今度は十人もの死喰い人が逃亡中なのに、吸魂鬼はどこにもいない……」

「うん」ハリーはベラトリックス・レストレンジの写真からむりに目をはがし、ハイストリート通りの端から端に視線を走らせた。「うん、たしかに変だ」

近くに吸魂鬼がいなくて残念だというわけではない。しかし、よく考えてみると、いないということには大きな意味がある。吸魂鬼は、死喰い人を脱獄させてしまったばかりか、探そうともしていない……。もはや魔法省は、吸魂鬼を制御できなくなってしまったということか。

ハリーとチョウが通り過ぎる先々の店のウィンドウで、脱獄した十人の死喰い人の顔が睨《にら》んでいた。スクリベンシャフトの店の前を通ったとき、雨が降ってきた。冷たい大粒の雨が、ハリーの顔を、そして首筋を打った。

「あの……コーヒーでも飲まない？」

雨足がますます強くなり、チョウがためらいがちに声をかける。

「ああ、いいよ」ハリーはあたりを見回す。「どこで？」

「ええ、すぐそこにとってても素敵なところがあるの。マダム・パディフットのお店。行ったことない？」チョウは明るい声でそう言うと脇道に入り、小さな喫茶店へとハリーを誘った。ハリーはこれまでそんな店に気がつきもしなかった。狭苦しくてなんだかむんむんする店で、なにもかもフリルやリボンで飾り立てられている。ハリーはアンブリッジの部屋を思い出していやな気分になった。

「かわいいでしょ？」チョウはうれしそうだ。

「ん……うん」ハリーは気持ちを偽った。

「ほら、見て。バレンタインデーの飾りつけがしてあるわ！」チョウが指をさす。それぞれの小さな丸テーブルの上に、金色のキューピッドがたくさん浮かび、テーブルに座っている人たちに、ときどきピンクの紙ふぶきを振りかけていた。

「まあぁぁ……」

二人は、白く曇った窓のそばに一つだけ残っていたテーブルに座った。レイブンクローのクィディッチ・キャプテン、ロジャー・デイビースが、ほんの数十センチしか離れていないテーブルに、かわいいブロンドの女の子と一緒に座っていた。手と手をにぎっている。ハリーは落ち着かない気分になった。店内を見回すとカップルだらけで、みな手をにぎり合っているのが目に入って、ますます落ち着かない。チョウも、ハリーが手をにぎるのを期待するだろう。

「お二人さん、なんになさるの？」

マダム・パディフットは、艶《つや》つやした黒髪をひっつめ髷《まげ》に結った、たいそう豊かな体つきの女性で、ロジャーのテーブルとハリーたちのテーブルの間の隙間に、やっとのことで入り込んでいた。

「コーヒー二つ」チョウが注文する。

コーヒーを待つ間に、ロジャー・デイビースとガールフレンドは、砂糖入れの上でキスしはじめた。キスなんかしなきゃいいのに、とハリーは思った。デイビースをお手本に、まもなくチョウも、ハリーに負けないようにと期待するだろう。ハリーは顔が火照ってきて、窓の外を見ようとした。しかし、窓は真っ白に曇っていて、外の通りが見えない。チョウの顔を見つめざるをえなくなる瞬間を先延ばしにしようと、ペンキの塗り具合を調べるかのように天井を見上げたハリーは、上に浮かんでいたキューピッドに顔めがけて紙ふぶきを浴びせられた。

それからまた辛《つら》い数分の後、チョウがアンブリッジのことを口にした。ハリーはほっとしてその話題に飛びつく。それから数分は、アンブリッジのこき下ろしで楽しかったが、この話題はDAでもさんざん語り尽くされていたので、長くは持たない。ふたたび沈黙が訪れる。隣のテーブルから聞こえるチューチュー言う音がことさら気になって、ハリーはなんとかしてほかの話題を探そうと躍起になった。

「あー……あのさ、お昼に僕と一緒に『三本の箒《ほうき》』に行かないか？　そこでハーマイオニー・グレンジャーと待ち合わせてるんだ」

チョウの眉《まゆ》がぴくりと上がった。

「ハーマイオニー・グレンジャーと待ち合わせ？　今日？」

「うん。彼女にそう頼まれたから、僕、そうしようかと思って。一緒にどう？　きてもかまわないって、ハーマイオニーが言ってた」

「あら……ええ……それはご親切に」

しかし、チョウの言い方は、ご親切だとはまったく思っていないようだ。むしろ、冷たい口調で、急に険しい表情になった。

黙りこくって、また数分が過ぎた。ハリーは忙《せわ》しなくコーヒーを飲み、もうすぐ二杯目が必要になりそうだった。横のロジャー・デイビースとガールフレンドは、唇のところで糊《のり》づけされているみたいだ。

チョウの手が、テーブルのコーヒーの脇に置かれていた。ハリーはその手をにぎらなければというプレッシャーが次第に強くなっていた。「やるんだ」ハリーは自分に言い聞かせる。弱気と興奮がごた混ぜになって、胸の奥からわき上がってくる。「手を伸ばして、さっとつかめ」。驚いた——たったの三十センチ手を伸ばしてチョウの手に触れるほうが、猛スピードのスニッチを空中で捕まえるより難しいなんて……。

しかし、ハリーが手を伸ばしかけたとき、チョウがテーブルから手を引っ込めた。

チョウは、ロジャー・デイビースがガールフレンドにキスしているのを、ちょっと興味深げに眺めている。

「あの人、私を誘ったの」チョウが小さな声で言った。「ロジャーが。二週間前よ。でも、断ったわ」

ハリーは、急にテーブルの上に伸ばした手のやり場を失い、砂糖入れをつかんでごまかした。なぜチョウがそんな話をするのか見当がつかない。隣のテーブルに座ってロジャー・デイビースに熱々のキスをされたかったのなら、そもそもどうして僕とデートするのを承知したのだろう？

ハリーは黙っていた。テーブルのキューピッドが、また紙ふぶきをひとつかみ二人に振りかける。その何枚かが、ハリーがまさに飲もうとしていた飲み残しの冷たいコーヒーに落ちた。

「去年、セドリックとここにきたの」チョウが言った。

チョウがなにを言ったのかがわかるまでに、数秒かかった。その間に、ハリーは体の中が氷のように冷え切っていた。いまこのときに、チョウがセドリックの話をしたがるなんて、ハリーには信じられなかった。まわりのカップルたちがキスをし合い、キューピッドが頭上に漂っているというのに。

チョウが次に口を開いたときは、声がかなり上ずっていた。

「ずっと前から、あなたに聞きたかったことがあるの……セドリックは――あの人は、わ――私のことを、死ぬ前にちょっとでも口にしたかしら？」

金輪際《こんりんざい》話したくない話題だ。とくにチョウとは。

「それは――してない――」ハリーは静かに答える。「そんな――なにか言うなんて、そんな時間はなかった。ええと……それで……君は……休暇中にクィディッチの試合をたくさん見たの？　トルネードーズのファンだったよね？」

ハリーの声は虚ろに快活だ。しかし、チョウの両目に、クリスマス前の最後のＤＡが終わったときと同じように涙があふれているのを見て、ハリーはうろたえた。

「ねえ、チャン」他のだれにも聞かれないように前屈みになり、ハリーは必死で話しかけた。「いまはセドリックの話はしないでおこう……なにかほかのことを話そうよ……」

どうやらこれも逆効果だった。

「私」チョウの涙がポタポタとテーブルに落ちる。「私、あなたならきっと、わ――わ――わかってくれると思ったのに！　私、このことを話す必要があるの！　あなただって、きっと、ひ――必要なはずだわ！　だって、あなたはそれを見たんですもの。そ――そうでしょう？」

まるで悪夢だ。なにもかも悪いほうに展開する。ロジャー・デイビースのガールフレンドは、わざわざ糊《のり》づけをはがして振り返り、泣いているチョウを見た。

「でも――僕はもう、話したことは話したんだ」ハリーがささやいた。「ロンとハーマイオニーに。でも――」

「あら、ハーマイオニー・グレンジャーには話すのね！」涙で顔を光らせ、チョウはかん高い声を出した。「キスの最中だったカップルが何組か、見物のために分裂した。「それなのに、私には話さないんだわ！　も――もう……で――出ましょう。そして、あなたは行けばいいのよ。ハーマイオニー・グ――グレンジャーのところへ。あなたのお望みどおり！」

ハリーはなにがなんだかわからずにチョウを見つめた。チョウはフリルいっぱいのナプキンをつかみ、涙に濡れた顔に押し当てている。

「チョウ？」ハリーは恐る恐る呼びかけた。ロジャーが、ガールフレンドを捕まえて、またキスを始めてくれればいいのに。そうすればハリーとチョウをじろじろ見るのをやめるだろうに。

「行ってよ。早く！」チョウは、いまやナプキンに顔を埋《うず》めて泣いている。「私とデートした直後にほかの女の子に会う約束をするなんて、なぜ私を誘ったりしたのかわからないわ……ハーマイオニーのあとには、あと何人とデートするの？」

「そんなんじゃないよ！」なにが気に障《さわ》ったのかがやっとわかって、ほっとすると同時にハリーは笑ってしまっていた。とたんに、しまったと思ったが、もう手遅れだった。

チョウがパッと立ち上がった。店中がしんとなり、いまやすべての目が二人に注がれている。

「ハリー、じゃ、さよなら」チョウは劇的に一言言うなり、少ししゃくり上げながら出口へと駆け出し、ぐいとドアを開けて土砂降りの雨の中に飛び出していった。

「チョウ！」ハリーは追いかけるように呼んだが、ドアはすでに閉まり、チリンチリンという音だけが鳴っていた。

店内は静まり返っていた。目という目がハリーを見ている。ハリーはテーブルに一ガリオンを放り出し、ピンクの紙ふぶきを頭から払い落としながらチョウを追って外に出た。

雨が激しくなっていた。チョウの姿はどこにも見えない。なにが起こったのか、ハリーにはさっぱりわからなかった。三十分前まで、二人はうまくいっていたというのに。

「女ってやつは！」両手をポケットに突っ込み、雨水の流れる道をビチャビチャ歩きながら、ハリーは腹を立ててつぶやいた。「だいたい、なんでセドリックの話なんかしたがるんだ？　どうしていつも、自分が人間散水ホースみたいになる話を引っ張り出すんだ？」

ハリーは右に曲がり、バシャバシャと水しぶきを上げて駆け出す。何分もかからず、ハリーは「三本の箒《ほうき》」の戸口に着いた。ハーマイオニーと会う時間には早すぎたが、ここならだれか時間をつぶせる相手がいるだろう。濡れた髪を、ぶるっと目から振りはらい、店内を見回した。ハグリッドが、ひとりで隅のほうにむっつり座っている。

「やあ、ハグリッド！」込み合ったテーブルの間をすり抜け、ハグリッドの横に椅子を引き寄せて、ハリーが声をかけた。

ハグリッドは飛び上がって、まるでハリーがだれだかわからないような目で見下ろした。ハグリッドの顔に、新しい切り傷が二つと打ち身が数か所できている。

「おう、ハリー、おまえさんか」ハグリッドが口をきいた。「元気か？」

「うん、元気だよ」ハリーは嘘をつく。傷だらけで悲しそうな顔をしたハグリッドと並ぶと、自分のほうはそんなにたいしたことではないと思ったのも事実だ。「あー

――ハグリッドは大丈夫なの？」

「おれ？」ハグリッドが言う。「ああ、おれなら、大元気だぞ、ハリー、大元気」

大きなバケツほどもある錫《すず》の大ジョッキの底をじっと見つめて、ハグリッドはため息をついた。ハリーはなんと言葉をかけていいかわからなかった。二人は並んで座

り、しばらく黙っていた。すると出し抜けにハグリッドが言った。「おんなじだなぁ。おまえとおれは……え？　ハリー？」

「あ――」ハリーは答えに詰まった。

「うん……前にも言ったことがあるが……ふたりともはみ出しもんだ」ハグリッドが納得したようにうなずきながら言う。「そんで、ふたりとも親がいねえ。うん……ふたりとも孤児《みなしご》だ」

ハグリッドはぐいっと大ジョッキをあおった。

「ちがうもんだ。ちゃんとした家族がいるっちゅうことは」ハグリッドは言葉を続ける。「おれの父ちゃんはちゃんとしとった。そんで、おまえさんの父さんも母さんもちゃんとしとった。親が生きとったら、人生はちがったもんになっとっただろう。なあ？」

「うん……そうだね」ハリーは慎重に答えた。ハグリッドはなんだか不思議な気分に浸っているようだ。

「家族だ」ハグリッドが暗い声で繰り返した。「なんちゅうても、血ってもんは大切だ……」

そしてハグリッドは目に滴《したた》る血を拭《ぬぐ》った。

「ハグリッド」ハリーはがまんができなくなって聞いた。「いったいどこで、こんなに傷だらけになるの？」

「はあ？」ハグリッドはドキッとしたような顔をした。「どの傷だ？」

「全部だよ！」ハリーはハグリッドの顔を指さした。

「ああ……いつものやつだよ、ハリー。瘤《こぶ》やら傷やら」ハグリッドはなんでもないという言い方だ。「おれの仕事は荒っぽいんだ」

ハグリッドは大ジョッキを飲み干し、テーブルにもどし、立ち上がった。

「そんじゃな、ハリー……気《しお》いつけるんだぞ」

そしてハグリッドは、打ち萎《しお》れた姿でドシンドシンとパブを出ていき、滝のような雨の中へと消えた。ハリーは惨《みじ》めな気持ちでその後ろ姿を見送った。ハグリッドは不幸なんだ。それになにか隠している。だが、助けは断固拒むつもりらしい。いったいなにが起こっているんだろう？　それ以上考える間もなく、ハリーの名前を呼ぶ声が聞こえた。

「ハリー！　ハリー、こっちよ！」

店の向こう側で、ハーマイオニーが手を振っている。ハリーは立ち上がって、込み合ったパブの中をかき分けて進んだ。あと数テーブルというところで、ハリーは、ハーマイオニーがひとりではないのに気づいた。飲み仲間としてはどう考えてもありえない組み合わせがもう二人、同じテーブルに着いていた。ルーナ・ラブグッドと、だれあろうリータ・スキーター、元「日刊予言者新聞《にっかんよげんしゃしんぶん》」の記者で、ハーマイオニーが世界で一番気に入らない人物の一人だ。

「早かったのね！」ハリーが座れるように場所を空けながら、ハーマイオニーが言った。

「チョウと一緒だと思ったのに。あと一時間はあなたがこないと思ってたわ」

「チョウ？」リータが即座に反応し、座ったまま体をねじって、まじまじとハリーを見つめる。

「女の子と？」

リータはワニ革ハンドバッグをひっつかみ、中をゴソゴソ探した。

「ハリーが百人の女の子とデートしようが、あなたの知ったことじゃありません」ハーマイオニーが冷たく言い放つ。「だから、それはすぐしまいなさい」

リータがハンドバッグから、黄緑色の羽根ペンをまさに取り出そうとしたところだ。「臭液」をむりやり飲み込まされたような顔で、リータはまたバッグをパチンと閉めた。

「君たち、なにをするつもりだい？」腰掛けながら、ハリーはリータ、ルーナ、ハーマイオニーの顔を順に見つめた。

「ミス優等生がそれをちょうど話そうとしていたところに、君が到着したわけよ」

リータはグビリと音を立てて飲み物を飲んだ。「こちらさんと話すのはお許しいただけるんざんしょ?」リータがきっとなってハーマイオニーに言った。

「ええ、いいでしょう」ハーマイオニーが冷たく返す。

リータに失業は似合わない。かつては念入りにカールしていた髪は、櫛《くし》も入れず、顔のまわりにだらりと垂れ下がっている。六センチもあろうかという鉤爪《かぎづめ》に塗った真赤なマニキュアはあちこちはげ落ち、その上、フォックス型メガネのイミテーション宝石が二、三個欠けていた。リータはもう一度ぐいっと飲み物をあおり、唇を動かさずに聞いた。

「かわいい子なの? ハリー?」

「これ以上ハリーのプライバシーに触れたら、取引はなし。そうしますからね」

ハーマイオニーがいらだった。

「なんの取引ざんしょ?」リータは手の甲で口を拭《ぬぐ》った。「小うるさいお嬢さんよ、まだ取引の話なんかしてないね。あたしゃ、ただ顔を出せと言われただけで。うーっ、いまに必ず……」リータがぶるっと身震いしながら息を深く吸い込んだ。

「ええ、ええ、いまに必ず、あなたは、私やハリーのことで、もっととんでもない記事を書くでしょうよ」ハーマイオニーは取り合わなかった。「そんな脅しを気にしそうな相手を探せばいいわ。どうぞご自由に」

「あたくしなんかの手を借りなくとも、新聞には今年、ハリーのとんでもない記事がたくさん載ってたざんすよ」グラス越しに横目でハリーの顔を見ながら、リータは耳障《みみざわ》りなささやき声で聞いた。「それで、どんな気持ちがした？　ハリー？　裏切られた気分？　動揺した？　誤解されてると思った？」

「もちろん、ハリーは怒りましたとも」ハーマイオニーが厳しい声で凛《りん》と言い放った。「ハリーは魔法大臣に本当のことを話したのに、大臣はどうしようもないばかで、ハリーを信用しなかったんですからね」

「それじゃ、君はあくまで言い張るわけだ。『名前を呼んではいけないあの人』がもどってきたと？」リータはグラスを下げ、射るような目でハリーを見据《みす》え、指がうろうろと物欲しげにワニ革バッグの留め金あたりに動いていった。「ダンブルドアがみんなに触れ回っている戯言《たわごと》を、『例のあの人』がもどったとか、君が唯一の目撃者だとかを、君も言い張るわけざんすね？」

「僕だけが目撃者じゃない」ハリーがうなるように言う。「十数人の死喰い人も、その場にいたんだ。名前を言おうか？」

「いいざんすね」今度はバッグにもぞもぞと手を入れ、こんな美しいものは見たことがないという目でハリーを見つめながら、リータが息を殺して言い放つ。「ぶち抜き大見出し『ポッター、告発す……』小見出しで『ハリー・ポッター、身近に潜伏する死喰い人の名前をすっぱ抜く』。それで、君の大きな顔写真の下には、こう書く。『例のあの人』に襲われながらも生き残った、心病める十代の少年、ハリー・ポッター（15）は、昨日、魔法界の地位も名誉もある人物たちを死喰い人であると告発し、世間を激怒させた……」

自動速記羽根ペンQQQを実際に手に持ち、口元まで半分ほど持っていったところで、リータの顔から恍惚《こうこつ》とした表情が失せた。

「でも、だめだわね」リータは羽根ペンを下ろし、険悪な目つきでハーマイオニーを見た。

「ミス優等生のお嬢さんが、そんな記事はお望みじゃないざんしょ？」

「実は」ハーマイオニーがやさしく応《こた》えた。「ミス優等生のお嬢さんは、まさにそれをお望みなの」

リータは目を丸くしてハーマイオニーを見た。ハリーもそうだった。一方ルーナは、夢見るように「♪ウィーズリーこそ我が王者」と小声で口ずさみながら、串刺しにしたカクテル・オニオンで飲み物をかき混ぜた。

「あたくしに、『名前を呼んではいけないあの人』についてハリーが言うことを、記事にして欲しいんざんすか？」リータは声を殺して聞く。

「ええ、そうなの」ハーマイオニーが熱を込めて言う。「真実の記事を。すべての事実を。ハリーが話すとおりに。ハリーは全部詳しく話すわ。あそこでハリーが見た、『隠れ死喰い人』の名前も、現在ヴォルデモートがどんな姿なのかも――あら、しっかりしなさいよ」テーブル越しにナプキンをリータのほうに放り投げながら、ハーマイオニーが軽蔑したように言い捨てた。ヴォルデモートという名前を聞いただけで、リータがひどく飛び上がり、ファイア・ウィスキーをグラス半分も自分にひっかけてしまったのだ。

ハーマイオニーを見つめたまま、リータは汚らしいレインコートの前を拭《ふ》いた。それから、リータはあけすけに言い募った。「『予言者新聞《よげんしゃしんぶん》』はそんなもの活字にするもんか。お気づきでないざんしたら一応申し上げますけどね、ハリーの嘘話なんてだれも信じないざんすよ。みんな、ハリーの妄想癖《もうそうへき》だと思ってるざんすからね。まあ、あたくしにその角度から書かせてくれるんざんしたら――」

「ハリーが正気を失ったなんて記事はこれ以上いりません！」ハーマイオニーが怒る。「そんな話はもういやというほどあるわ。せっかくですけど！　私は、ハリーが真実を語る機会を作ってあげたいの！」

「そんな記事はだれも載せないね」リータが冷たく言い放つ。

「ファッジが許さないから『予言者新聞』は載せないっていう意味でしょう」ハーマイオニーがいらだった。

リータはしばらくじっとハーマイオニーを睨《にら》んでいた。やがて、ハーマイオニーに向かってテーブルに身を乗り出し、リータがまじめな口調で言った。

「たしかに、ファッジは『予言者新聞《よげんしゃしんぶん》』にてこ入れしている。でも、どっちみち同じことざんす。ハリーがまともに見えるような記事は載せないね。そんなもの、だれも読みたがらない。大衆の風潮に反するんだ。先日のアズカバン脱獄だけで、みんな十分不安感を募らせてる。『例のあの人』の復活なんか、とにかく信じたくないってわけざんす」

「それじゃ、『日刊予言者新聞』は、みんなが喜ぶことを読ませるために存在する。そういうわけね？」ハーマイオニーが痛烈に皮肉った。

リータは身を引いて元の姿勢にもどり、両眉《まゆ》を吊り上げて、残りのファイア・ウィスキーを飲み干す。

「『予言者新聞』は売るために存在するざんすよ。世間知らずのお嬢さん」リータが冷たく皮肉った。

「わたしのパパは、あれはへぼ新聞だって思ってるよ」ルーナが唐突に会話に割り込んできた。カクテル・オニオンをしゃぶりながら、ルーナは、ちょっと調子っぱずれの、飛び出したギョロ目でリータをじっと見る。「パパは、大衆が知る必要があると思う重要な記事を出版するんだ。お金儲けは気にしないよ」

リータは軽蔑したようにルーナを見た。

「察するところ、あんたの父親は、どっかちっぽけな村のつまらないミニコミ紙でも出してるんざんしょ？」リータが言った。「たぶん、『マグルにまぎれ込む二十五の方法』とか、次の『飛び寄り売買バザー』の日程だとか？」

「ちがうわ」ルーナはオニオンをギリーウォーターにもう一度浸しながら訂正した。「パパは『ザ・クィブラー』の編集長よ」

リータがブーッと吹き出した。その音があんまり大きかったので、近くのテーブルの客が何事かと振り向いた。

「『大衆が知る必要があると思う重要な記事』だって？　え？」リータはこちらを怯《ひる》ませるような言い方だ。「あたしゃ、あのボロ雑誌の臭い記事を庭の肥《こや》しにするね」

「じゃ、あなたが、『ザ・クィブラー』の格調をちょっと引き上げてやるチャンスじゃない？」ハーマイオニーが快活に言う。「ルーナが言うには、お父さんは喜んでハリーのインタビューを引き受けるって。これで、だれが出版するかは決まり」

リータはしばらく二人を見つめていたが、やがてけたたましく笑い出した。

「『ザ・クィブラー』だって！」リータはゲラゲラ笑いながら言った。「ハリーの話が『ザ・クィブラー』に載ったら、みんながまじめに取ると思うざんすか？」

「そうじゃない人もいるでしょうね」ハーマイオニーは平然としている。「だけど、アズカバン脱獄の『日刊予言者新聞《にっかんよげんしゃしんぶん》』版にはいくつか大きな穴があるわ。なにが起こったのか、もっとましな説明はないものかって考えている人は意外と多いと思うの。だから、別な筋書きがあるとなったら、それが載っているのが、たとえ――」ハーマイオニーは横目でちらりとルーナを見た。「たとえ――その、異色の雑誌でも――読みたいという気持ちが相当強いと思うわ」

リータはしばらくなにも言わなかった。ただ、首を少し傾げて、油断なくハーマイオニーを見ている。

「よござんしょ。仮にあたくしが引き受けるとして」リータが出し抜けに言った。「どのくらいお支払いいただけるんざんしょ？」

「パパは雑誌の寄稿者《きこうしゃ》に支払いなんかしてないと思うよ」ルーナが夢見るように言った。「みんな名誉だと思って寄稿するんだもん。それに、もちろん、自分の名前が活字になるのを見たいからだよ」

リータ・スキーターは、またしても口の中で「臭液」の強烈な味がしたような顔になり、ハーマイオニーに食ってかかった。

「ギャラなしでやれと？」

「ええ、まあ」ハーマイオニーは飲み物を一口すすり、静かに続けた。「さもないと、よくおわかりだと思うけど、私、あなたが未登録の『動物もどき』だって、然《しか》るべきところに通報するわよ。もっとも、『予言者新聞』は、あなたのアズカバン囚人日記にはかなりたくさん払ってくれるかもしれないわね」

リータは、ハーマイオニーの飲み物に飾ってある豆唐傘《まめからかさ》をひっつかんで、その鼻の穴に突っ込んでやれたらどんなにすーっとするか、という顔をしている。

「どうやらあんまり選択の余地はなさそうざんすね？」リータの声が少し震えていた。リータはふたたびワニ革ハンドバッグを開き、羊皮紙《ようひし》を一枚取り出し、自動速記羽根ペンを構えた。

「パパが喜ぶわ」ルーナが明るく言った。リータの顎《あご》の筋肉がひくひく痙攣《けいれん》した。

「さあ、ハリー？」ハーマイオニーがハリーに話しかけた。「大衆に真実を話す準備ができた？」

「まあね」ハリーの前に置いた羊皮紙の上に、リータが自動速記羽根ペンを立たせ、バランスを取って準備するのを眺めながら、ハリーが言った。

「それじゃ、リータ、やってちょうだい」グラスの底からチェリーを一粒摘み上げながら、ハーマイオニーが落ち着きはらって〝キュー〟を出した。

第26章　過去と未来

ハリーをインタビューしたリータの記事が、いつ「ザ・クィブラー」に載るかはわからないと、ルーナは漠然と言った。パパは、「しわしわ角《づの》スノーカック」を最近目撃したという素敵に長い記事が寄稿《きこう》されるのを待っているから、と言うのだ。「――もちろん、それって、とっても大切な記事だもン。だから、ハリーのは次の号まで待たなきゃいけないかも」

ヴォルデモートが復活した夜のことを語るのは、ハリーにとって生やさしいことではなかった。リータは事細かに聞き出そうとハリーに迫ったし、ハリーも、真実を世に知らせるまたとないチャンスだという意識で、思い出せるかぎりのすべてをリータに話した。果たしてどんな反応が返ってくるだろうか。多くの人が、ハリーは完全に狂っているという見方を再確認するだろう。なにしろハリーの話は、愚にもつかない「しわしわ角スノーカック」の話と並んで掲載されるのだ。しかし、ベラトリックスス・レストレンジとその仲間の死喰い人たちが脱走したことで、うまくいくいかないは別としてハリーは、とにかくなにかをしたいという燃えるような想いに駆られていた。

「君の話がおおっぴらになったら、アンブリッジがどう思うか、楽しみだ」月曜の夕食の席で、ディーンが感服したように言った。シェーマスはディーンの向かい側で、チキンとハムのパイをごっそりかき込んでいた。しかしハリーには、話を聞いていることがわかっていた。

「いいことをしたね、ハリー」テーブルの反対側に座っているネビルが声をかけてきた。かなり蒼《あお》ざめていたが、低い声で言葉を続けた。「きっと……辛《つら》かっただろう？……それを話すのって……？」

「うん」ハリーがぼそりと答えた。「でも、ヴォルデモートがなにをやってのけるのか、みんなが知らないといけないんだ。そうだろう？」

「そうだよ」ネビルがうなずく。「それと、死喰い人のことも……みんな、知るべきなんだ……」ネビルは中途半端に言葉をとぎらせ、ふたたび焼きジャガイモを食べはじめた。シェーマスが目を上げたが、ハリーと目が合うと、あわてて自分の皿に視線を落とした。夕食をすませると、ディーン、シェーマス、ネビルが談話室に向かい、ハリーとハーマイオニーだけがテーブルに残ってロンを待った。クィディッチの練習で、ロンはまだ夕食をとっていない。

チョウ・チャンが友達のマリエッタと大広間に入ってきた。ハリーの胃がぐらっと気持ちの悪い揺れ方をした。しかし、チョウはグリフィンドールのテーブルには目もくれず、ハリーに背を向けて席に着いた。

「あ、聞くのを忘れてたわ」ハーマイオニーがレイブンクローのテーブルをちらりと見ながら、朗らかに聞いた。「チョウとのデートはどうだったの？　どうしてあんなに早くきたの？」

「んー……それは……」ルバーブ・クランブルのデザート皿を引き寄せ、お代わりを自分の皿に取り分けながら「めっちゃくちゃさ。聞かれたから言うだけだけど――」ハリーは、マダム・パディフットの喫茶店で起こったことを、ハーマイオニーに話して聞かせた。

「……というわけで」数分後にハリーは話し終わり、ルバーブ・クランブルの最後の一口も食べ終わった。「チョウは急に立ち上がって、そう、こう言うんだ。『ハリー、じゃ、さよなら』。それで走って出ていったのさ！」ハリーはスプーンを置き、ハーマイオニーを見る。「つまり、いったいあれはなんだったんだ？　なにが起こったって言うんだ？」

ハーマイオニーはチョウの後ろ姿をちらりと見た。

「ハリーったら」ハーマイオニーは悲しげにため息をつく。「言いたくはないけど、あなた、ちょっと無神経だったわ」

「僕が？　無神経？」ハリーは憤慨した。「二人でうまくいってるなと思ったら、次の瞬間、チョウはロジャー・デイビースがデートに誘ったの、セドリックとあのばかばかしい喫茶店にきていちゃいちゃしたのって、僕に言うんだぜ――いったい僕にどう思えって言うんだ？」

「あのねえ」ハーマイオニーは、まるで駄々をこねるよちよち歩きの子供に、1＋1＝2だということを言い聞かせるように、辛抱強く言いきかせた。「デートの途中で私に会いたいなんて、言うべきじゃなかったのよ」

「だって、だって」ハリーが急き込んで反論した。「だって――十二時にこいって、それにチョウも連れてこいって君がそう言ったんじゃないか。チョウに話さなきゃ、そうできないじゃないか？」

「言い方がまずかったのよ」ハーマイオニーは、また癪《しゃく》に障《さわ》るほどの辛抱強さで説明を続けた。「こう言うべきだったわ。――本当に困るんだけど、ハーマイオニーに『三本の箒《ほうき》』にくるように約束させられた。本当は行きたくない。できることなら一日中チョウと一緒にいたい。だけど、残念ながらあいつに会わないといけないと思う。どうぞ、お願いだから、僕と一緒にきてくれ。そうすれば、僕はもっと早くその場を離れることができるかもしれない。――それに、私のことをとってもブスだ、とか言ったらよかったかもしれないわね」

最後の言葉を、ハーマイオニーはふと思いついたようにつけ加えた。

「だけど、僕、君がブスだなんて思ってないよ」ハリーが不思議そうな顔をする。

ハーマイオニーが笑う。「ハリー、あなたったら、ロンよりひどいわね……おっと、そうでもないか」ハーマイオニーがまたため息をつく。ロンが泥だらけに不機嫌な顔をぶら下げて、ドスドスと大広間に入ってきたところだった。「あのね――あなたが私に会いにいくって言ったから、チョウは気を悪くしたのよ。だから、あなたにやきもちを焼かせようとしたの。あなたがどのぐらいチョウのことを好きなのか、彼女なりのやり方で試そうとしたのよ」

「チョウは、そういうことをやってたわけ？」ハリーが言った。ロンは二人に向き合う場所にドサッと座り、手当たり次第に食べ物の皿を引き寄せている。「それなら、僕が君とチョウのどっちが好きかって聞けばいいじゃないか？」

「女の子はだいたい、そんな物の聞き方はしないものよ」ハーマイオニーが言う。

「でも、そうすべきだ！」ハリーの言葉に力が入った。「そうすりゃ、僕、チョウが好きだって、ちゃんと言えたじゃないか。そうすればチョウだって、セドリックが死んだことをまた持ち出して、大騒ぎしたりする必要はなかったんだ！」

「チョウがやったことが思慮深かったとは言ってないのよ」ハーマイオニーが言い足す。ジニーが、ロンと同じように泥んこで同じようにぶすっとして席に着いた。

「ただ、そのときの彼女の気持ちを、あなたに説明しようとしているだけ」

「君、本を書くべきだよ」ロンがポテトを切り刻みながら、ハーマイオニーに言った。「女の子の奇怪な行動についての解釈をさ。男子が理解できるように」

「そうだよ」ハリーがレイブンクローのテーブルに目をやりながら、熱くうなずく。チョウが立ち上がったところだった。そして、ハリーのほうを見向きもせずに大広間を出ていった。なんだかがっかりして、ハリーはロンとジニーに向きなおった。

「それで、クィディッチの練習はどうだった？」

「悪夢だったさ」ロンは気が立っていた。

「やめてよ」ハーマイオニーがジニーを見ながら言った。「まさか、それほど――」

「それほどだったのよ」ジニーも同調する。「ぞっとするわ。アンジェリーナなんか、しまいには泣きそうだった」

夕食の後、ロンとジニーはシャワーを浴びにいき、ハリーとハーマイオニーは込み合ったグリフィンドールの談話室にもどっていつものように宿題の山に取りかかった。ハリーが「天文学」の新しい星座図と三十分ほど格闘したころ、フレッドとジョージが現れた。

「ロンとジニーは、いないな？」椅子を引き寄せ、まわりを見回しながらフレッドが聞いた。ハリーは首を振る。すると、フレッドが言った。「ならいいんだ。おれたち、あいつらの練習ぶりを見てたけど、ありゃ死刑もんだ。おれたちがいなけりゃ、あいつらまったくのクズだ」

「おいおい、ジニーはそうひどくないぜ」ジョージが、フレッドの隣に座りながら訂正した。「実際、あいつ、どうやってあんなにうまくなったのかわかんねえよ。おれたちと一緒にプレイさせてやったことなんかないぜ」

「ジニーはね、六歳のときから庭の箒置《ほうき》き場に忍び込んで、あなたたちの目を盗んでは二人の箒に代わりばんこに乗っていたのよ」ハーマイオニーが、山と積まれた古代ルーン文字の本の陰から声を出した。

「へえ」ジョージがちょっと感心したような顔をする。「なぁる――それで納得」

「ロンはまだ一度もゴールを守っていないの？」『魔法象形文字と記号文字』の本の上からこっちを覗きながら、ハーマイオニーが聞く。

「まあね、だれも自分を見ていないと思うと、ロンのやつ、ブロックできるんだけど」フレッドはやれやれという目つきをした。「だから、おれたちのやるべきことはなにかと言えば、土曜日の試合であいつのほうにクアッフルが行くたんびに、観衆に向かってそっぽを向いて勝手にしゃべってくれって頼むことだな」

フレッドは立ち上がって、落ち着かない様子で窓際に寄り、暗い校庭を見つめた。

「あのさ、おれたち、唯一クィディッチがあるばっかりに、学校に留まったんだ」

ハーマイオニーが厳しい目でフレッドを見た。

「もうすぐ試験があるじゃない！」

「前にも言ったけど、NEWT試験《いもり》なんて、おれたちはどうでもいいんだ」フレッドが言う。「例の『スナックボックス』はいつでも売り出せる。あの吹出物をやっつけるやり方も見つけた。マートラップのエキス数滴で片づく。リーが教えてくれた」

ジョージが大あくびをして、曇った夜空を憂鬱《ゆううつ》そうに眺めた。

「今度の試合は見たくもない気分だ。ザカリアス・スミスに敗れるようなことがあったら、おれは死にたいよ」

「むしろ、あいつを殺すね」フレッドがきっぱりと言った。

「これだからクィディッチは困るのよ」ふたたびルーン文字の解読にかじりつきながら、ハーマイオニーが上の空で言う。「おかげで、寮の間で悪感情やら緊張が生まれるんだから」

『スペルマン音節文字表』を探すのにふと目を上げたハーマイオニーは、フレッド、ジョージ、ハリーがいっせいに自分を睨《にら》んでいるのに気づいた。三人とも、呆気《あっけ》に取られた苦々しげな表情を浮かべている。

「ええ、そうですとも！」ハーマイオニーがいらだたしげに言い放った。「たかがゲームじゃない？」

「ハーマイオニー」ハリーが頭を振りながら言う。「君って、人の感情とかはよくわかってるけど、クィディッチのことはさっぱり理解してないね」

「そうかもね」また翻訳にもどりながら、ハーマイオニーが悲観的な言い方をした。「だけど、少なくとも私の幸せは、ロンのゴールキーパーとしての能力に左右されたりしないわ」

しかし、土曜日の試合観戦後のハリーは、自分もクィディッチなんかたかがゲームだと思えるようになるのなら、ガリオン金貨を何枚出しても惜しくないという気持ちになっていた。もっともハーマイオニーの前でこんなことを認めるくらいなら、天文台塔から飛び降りたほうがましだけれど。

この試合で最高だったのは、すぐ終わったことだった。グリフィンドールの観客は、たった二十二分の苦痛に耐えるだけですんだ。なにが最低だったかの判定は難しい。ロンが十四回もゴールを抜かれたこと、スローパーがブラッジャーを撃ちそこねて、代わりに棍棒《こんぼう》でアンジェリーナの口をひっぱたいたこと、クアッフルを持ったザカリアス・スミスが突っ込んできたときに、カークが悲鳴を上げて箒《ほうき》から仰向けに落ちたことなど、ハリーの見るところどれもいい勝負だ。わずか十点差での負けだったことは奇跡と言える。ジニーが、ハッフルパフのシーカー、サマービーの鼻先から辛《から》くもスニッチを奪い取ったので、最終得点は二四〇対二三〇だった。

「見事なキャッチだった」談話室にもどったジニーに、ハリーが声をかけた。談話室はまるでとびっきり陰気な葬式会場のようだった。

「ラッキーだったのよ」ジニーが肩をすくめた。「あんまり早いスニッチじゃなかったし、サマービーが風邪を引いてて、ここぞというときにくしゃみをして目をつぶったの。とにかく、あなたがチームにもどったら――」

「ジニー、僕は一生涯、禁止になってるんだ」

「禁止になっているのは、アンブリッジが学校にいるかぎり、よ」ジニーが訂正した。「一生涯とはちがうわ。とにかく、あなたがもどったら、私はチェイサーに挑戦するわ。アンジェリーナもアリシアも来年は卒業だし、どっちみち私は、シーカーよりゴールで得点するほうが好きなの」

ハリーはロンを見た。ロンは隅っこにかがみ込み、バタービールの瓶《びん》をつかんで膝《ひざ》小僧をじっと見つめている。

「アンジェリーナがまだロンの退部を許さないの」ハリーの心を読んだかのように、ジニーが続けた。「ロンに力があるのはわかってるって、アンジェリーナはそう言うの」

アンジェリーナがロンを評価しているのがハリーにはうれしかった。同時に、本当はロンを退部させてやるほうが親切ではないかとも思う。ロンが競技場を去るとき、またしてもスリザリン生が悦《えつ》に入《い》って「♪ウィーズリーこそ我が王者」の大合唱で見送っていた。スリザリンはいまや、クィディッチ杯の最有力候補だ。

フレッドとジョージがぶらぶらやってきた。

「おれ、あいつをからかう気にもなれないよ」ロンの打ち萎《しお》れた姿を見ながら、フレッドが言う。「ただし……あいつが十四回目のミスをしたとき――」フレッドは上向きで犬掻《か》きをするように、両腕をむちゃくちゃに動かした。「――まあ、これはパーティ用に取っておくか、な？」

それからまもなくして、ロンはのろのろと寝室に向かった。ロンの気持ちを察し、ハリーは少し時間をずらして寝室に上がっていった。ロンがそうしたいと思えば、寝たふりができるようにと思ったのだ。案の定、ハリーが寝室に入ったとき、ロンのいびきは、本物にしては少し大きすぎた。

ハリーは試合のことを考えながらベッドに入った。端《はた》で見ているのは、なんとも歯《は》痒《がゆ》かった。ジニーの試合ぶりはなかなかのものだったが、自分がプレイしていたら、もっと早くスニッチを捕らえられたのに……。スニッチがカークの踵《かかと》あたりをひらひら飛んでいたあの一瞬、ジニーがためらわなかったら、グリフィンドールの勝利をかすめ取ることができたろうに。

ハリーやハーマイオニーより数列下にアンブリッジが座っていた。一度か二度、べったり腰を下ろしたまま、ハリーを振り返った。ガマガエルのような口が横に広がり、ハリーにはいい気味だとほくそ笑んでいるように見えた。寝室の暗闇の中で、思い出すだに怒りで熱くなる。しかしその数分後には、寝る前にすべての感情を無にすべきだったと思い出した。スネイプが「閉心術」の特訓のあと、いつもハリーにそう指示していた。

一、二分は努力してみたが、アンブリッジを思い出した上にスネイプまで加わって、怨念は強まるばかりだ。気がつくと、むしろ自分がこの二人をどんなに毛嫌いしているかに気持ちが集中していた。ロンのいびきが次第に弱くなり、ゆっくりした深い寝息に変わっている。ハリーのほうは、それからしばらく寝つけなかった。体は疲れていたが、脳が休むまでに長い時間がかかった。

ネビルとスプラウト先生が「必要の部屋」でワルツを踊っている夢を見た。マクゴナガル先生がバグパイプを演奏している。ハリーは幸せな気持ちで、しばらくみなを眺めていたが、やがてDAの他のメンバーを探しに出かけようと思った。

ところが、部屋を出たハリーは、「バカのバーナバス」のタペストリーではなく、石壁の腕木で燃える松明《たいまつ》の前にいた。ハリーはゆっくりと左に顔を向けた。そこに、窓のない廊下の一番奥に、飾りもなにもない黒い扉があった。ハリーは高鳴る心で扉に向かって歩いた。ついに運が向いてきたという、とても不思議な感覚がわく。今度こそ扉を開ける方法が見つかる……。あと数十センチだ。ハリーは心が躍った。扉の右端に沿ってぼんやりと青い光の筋が見える……扉がわずかに開いている……手を伸ばし、扉を大きく押し開こうとした。そして――。

ロンがガーガーと本物の大きないびきをかいた。ハリーは突然目を覚ました。何百キロも離れたところにある扉を開けようと、右手を暗闇に突き出している。失望と罪悪感の入り交じった気持ちでハリーは手を下ろした。扉の夢を見てはいけないことはわかっている。しかし同時に、その向こう側になにがあるのかと好奇心にさいなまれ、ロンを恨みに思った。ロンがあと一分、いびきをがまんしてくれていたら……。

月曜の朝、朝食をとりに大広間に入ると同時にふくろう便も到着した。「日刊予言者新聞《にっかんよげんしゃしんぶん》」を待っていたのは、ハーマイオニーだけではない。ほとんど全員が、脱獄した死喰い人の新しいニュースを待ち望んでいた。目撃したという知らせが多いにもかかわらず、まだ一人も捕まってはいない。ハーマイオニーは、配達ふくろうに一クヌートを支払うや急いで新聞を広げた。ハリーはオレンジジュースに手を伸ばした。この一年の間、ハリーはたった一度メモを受け取ったきりだったので、目の前にふくろうが一羽バサッと降り立ったとき、まちがいだろうと思った。

「だれを探してるんだい？」ハリーは、嘴《くちばし》の下から面倒くさそうにオレンジジュースをどけて受取人の名前と住所を覗き込んだ。

〝ホグワーツ校　大広間　ハリー・ポッター〟

ハリーは、顔をしかめてふくろうから手紙を取ろうとした。しかしその前に、三羽、四羽、五羽と、最初のふくろうの脇に別のふくろうたちが次々と降り立ち、バターを踏みつけるやら塩をひっくり返すやら、自分が一番乗りで郵便を届けようと、押し合いへし合いの場所取り合戦を繰り広げた。

「何事だ？」ロンが仰天した。グリフィンドールのテーブルの全員が身を乗り出して見物する中、さらに七羽ものふくろうが最初のふくろう群の真ったただ中に着地し、ギーギー、ホーホー、パタパタと大騒ぎとなった。

「ハリー！」ハーマイオニーが羽毛の群れの中に両手を突っ込み、長い円筒形の包みを持ったコノハズクを引っ張り出して息をはずませた。「私、なんだかわかったわ――これを最初に開けて！」

ハリーは茶色の包み紙を破り取った。中からきっちり丸めた「ザ・クィブラー」の三月号が転がり出た。広げてみると、自分の顔が表紙から、気恥ずかしげにニヤッと笑いかけた。その写真を横切って、真っ赤な大きな字でこう書いてある。

ハリー・ポッターついに語る
「名前を呼んではいけないあの人」の真相――僕がその人の復活を見た夜

「いいでしょう?」いつの間にかグリフィンドールのテーブルにやってきて、フレッドとロンの間に割り込んで座っているルーナが言った。「昨日出たんだよ。パパに一部無料であんたに送るように頼んだんだもン。きっと、これ」ルーナは、ハリーの前でまだ揉《も》み合っているふくろうの群れに手を振った。「読者からの手紙だよ」

「そうだと思ったわ」ハーマイオニーは夢中になっている。「ハリー、かまわないかしら? 私たちで――」

「自由に開けてよ」ハリーは少し困惑していた。

ロンとハーマイオニーが封筒をビリビリ開けはじめた。

「これは男性からだ。この野郎、君がいかれてるってさ」手紙をちらりと見ながら、ロンが言った。「まあ、しょうがないか……」

「こっちは女性よ。聖マンゴで、ショック療法呪文のいいのを受けなさいだって」

ハーマイオニーががっかりした顔で、二通目をくしゃくしゃに丸めた。

「でも、これは大丈夫みたいだ」ペイズリーの魔女からの長い手紙を流し読みしていたハリーが、ゆっくり言った。「ねえ、僕のこと信じるって！」

「こいつはどっちつかずだ」フレッドも夢中で開封作業に加わっていた。「こう言ってる。君が狂っているとは思わないが、『例のあの人』がもどってきたとは信じたくない。だから、いまはどう考えていいかわからない。なんともはや、羊皮紙《ようひし》のむだ使いだな」

「こっちにもう一人、説得された人がいるわ、ハリー！」ハーマイオニーが興奮した。「あなたの側の話を読み、私は『日刊予言者《にっかんよげんしゃ》』があなたのことを不当に扱ったという結論に達しないわけにはいきません……『名前を呼んではいけないあの人』がもどってきたとは、なるべく考えたくはありませんが、あなたが真実を語っていることを受け入れざるをえません……ああ、すばらしいわ！」

「また一人、君は頭が変だって」ロンは丸めた手紙を肩越しに後ろに放り投げた。「……でも、こっちのは、君に説得されたってさ。彼女、いまは君が真の英雄だと思ってるって――写真まで入ってるぜ――うわー！」

「何事なの？」少女っぽい、甘ったるい作り声がした。

ハリーは封書を両手一杯に抱えて見上げた。アンブリッジ先生がフレッドとルーナの後ろに立っていた。ガマガエルのように飛び出した目が、ハリーの前のテーブルにごちゃごちゃ散らばった手紙とふくろうの群れを眺め回している。そのまた背後には、大勢の生徒が何事かと首を伸ばしているのが見える。

「どうしてこんなにたくさん手紙がきたのですか？　ミスター・ポッター？」アンブリッジ先生がゆったりと聞いてきた。

「今度は、これが罪になるのか？」フレッドが大声を上げた。「手紙をもらうのが？」

「気をつけないと、ミスター・ウィーズリー、罰則《ばっそく》処分にしますよ」アンブリッジが言った。「さあ、ミスター・ポッター？」

ハリーは迷ったが、自分のしたことを隠し通せるはずがないと思った。アンブリッジが「ザ・クィブラー」誌に気づくのは、どう考えても時間の問題だ。

「僕がインタビューを受けたので、みんなが手紙をくれたんです」ハリーが答えた。「六月に僕の身に起こったことについてのインタビューです」

こう答えながら、ハリーは教職員テーブルに視線を走らせた。ダンブルドアがつい一瞬前までハリーを見つめていたような、とても不思議な感覚が走ったからだ。しかし、ハリーが校長に目をやったときには、フリットウィック先生と話し込んでいた。

「インタビュー？」アンブリッジの声がことさらに細く、かん高くなった。「どういう意味ですか？」

「つまり、記者が僕に質問して、僕がそれに答えました」ハリーが説明した。「これです——」

ハリーは「ザ・クィブラー」をアンブリッジに放り投げた。アンブリッジが受け取って、表紙を凝視した。たるんだ青白い顔が、醜い紫のまだら色になった。

「いつこれを？」アンブリッジの声が少し震えていた。

「この前の週末、ホグズミードに行ったときです」ハリーが答えた。

アンブリッジは怒りでめらめら燃え、ずんぐりした指に持つ雑誌をわなわな震わせてハリーを見上げた。

「ミスター・ポッター。あなたにはもう、ホグズミード行きはないものと思いなさい」アンブリッジが小声で告げた。「よくもこんな……どうしてこんな……」アンブリッジは大きく息を吸い込んだ。「あなたには、嘘をつかないよう、何度も何度も教え込もうとしました。その教訓が、どうやらまだ浸透していないようですね。グリフィンドール、五〇点減点。それと、さらに一週間の罰則《ばっそく》」

アンブリッジは「ザ・クィブラー」を胸許《むなもと》にかき抱き、肩を怒らせて立ち去った。

大勢の生徒の目がその後ろ姿を追った。

昼前に、学校中にデカデカと告知が出された。寮の掲示板だけでなく、廊下にも教室にも貼り出されている。

ホグワーツ高等尋問官令《じんもんかんれい》

「ザ・クィブラー」を所持しているのが発覚した生徒は退校処分に処す。

以上は教育令第二十七号に則ったものである。

高等尋問官　ドローレス・ジェーン・アンブリッジ

なぜかハーマイオニーは、この告知を目にするたびにうれしそうににっこりした。

「いったい、なんでそんなにうれしそうなんだい？」ハリーが聞いた。

「あら、ハリー、わからない？」ハーマイオニーが声をひそめる。「学校中が一人残らずあなたのインタビューを確実に読むようにするのに、アンブリッジのできることはただ一つ。禁止することよ！」

どうやらハーマイオニーは図星だった。学校中のどこにも「ザ・クィブラー」のクの字も見かけなかったのに、その日のうちにあらゆるところでインタビューの内容が話題になっていた。教室の前に並びながらささやき合ったり、昼食や授業中に教室の後ろのほうで交わされる話がハリーの耳にも入り、ハーマイオニーの報告では、古代ルーン文字の授業の前にちょっと立ち寄った女子トイレでは、個室同士で全員その話をしていたと言う。

「それで、みんなが私に気づいて、私があなたの知り合いだということは当然みんなが知っているものだから、質問攻めにあったわ」ハーマイオニーは目を輝かせてハリーに話した。「それでね、ハリー、みんな、あなたを信じたと思うわ。本当よ。あなた、とうとう、みんなを信用させたんだわ！」

一方、アンブリッジ先生は、学校中をのし歩き、抜き打ちに生徒を呼び止めては本を広げさせたり、ポケットをひっくり返すように命じた。「ザ・クィブラー」を探索していることは明らかだったが、生徒たちのほうが数枚上手を行っていた。ハリーのインタビューのページに魔法をかけて、自分たち以外のだれかが読もうとすると教科書の要約に見えるようにしたり、次に自分たちが読むまでは白紙にしておいたりした。まもなく、学校中の生徒が一人残らず読んでしまったようだ。

先の教育令第二十六号により、もちろん先生方も、インタビューのことを口にすることは禁じられていた。にもかかわらず、他のなんらかの方法で自分たちの気持ちを表した。スプラウト先生は、ハリーが水遣りのジョウロを先生に渡したことで、グリフィンドールに二〇点を与え、フリットウィック先生は「呪文学」の授業の終わりに、にっこりしてチューと鳴く砂糖ネズミ菓子を一箱ハリーに押しつけ、「しーっ！」と言って急いで立ち去った。トレローニー先生は、「占い学」の授業中に突然ヒステリックに泣き出したかと思うと、クラス全員が仰天しアンブリッジが渋い顔をする前で、結局ハリーは早死せずに十分長生きし、魔法大臣になり、子供が十二人できると宣言した。

しかし、ハリーを一番幸せな気持ちにしたのは、次の日、急いで「変身術」の教室へ向かっているときにチョウが追いかけてきたことだった。なにがなんだかわからないうちにチョウの手がハリーの手の中にあり、耳元でチョウのささやきが聞こえた。

「ほんとに、ほんとにごめんなさい。あのインタビュー、とっても勇敢だったわ……私、泣いちゃった」

またもや涙を流したと聞いて、ハリーはすまない気持ちになったが、ふたたび口をきいてもらえるようになったのはとてもうれしかった。もっとうれしいことに、チョウは立ち去る前にハリーの頬にすばやくキスをした。さらに、なんと「変身術」の教室に着くや、信じられないことにまたまたいいことが起こった。シェーマスが列から一歩進み出てハリーの前に立った。

「君に言いたいことがあって」シェーマスが、ハリーの左の膝《ひざ》あたりをちらっと見ながらボソボソ言った。「僕、君を信じる。それで、あの雑誌を一部、ママに送ったよ」

幸福な気持ちの仕上げは、マルフォイ、クラッブ、ゴイルの反応だった。その日の午後遅く、ハリーは、図書室で三人が額《ひたい》を寄せ合っているところに出くわした。一緒にいるひょろりとした男子は、セオドール・ノットという名だとハーマイオニーが耳打ちした。書棚を見回して「部分消失術」に関する本を探していると、四人がハリーを見つめていた。ゴイルは脅すように拳《こぶし》をポキポキ鳴らし、マルフォイは、もちろん悪口にちがいないが、なにやらクラッブにささやいた。ハリーは、彼らがなぜそんな行動を取るかよくわかっていた。四人の父親を死喰い人だと名指ししたのだもの。

「それに、一番いいことはね」図書室を出るとき、ハーマイオニーが大喜びで言った。「あの人たち、あなたに反論できないのよ。だって、自分たちが記事を読んだことになっちゃうでしょ！」

最後の総仕上げは、ルーナが夕食のときに「ザ・クィブラー」がこんなに飛ぶように売れたことはないと告げたことだった。「パパが増刷してるんだよ！」ハリーにそう言ったとき、ルーナの目が興奮で飛び出していた。「パパは信じられないって。みんなが『しわしわ角《づの》スノーカック』よりも、こっちに興味を持ってるみたいだって、パパが言うんだ！」

その夜、グリフィンドールの談話室で、ハリーは英雄だった。大胆不敵にもフレッドとジョージは、呪文で「ザ・クィブラー」の表紙写真を拡大し、壁に掛けた。ハリーの巨大な顔が、部屋を見下ろしながら、ときどき大音響でしゃべった。

「魔法省のまぬけ野郎」「アンブリッジ、糞食《くそく》らえ」

ハーマイオニーはこれがあまり愉快とは思わず、集中力が削《そ》がれると言い、とうといらだって早めに寝室に引き揚げてしまった。一、二時間もすると、ハリーにもこのポスターがそれほどおもしろいものとは思えなくなった。とくに、「おしゃべり呪文」の効き目が薄れてくると、「糞」とか「アンブリッジ」とかを切れ切れにさけぶだけで、それも次第に頻繁に、徐々にかん高い声になってきた。おかげで、ハリーは頭痛を覚え、傷痕《きずあと》がまたもやちくちくと痛み出して気分が悪くなった。ハリーを取り囲んで、もう何度目かわからないほど繰り返しインタビュー話をせがんでいた生徒たちはがっかりしてうめいたが、ハリーは自分も早く寝《やす》みたいと宣言した。

寝室には、ほかにだれもいなかった。ハリーは、ベッド横のひんやりした窓ガラスにしばらく額《ひたい》を押しつけていた。傷痕に心地よかった。それから着替えて、頭痛の治ることを期待しながらベッドに入った。少し吐《は》き気もある。ハリーは横向きになり、目を閉じるとほとんどすぐ眠りに落ちた……。

ハリーは暗い、カーテンを巡らした部屋に立っていた。小さな燭台《しょくだい》が一本だけ部屋を照らしている。ハリーの両手は、前の椅子の背をつかんでいた。何年も太陽に当たっていないような白い長い指が、椅子の黒いビロードの上で大きな青白い蜘蛛《くも》のように見える。

椅子の向こう側の蠟燭《ろうそく》に照らし出された床に、黒いローブを着た男がひざまずいている。

「どうやら俺様《おれさま》はまちがった情報を得ていたようだ」

ハリーの声はかん高く、冷たく、怒りが脈打っていた。

「ご主人様、どうぞお許しを」ひざまずいた男がしわがれ声で言う。後頭部が蠟燭の灯《あか》りでかすかに光った。震えているようだ。

「おまえを責めるまい、ルックウッド」ハリーが冷たく残忍な声で言う。

ハリーは椅子をにぎっていた手を離し、回り込んで床に縮こまっている男に近づく。そして、暗闇の中で、男の真上に覆いかぶさるように立つ。いつもの自分よりずっと高いところから男を見下ろす。

「ルックウッド、おまえの言うことは、確かな事実なのだな?」ハリーが聞く。

「はい。ご主人様。はい……。私は、な、なにしろ、かつてあの部に勤めておりましたので……」

「ボードがそれを取り出すことができるだろうと、エイブリーが俺様に言った」

「ご主人様、ボードはけっしてそれを取ることができなかったでしょう……。ボードはできないことを知っていたのでございましょう……まちがいなく。だからこそ、マルフォイの『服従《ふくじゅう》の呪文』にあれほど激しく抗《あらが》ったのです」

「立つがよい、ルックウッド」ハリーがささやくように言う。

ひざまずいていた男は、あわてて命令に従おうとして、転びかけた。あばた面だ。蠟燭《ろうそく》の灯《あか》りで、あばたが浮き彫りになる。男は少し前屈みのまま立ち上がり、半ば礼をするような格好で、恐れおののきながらハリーの顔をちらりと見上げる。

「そのことを俺様《おれさま》に知らせたのは大儀《たいぎ》」ハリーが言う。「仕方あるまい……どうやら、俺様は、むだな企てに何か月も費やしてしまったらしい……しかし、それはもうよい……いまからまた始めるのだ。ルックウッド、おまえにはヴォルデモート卿《きょう》が礼を言う……」

「わが君……恐れ入ります、わが君」ルックウッドは、緊張が解けて声がしわがれ、喘《あえ》ぎながら言う。

「おまえの助けが必要だ。俺様には、おまえの持てる情報がすべて必要なのだ」

「御意《ぎょい》、わが君、どうぞ……なんなりと……」

「よかろう……下がれ。エイブリーを呼べ」

ルックウッドは礼をしたままあたふたと後ずさりし、ドアの向こうに消える。

暗い部屋にひとりになると、ハリーは壁のほうを向く。あちこち黒ずんで割れた古鏡が、暗がりの壁に掛かっている。ハリーは鏡に近づく。暗闇の中で、自分の姿が次第に大きく、はっきりと映った……骸骨《がいこつ》よりも白い顔……両眼は赤く、瞳孔は細く切り込まれ……。

「いやだあああああああ！」

「なんだ？」近くでさけぶ声がした。

ハリーはのた打ち回り、ベッドカーテンにからまってベッドから落ちた。しばらくは、自分がどこにいるのかもわからなかった。白い、骸骨のような顔が、暗がりからふたたび自分に近づいてくるのが見えるにちがいないと思った。すると、すぐ近くでロンの声がした。

「じたばたするのはやめてくれよ。ここから出してやるから！」

ロンがからんだカーテンをぐいと引っ張る。ハリーは仰向けに倒れ、月明かりでロンを見上げていた。傷痕《きずあと》が焼けるように痛んだ。ロンは着替えの最中だったらしく、ローブから片腕を出していた。

「またまだれか襲われたのか？」ロンがハリーを手荒に引っ張って立たせながら言った。「パパかい？　あの蛇なのか？」

「ちがう――みんな大丈夫だ――」ハリーが喘《あえ》いだ。額《ひたい》が火を噴いているようだった。「でも……エイブリーは……危ない……あいつに、まちがった情報を渡したんだ……ヴォルデモートがすごく怒ってる……」

ハリーはうめき声を上げて座り込み、ベッドの上で震えながら傷痕《きずあと》を揉《も》んだ。

「でも、ルックウッドがあいつを助ける……あいつはこれでまた軌道に乗った……」

「いったいなんの話だ?」ロンは恐る恐る聞いた。「つまり……たったいま『例のあの人』を見たって言うのか?」

「僕が『例のあの人』だった」答えながらハリーは暗闇で両手を伸ばし、顔の前にかざして、死人のように白く長い指がもうついていないことを確かめた。「あいつはルックウッドと一緒にいた。アズカバンから脱獄した死喰い人の一人だよ。憶《おぼ》えてるだろう? ルックウッドがたったいま、あいつに、ボードにはできなかったはずだと教えた」

「なにが?」

「なにかを取り出すことがだ……。ボードは自分にはできないことを知っていたはずだって、ルックウッドが言った……。ボードは『服従《ふくじゅう》の呪文』をかけられていた……マルフォイの父親がかけたって、ルックウッドがそう言ってたと思う」

「ボードがなにかを取り出すために呪文をかけられた?」ロンが聞き返した。「まてよ——ハリー、それってきっと——」

「武器だ」ハリーがあとの言葉を引き取った。「そうさ」

寝室のドアが開き、ディーンとシェーマスが入ってきた。ハリーは急いで両足をベッドにもどした。たったいま変なことが起こったように見られたくなかった。せっかくシェーマスが、ハリーのことを狂っていると思うのをやめたばかりなのだから。せっかく

「君が言ったことだけど」ロンがベッドの脇机にある水差しからコップに水を注ぐふりをしながらハリーのすぐそばに頭を近づけ、つぶやくように言った。「君が『例のあの人』だったって？」

「うん」ハリーが小声で答える。

ロンは思わずガブッと水を飲み、口からあふれた水が顎《あご》を伝って胸元にこぼれた。

「ハリー」ディーンもシェーマスも着替えたりしゃべったりでガタガタしているうちに、ロンが言った。「話すべきだよ――」

「だれにも話す必要はない」ハリーがすっぱりと言った。「『閉心術』ができたら、もう見るはずがない。こういうことを閉め出す術を学んでいるはずなんだ。みんながそれを望んでいる」

「みんな」と言いながら、ハリーはダンブルドアを考えていた。ハリーはベッドに寝転び、横向きになってロンに背を向けた。しばらくすると、ロンのベッドが軋《きし》む音が聞こえた。ロンも横になったらしい。ハリーの傷痕《きずあと》がまた焼けつくように痛み出した。ハリーは枕を強く噛《か》み、声を押し殺した。ハリーにはわかっていた。どこかで、エイブリーが罰せられている。

次の日、ハリーとロンは午前中の休み時間を待って、ハーマイオニーに昨夜の夢の一部始終を話した。絶対に盗み聞きされないようにしたかった。中庭の、いつもの風通しのよい冷たい片隅に立って、ハリーは思い出せるかぎり詳しく話した。語り終えてもハーマイオニーはしばらくなにも言わず、代わりに痛いほど集中してフレッドとジョージを見つめていた。中庭の反対側で首なし姿の二人が、マントの下から魔法の帽子を取り出して売っている。

「それじゃ、それでボードを殺したのね」やっとフレッドとジョージから目を離し、ハーマイオニーが静かに切り出した。「武器を盗み出そうとしたとき、なにかおかしなことがボードの身に起きたのよ。だれにも触《ふ》れられないように、武器そのものかその周辺に『防衛《ぼうえい》呪文』がかけられているのだと思うわ。だからボードは聖マンゴに入院したわけよ。頭がおかしくなって、話すこともできなくなって。でも、あの癒《い》者《しゃ》がなんと言ったか憶《おぼ》えてる？　ボードは治りかけていた。それで、連中にしてみれば、治ったら危険なわけでしょう？　つまり、武器に触ったときなにかが起こって、そのショックでたぶん『服従《ふくじゅう》の呪文』は解けてしまった。声を取りもどしたら、ボードは自分がなにをしていたかを説明するわよね？　武器を盗み出すためにボードが送られたことを知られてしまうわ。もちろん、ルシウス・マルフォイなら、簡単に呪文をかけられたでしょうね。マルフォイはずっと魔法省に入り浸ってるんでしょう？」

「僕の尋問《じんもん》があったあの日は、うろうろしていたよ」ハリーが言った。「どこかに――ちょっと待って……」ハリーは考えた。「マルフォイはあの日、神秘部の廊下にいた！　君のパパが、あいつはたぶんこっそり下に降りて、僕の尋問がどうなったか探るつもりだったって言った。でも、もしかしたら実は――」

「スタージスよ！」ハーマイオニーが雷に打たれたような顔で、息を呑《の》んだ。

「え？」ロンは怪訝《けげん》な顔をした。

「スタージス・ポドモアは――」ハーマイオニーが小声で続ける。「扉を破ろうとして逮捕されたわ！　ルシウス・マルフォイがスタージスにも呪文をかけたんだわ。ハリー、あなたがマルフォイを見たあの日にやったに決まってる。スタージスはムーディの『透明マント』を持っていたのよね？　だから、スタージスが扉の番をしていて、姿は見えなくとも、マルフォイがその動きを察したのかもしれないし――それとも、だれかがそこにいるとマルフォイが推量したか――または、もしかしたらそこに護衛がいるかもしれないから、とにかく『服従の呪文』をかけたとしたら？　そして、スタージスに次にチャンスが巡ってきたとき――たぶん、次の見張り番のとき――スタージスが神秘部に入り込んで、武器を盗もうとした。ヴォルデモートのために。――ロン、騒がないでよ――でも捕まってアズカバン送りになった……」

ハーマイオニーはハリーをじっと見た。

「それで、今度はルックウッドがヴォルデモートに、どうやって武器を手に入れるかを教えたのね？」

「会話を全部聞いたわけじゃないけど、そんなふうに聞こえた」ハリーが答えた。「ルックウッドはかつてあそこに勤めていた……ヴォルデモートはルックウッドを送り込んでそれをやらせるんじゃないかな？」

ハーマイオニーがうなずいた。どうやらまだ考え込んでいるようだ。それから突然言った。

「だけど、ハリー、あなた、こんなことを見るべきじゃなかったのよ」

「えっ？」ハリーはぎくりとした。

「あなたはこういうことに対して、心を閉じる練習をしているはずだわ」ハーマイオニーが突然厳しい口調になる。

「それはわかってるよ」ハリーが言った。「でも――」

「あのね、私たち、あなたの見たことを忘れるように努めるべきだわ」ハーマイオニーがきっぱりと言う。「それに、あなたはこれから、『閉心術』にもう少し身を入れてかかるべきよ」

その週は、それからどうもうまくいかなかった。「魔法薬」の授業で、ハリーは二回も「D」を取ったし、ハグリッドがクビになるのではないかとずっと張りつめた気持ちで過ごした。それに、どうしても自分がヴォルデモートになった夢のことを考えてしまう。――しかし、ロンとハーマイオニーには、二度と夢のことは持ち出さなかった。ハーマイオニーからまた説教されたくない。シリウスにこのことを話せたらいいのにと思ったが、それもとても望めない。それで結局、このことは心の奥に押し込めることにした。

しかし、残念ながら心の奥も、もはやかつてのように安全な場所ではなかった。

「立て、ポッター」

ルックウッドの夢から二週間後、スネイプの研究室でハリーはまたしても床に膝《ひざ》をつき、なんとか頭をすっきりさせようとしていた。自分でも忘れていたような小さいころの一連の記憶を、むりやり呼び覚まされた直後だった。だいたいは小学校時代の、ダドリー軍団にいじめられた屈辱的な記憶だ。

「あの最後の記憶は」スネイプが指摘する。「あれはなんだ？」

「わかりません」ぐったりして立ち上がりながら、ハリーは答える。スネイプが次々に呼び出す映像と音の奔流《ほんりゅう》から記憶をばらばらに解きほぐすのが、ますます難しくなっていた。

「いとこが僕をトイレに立たせた記憶のことですか？」

「いや」スネイプが静かに言う。「男が暗い部屋の真ん中にひざまずいている記憶のことだが……」

「それは……なんでもありません」

スネイプの暗い目がハリーの目をぐりぐりと抉《えぐ》った。「開心術」には目と目を合わせることが肝要だとのスネイプの言葉を思い出し、ハリーは瞬きして目を逸《そ》らせた。

「あの男とあの部屋が、どうして君の頭に入ってきたのだ？　ポッター？」スネイプが問いただす。

「それは──」ハリーはスネイプを避けてあちこちに目をやった。「それは──ただの夢だったんです」

「夢？」スネイプが聞き返した。

一瞬間があき、ハリーは紫色の液体の入った容器の中でぷかぷか浮いている死んだカエルだけを見つめていた。

「君がなぜここにいるのか、わかっているのだろうな？　ポッター？」スネイプは低い、険悪な声を出した。「我輩《わがはい》が、なぜこんな退屈きわまりない仕事のために夜の時間を割いているのか、わかっているのだろうな？」

「はい」ハリーは頑《かたく》なに言った。

「なぜここにいるのか、言ってみたまえ。ポッター」

「『閉心術』を学ぶためです」今度は死んだウナギを見つめながらハリーは答える。

「そのとおりだ。ポッター。そして、君がどんなに鈍くとも――」ハリーはスネイプを見た。憎かった。「――二か月以上も特訓をしたからには、少しは進歩するものと思っていたのだが。闇の帝王の夢を、あと何回見たのだ？」

「この一回だけです」ハリーは嘘をついた。

「おそらく――」スネイプは暗い、冷たい目をわずかに細めた。「おそらく君は、こういう幻覚や夢を見ることを、事実楽しんでいるのだろう、ポッター。たぶん、自分が特別だと感じられるのだろう――重要人物だと？」

「ちがいます」ハリーは歯を食いしばり、指は杖《つえ》を固くにぎりしめていた。

「そのほうがよかろう、ポッター」スネイプが冷たく突き放す。「おまえは特別でも重要でもないのだ。それに、闇の帝王が死喰い人たちになにを話しているかを調べるのは、おまえの役目ではない」

「ええ――それは先生の仕事でしょう？」ハリーはすばやく切り返した。

そんなことを言うつもりはなかったのに、言葉が癇癪玉《かんしゃくだま》のように破裂した。しばらく二人は睨《にら》み合った。ハリーはまちがいなく言いすぎたと思った。しかしスネイプは、奇妙な、満足げとさえ言える表情を浮かべて答えた。

「そうだ、ポッター」スネイプの目がぎらりと光る。「それは我輩《わがはい》の仕事だ。さあ、準備はいいか。もう一度やる」

スネイプが杖《つえ》を上げた。「一——二——三——『レジリメンス！』」

百有余の吸魂鬼が校庭の湖を渡り、ハリーに襲いかかる……ハリーは顔が歪《ゆが》むほど気持ちを集中させた……次第に近づいてくる……フードの下の暗い穴が見える……しかし今度は、目の前に立っているスネイプの姿も見えた。ハリーの顔に目を据《す》え、小声でブツブツ唱えている……そしてなぜか、スネイプの姿がはっきりしてくるにつれ、吸魂鬼の姿は薄れていった……。

ハリーは自分の杖を上げた。「プロテゴ！　護れ！」

スネイプがよろめいた——スネイプの杖が上に吹き飛び、ハリーから逸《そ》れた——すると突然、ハリーの頭は、自分のものではない記憶で満たされた。鉤鼻《かぎばな》の男が、縮こまっている女性をどなりつけ、隅のほうで小さな黒い髪の男の子が泣いている……脂《あぶら》っこい髪の十代の少年が、暗い寝室にぽつんと座り、杖を天井に向けてハエを撃ち落としている……やせた男の子が、乗り手を振り落とそうとする暴れ箒《ほうき》に乗ろうとしているのを、女の子が笑っている——。

「もうたくさんだ！」

ハリーは胸を強く押されたように感じた。よろよろと数歩後退し、スネイプの部屋の壁を覆う棚のどれかにぶつかった。なにかが割れる音がした。スネイプはかすかに震え、蒼白《そうはく》な顔をしている。

ハリーのローブの背が濡れている。体勢をくずして寄りかかった拍子に容器の一つが割れ、水薬が漏《も》れ出し、ホルマリン漬けのぬるぬるした物が容器の中で渦巻いていた。

「レパロ、直れ」スネイプは口の端で呪文を唱えた。容器の割れ目がひとりでに閉じた。

「さて、ポッター……いまのは確実に進歩だ……」少し息を荒らげながら、スネイプは「憂《うれ》いの篩《ふるい》」をきちんと置きなおした。授業の前に、スネイプはまたしてもその中に自分の想《おも》いをいくつか蓄えていたが、それがまだ中にあるかどうかを確かめているようだ。「君に『盾《たて》の呪文』を使えと教えた憶《おぼ》えはないが……たしかに有効だった……」

ハリーは黙っていた。なにを言っても危険だと感じた。たったいま、スネイプの記憶に踏み込んだにちがいない。スネイプの子供時代の場面を見てしまった。わめき合う両親を見て泣いていた幼気《いたいけ》な少年が、実はいまハリーの前に、激しい嫌悪の目つきで立っていると思うと、落ち着かない不安な気持ちになる。

「もう一度やる。いいな?」スネイプが指示する。

ハリーはぞっとした。いましがた起こったことに対して、ハリーはつけを払わされる。そうにちがいない。二人は机を挟んで対峙した。ハリーは、今度こそ心を無にするのがもっと難しくなるだろうと思った。

「三つ数える。では」スネイプがもう一度杖《つえ》を上げた。「一――二――」

ハリーが集中する間もなく、心を空にする間もないうちに、スネイプがさけんだ。

「レジリメンス！」

ハリーは、「神秘部」に向かう廊下を飛ぶように進んでいる。殺風景な石壁を過ぎ、松明《たいまつ》を過ぎ――飾りもなにもない黒い扉がぐんぐん近づいてくる。あまりの速さで進んでいたので、ハリーは扉に衝突しそうだ。あと数十センチというところで、またしてもハリーは、かすかな青い光の筋を見た――。

扉がパッと開いた！ついに扉を通過した。そこは、青い蠟燭《ろうそく》に照らされた壁も床も黒い円筒形の部屋。周囲はぐるりと扉、扉、扉だ。――進まなければならない――しかし、どの扉から入るべきなのか――？

「ポッター！」

ハリーは目を開けた。また仰向けに倒れていた。どうしてそうなったのかはまったく覚えがない。ハァハァ息を切らしている。本当に神秘部の廊下を駆け抜けたかのように、本当に疾走して黒い扉を通り抜け、円筒形の部屋を発見したかのように。

いる。

「説明しろ！」スネイプが怒り狂った表情で、ハリーに覆いかぶさるように立っている。

「僕……なにが起こったかわかりません」ハリーは立ち上がりながら本当のことを言った。後頭部が床にぶつかって瘤《こぶ》ができている。しかも熱っぽかった。「あんなものは前に見たことがありません。あの、扉の夢を見たことはお話ししました……でも、これまで一度も開けたことがなかった……」

「おまえは十分な努力をしておらん！」

なぜかスネイプは、いましがたハリーに自分の記憶を覗かれたときよりずっと怒っているように見えた。

「おまえは怠け者でだらしがない。ポッター。そんなことだから当然、闇の帝王が――」

「お聞きしてもいいですか？　先生？」ハリーはまた怒りが込み上げてきた。「先生はどうしてヴォルデモートのことを闇の帝王と呼ぶんですか？　僕は、死喰い人がそう呼ぶのしか聞いたことがありません」

スネイプがうなるように口を開いた。――そのとき、どこか部屋の外で、女性の悲鳴がした。

スネイプはぐいと上を仰いだ。天井を見つめている。

「いったい――?」スネイプがつぶやく。

ハリーの耳には、どうやら玄関ホールと思《おぼ》しきところから、こもった音で騒ぎが聞こえてくる。スネイプは顔をしかめてハリーを見た。

「ここに来る途中、なにか異常なものは見なかったか? ポッター?」

ハリーは首を振った。どこか二人の頭上で、また女性の悲鳴が聞こえた。スネイプは杖《つえ》を構えたまま、つかつかと研究室のドアに向かい、すばやく出ていった。ハリーは一瞬戸惑ったが、あとに続いた。

悲鳴はやはり玄関ホールからだった。地下牢からホールに上がる石段へと走るうちに、だんだん声が大きくなってくる。石段を上り切ると、玄関ホールは超満員だった。まだ夕食が終わっていなかったので、何事かと、大広間から見物の生徒があふれ出してきていた。他の生徒は大理石の階段に鈴なりになっている。ハリーは背の高いスリザリン生が塊《かた》まっている中をかき分けて前に出た。見物人は大きな円を描き、何人かはショックを受けたような顔を、また何人かは恐怖の表情さえ浮かべていた。マクゴナガル先生がホールの反対側の、ハリーの真正面にいる。目の前の光景に気分が悪くなったような様子だ。

トレローニー先生が玄関ホールの真ん中に立っている。片手に杖を持ち、もう一方の手には空っぽのシェリー酒の瓶《びん》を引っ提げ、完全に様子がおかしい。髪は逆立ち、メガネがずれ落ちて片目だけ拡大され、何枚ものショールやスカーフが肩から勝手な方向に垂れ下がっている。先生はいまにも崩壊しそうだ。その脇に大きなトランクが二つ、一つは上下逆さまに置かれていた。どうやら、トランクは、トレローニー先生のあとから、階段を突き落とされたように見える。トレローニー先生は、見るからに怯《おび》えた表情で、ハリーのところからは見えない階段下に立つなにかを見つめている。

「いやよ！」トレローニー先生がかん高くさけんだ。「いやです！　こんなことが起こるはずがない……こんなことが……あたくし、受け入れませんわ！」

「あなた、こういう事態になるという認識がなかったの？」少女っぽい高い声が、平気でおもしろがっているような言い方をする。ハリーは少し右に移動して、見た。トレローニー先生が恐ろしげに見つめていたのはほかでもない、アンブリッジ先生だ。「明日の天気さえ予測できない無能力なあなたでも、わたくしが査察《ささつ》していた間の嘆かわしい授業ぶりや進歩のなさからして、解雇が避けられないことぐらい、確実におわかりになったのではないこと？」

「あなたに、そんなこと、で――できないわ！」トレローニー先生が泣きわめいた。涙が巨大なメガネの奥から流れ、顔を洗った。「で――できないわ。あたくしをクビになんて！　ここに、あたくし、もう――もう十六年も！　ホ――ホグワーツはあた――あたくしの、い――家です！」

「家だったのよ――」アンブリッジ先生が宣告する。トレローニー先生が身も世もなく泣きじゃくり、トランクの一つに座り込むのを見つめるガマガエル顔に楽しそうな表情が広がるのを見て、ハリーは胸糞《むなくそ》が悪くなった。「一時間前に魔法大臣が『解雇辞令《かいこじれい》』に署名なさるまではね。さあ、どうぞこのホールから出ていってちょうだい。恥さらしですよ」

しかし、ガマガエルはそこに立ったままだった。トレローニー先生が嘆きの発作を起こしたようにトランクに座って体を前後に揺すり、痙攣《けいれん》したりうめいたりする姿を、卑《いや》しい悦《よろこ》びに舌なめずりして眺めていた。左のほうで聞こえる押し殺したようなすすり泣きの声に振り返ると、ラベンダーとパーバティが抱き合ってさめざめと泣いている。そのとき、足音が聞こえた。マクゴナガル先生が見物人の輪を抜け出し、つかつかとトレローニー先生に歩み寄って背中を力強くポンポンとたたきながら、ローブから大きなハンカチを取り出した。

「さあ、さあ、シビル……落ち着いて……これで洟《はな》をかみなさい……あなたが考えているほどひどいことではありません。さあ……ホグワーツを出ることにはなりませんよ……」

「あら、マクゴナガル先生、そうですの？」アンブリッジが数歩進み出て、毒々しい声で詰め寄る。「そう宣言なさる権限がおありですの……？」

「それはわしの権限じゃ」深い声がした。

正面玄関の樫《かし》の扉が大きく開いていた。扉脇の生徒が急いで道をあけると、ダンブルドアが戸口に現れた。校庭でダンブルドアがなにをしていたのか、ハリーには想像もつかないが、不思議に霧深い夜を背に戸口の四角い枠に縁取られてすっくと立つダンブルドアの姿には、威圧される感じがした。

扉を広々と開け放したまま、ダンブルドアは見物人の輪を突っ切り、堂々とトレローニー先生に近づいた。トレローニー先生は、マクゴナガル先生に付き添われ、トランクに腰掛けて、涙で顔をぐしょぐしょにして震えている。

「あなたの？　ダンブルドア先生？」アンブリッジはとびきり不快な声で小さく笑った。「どうやらあなたは、立場がおわかりになっていらっしゃらないようですわね。これ、このとおり――」アンブリッジはローブから丸めた羊皮紙《ようひし》を取り出した。「――『解雇辞令』。わたくしと魔法大臣の署名がありますわ。『教育令第二十三号により、ホグワーツ高等尋問官《じんもんかん》は、――つまりわたくしのことですが――魔法省の要求する基準を満たさないと思われるすべての教師を査察《ささつ》し、停職に処し、解雇する権利を有する』。トレローニー先生が基準を満たさないと、わたくしが判断し、わたくしが解雇しました」

驚いたことに、ダンブルドアは相変わらずほほえんでいる。トランクに腰掛けて泣いたりしゃくり上げたりし続けているトレローニー先生を見下ろしながら、ダンブルドアが口を開いた。

「アンブリッジ先生、もちろん、あなたのおっしゃるとおりじゃ。高等尋問官《じんもんかん》として、あなたはたしかにわしの教師たちを解雇する権利をお持ちじゃ。しかし、この城から追い出す権限は持っておられない。遺憾《いかん》ながら」ダンブルドアは軽く頭を下げた。「その権限は、まだ校長が持っておる。そしてそのわしが、トレローニー先生には引き続きホグワーツに住んでいただきたいのじゃ」

この言葉で、トレローニー先生が狂ったように小さな笑い声を上げたが、ヒックヒックのしゃくり上げが交じっていた。

「いいえ――いえ、あたくし、で――出てまいります。ダンブルドア！　ホグワーツをは――離れ、ど――どこかほかで――あたくしの成功を――」

「いいや」ダンブルドアが鋭く言った。「わしの願いじゃ、シビル。あなたはここに留まるのじゃ」

ダンブルドアはマクゴナガル先生のほうを向いた。

「マクゴナガル先生、シビルに付き添って、上まで連れていってくれるかの？」

「承知しました」マクゴナガルが請け合った。「お立ちなさい、シビル」

見物客の中から、スプラウト先生が急いで進み出て、トレローニー先生のもう一方の腕をつかんだ。二人でトレローニー先生を引率し、アンブリッジの前を通り過ぎ、大理石の階段を上がった。そのあとから、フリットウィック先生がちょこまか進み出て杖《つえ》を上げ、キーキー声で唱えた。「ロコモーター　トランク！　運べ！」するとトレローニー先生のトランクが宙に浮き、持ち主に続いて階段を上がった。フリットウィック先生がしんがりを務めた。

アンブリッジ先生はダンブルドアを見つめたまま、石のように突っ立っている。ダンブルドアは相変わらず物柔らかにほほえんでいる。

「それで」アンブリッジのささやくような声は玄関ホールの隅々にまで響いた。「わたくしが新しい『占い学』の教師を任命し、あの方の住処《すみか》を使う必要ができたら、どうなさるおつもりですの？」

「おお、それはご心配には及ばん」ダンブルドアが朗らかに言った。「それがのう、わしはもう、新しい『占い学』教師を見つけておる。その方は、一階に棲《す》むほうが好ましいそうじゃ」

「見つけた――？」アンブリッジがかん高い声を上げた。「あなたが、見つけた？　お忘れかしら、ダンブルドア、教育令第二十二号によれば――」

「魔法省は、適切な候補者を任命する権利がある、ただし――校長が候補者を見つけられなかった場合のみ」ダンブルドアが断言した。「そして、今回は、喜ばしいことに、わしが見つけたのじゃ。ご紹介させていただこうかの？」

ダンブルドアは開け放った玄関扉のほうを向いた。いまや、そこから夜霧が忍び込んできている。ハリーの耳に蹄《ひづめ》の音が聞こえた。玄関ホールに、ざわざわと驚きの声が流れ、扉に一番近い生徒たちは、急いでさらに後ろに下がった。客人に道をあけようと、あわてて転びそうになる者もいた。

霧の中から、顔が現れた。ハリーはその顔を、前に一度、禁じられた森での暗い、危険な一夜に見たことがある。プラチナ・ブロンドの髪に、驚くほど青い目、頭と胴は人間で、その下は黄金の馬、パロミノの体だ。

「フィレンツェじゃ」雷に打たれたようなアンブリッジに、ダンブルドアがにこやかに紹介した。「あなたも適任だと思われることじゃろう」

第27章　ケンタウルスと密告者

『『占い学』をやめなきゃよかったって、いま、そう思ってるでしょう？　ハーマイオニー？」パーバティがにんまり笑いながら聞いた。

トレローニー先生解雇の二日後の朝食のときだった。パーバティは睫毛《まつげ》を杖《つえ》に巻きつけてカールし、仕上がり具合をスプーンの裏に映して確かめている。午前中にフィレンツェの最初の授業がある。

「そうでもないわ」ハーマイオニーは「日刊予言者《にっかんよげんしゃ》」を読みながら、興味なさそうに答えた。「もともと馬はあんまり好きじゃないの」

ハーマイオニーは新聞をめくり、コラム欄にざっと目を通した。

「あの人は馬じゃないわ。ケンタウルスよ！」

ラベンダーがショックを受けたような声を上げた。

「目の覚めるようなケンタウルスだわ……」パーバティがため息をついた。

「どっちにしろ、足は四本あるわ」ハーマイオニーが冷たく言い捨てた。「ところで、あなたたち二人は、トレローニーがいなくなってがっかりしてると思ったけど?」

「してるわよ!」ラベンダーが強調した。「私たち、先生の部屋を訪ねたの。ラッパ水仙を持ってね——スプラウト先生が育てているラッパを吹き鳴らすやつじゃなくて、きれいな水仙をよ」

「先生、どうしてる?」ハリーが聞いた。

「おかわいそうに、あまりよくないわ」ラベンダーが気の毒そうに言う。「泣きながら、アンブリッジのいるこの城に住むなら、むしろ永久に去ってしまいたいっておっしゃるの。むりもないわ。アンブリッジが、先生にひどいことをしたんですもの」

「あの程度のひどさはまだ序の口だという感じがするわ」ハーマイオニーが暗い声を出す。

「ありえないよ」ロンは大皿盛りの卵とベーコンに食らいつきながら異議を唱えた。「あの女、これ以上悪くなりようがないだろ」

「まあ、見てらっしゃい。ダンブルドアが相談もなしに新しい先生を任命したことで、あの人、仕返しに出るわ」ハーマイオニーは新聞を閉じた。「しかも任命したのがまたしても半人間。フィレンツェを見たときの、あの人の顔、見たでしょう?」

朝食の後、ハーマイオニーは「数占い」のクラスへ、ハリーとロンはパーバティとラベンダーに続いて玄関ホールに行き、「占い学」に向かった。

「北塔に行くんじゃないのか？」

パーバティが大理石の階段を通り過ぎてしまったので、ロンが怪訝《けげん》そうな顔をした。パーバティは振り向いて、叱りつけるような目でロンを見た。

「フィレンツェがあの梯子《はしご》階段を昇れると思うの？　十一番教室になったのよ。昨日、掲示板に貼ってあったわ」

十一番教室は一階で、玄関ホールから大広間とは逆の方向に行く廊下沿いにある。ハリーはこの教室が、定期的には使われていない部屋の一つだということを知っていた。納戸や倉庫のような、なんとなく放ったらかしの感じがする部屋だ。ロンのすぐあとから教室に入ったハリーは、一瞬ぽかんとした。そこは森の空き地の真っただ中だった。

「これはいったい――？」

教室の床はふかふかと苔《こけ》むして、そこから樹木が生えている。こんもりと繁った葉が天井や窓に広がり、部屋中に柔らかな緑の光の筋が何本も斜めに射し込んで、光のまだら模様を描いていた。先にきていた生徒たちは土の感触がする床に座り込み、木の幹や大きな石にもたれかかって、両腕で膝《ひざ》を抱えたり胸の上で固く腕組みしたりして、ちょっと不安そうな顔をしている。空き地の真ん中には立ち木がなく、フィレンツェが立っていた。

「ハリー・ポッター」ハリーが入っていくと、フィレンツェが手を差し出した。

「あ――やあ」ハリーは握手した。ケンタウルスは驚くほど青い目で、瞬きもせずハリーを観察していたが、笑顔は見せなかった。「あ――また会えてうれしいです」

「こちらこそ」ケンタウルスは銀白色の頭を軽く傾けた。「また会うことは、予言されていました」

ハリーは、フィレンツェの胸にうっすらと馬蹄形《ばていけい》の痣《あざ》があるのに気づいた。地面に座る他の生徒たちのところにもどろうとすると、みないっせいにハリーに尊敬のまなざしを向けていた。どうやら、みなが怖いと思っているフィレンツェとハリーが言葉を交わす間柄だということに、ひどく感心したらしい。

ドアが閉まり、最後の生徒がクズ籠《かご》の脇の切株に腰を下ろすと、フィレンツェがぐるりと部屋を見渡した。

「ダンブルドア先生のご厚意で、この教室が準備されました」生徒全員が落ち着いたところで、フィレンツェが話し出した。「私の棲息地《せいそくち》に似せてあります。できれば禁じられた森で授業をしたかったのです。そこが――この月曜日までは――私の棲《す》まいでした……しかし、もはやそれはかないません」

「あの――えぇと――先生」パーバティが手を挙げ、息を殺してたずねた。「――どうしてですか？　私たち、ハグリッドと一緒にあの森に入ったことがあります。怖くありません！」

「君たちの勇気が問題なのではありません」フィレンツェが言う。「私の立場の問題です。私はもはやあの森に入ることができません。群れから追放されたのです」

「群れ？」ラベンダーが困惑した声を出した。牛の群れでも考えているのだろうと、ハリーは思った。

「なんです――あっ！」わかったという表情がパッと広がった。「先生の仲間がもっといるのですね？」ラベンダーがびっくりしたように言う。

「ハグリッドが繁殖させたのですか？　セストラルみたいに？」ディーンが興味津々で聞いた。

フィレンツェの頭がゆっくりと回り、ディーンの顔を直視した。ディーンはすぐさま、なにかとても気に障《さわ》ることを言ってしまったと気づいたらしい。

「そんなつもりでは――つまり――すみません」最後は消え入るようだった。

「ケンタウルスはヒト族の召し使いでも、慰み者でもない」フィレンツェが静かに、しかし決然と言う。しばらく間があいた。パーバティがもう一度しっかり手を挙げた。

「あの、先生……どうしてほかのケンタウルスが先生を追放したのですか？」

「それは、私がダンブルドアのために働くのを承知したからです」フィレンツェが答えた。「仲間は、これが我々の種族を裏切るものだと見ています」

ハリーは、もうかれこれ四年前のことを思い出していた。フィレンツェがハリーを背中に乗せて安全なところまで運んだことで、ケンタウルスのベインがフィレンツェをどなりつけ、「ただのロバ」呼ばわりした。ハリーは、もしかしたらフィレンツェの胸を蹴ったのはベインではないかと思った。

「では始めよう」そう言うとフィレンツェは、長い黄金色の尻尾《しっぽ》を一振りし、頭上のこんもりした天蓋《てんがい》に向けて手を伸ばしてから、その手をゆっくりと下ろした。すると、部屋の明かりが徐々に弱まり、まるで夕暮れどきに森の空き地に座っているような様子となった。天井に星が現れ、あちこちで「おーっ」と言う声や、息を呑《の》む音が起きる。ロンは声に出して「おっどろきー！」と言った。

「床に仰向けに寝転んで」フィレンツェがいつもの静かな声で指示を出す。「天空を観察してください。見る目を持った者にとっては、我々の種族の運命がここに書かれているのです」

ハリーは仰向けになって伸びをし、天井を見つめた。キラキラ輝く赤い星が、上からハリーに瞬いた。

「みなさんは、『天文学』で惑星やその衛星の名前を勉強しましたね」フィレンツェの静かな声が続く。「そして、天空を巡る星の運行図を作りましたね。ケンタウルスは、何世紀もかけてこうした天体の動きの神秘を解き明かしてきました。その結果、天空に未来が顔を覗かせる可能性があることを知ったのです――」

「トレローニー先生は占星術を教えてくださったわ！」パーバティが興奮して言った。寝転んだまま手を前に出したので、その手が空中に突き出した。「火星は事故とか火傷とか、そういうものを引き起こし、その星が、土星とちょうどいまみたいな角度を作っているとき――」パーバティは空中に直角を描いた。「――それは、熱いものを扱う場合、とくに注意が必要だということを意味するの――」

「それは」フィレンツェが静かに言った。「ヒトのばかげた考えです」

パーバティの手が力なく落ちて体の脇に収まった。

「些細《ささい》なけがや人間界の事故など」フィレンツェは蹄《ひづめ》で苔《こけ》むした床を強く踏み鳴らしながら、話しを続ける。「そうしたものは、広大な宇宙にとって、忙しく這《は》い回る蟻ほどの意味しかなく、惑星の動きに影響されるようなものではありません」

「トレローニー先生は――」パーバティが憤慨した声でなにか言おうとした。

「ヒトです」フィレンツェがさらりと言う。「だからこそ、みなさんの種族の限界のせいで、視野が狭く、束縛されているのです」

ハリーは首をほんの少しひねって、パーバティを見た。腹を立てているようだ。パーバティのまわりにいる何人かの生徒も同じだった。

「シビル・トレローニーは『予見《よけん》』したことがあるかもしれません。私にはわかりませんが」フィレンツェは話し続け、生徒の前を往《い》ったり来たりしながら尻尾《しっぽ》をシュッと振る音が、ハリーの耳に入る。「しかしあの方は、ヒトが予言と呼んでいる、自己満足の戯言《たわごと》におおかたの時間を浪費している。私は、個人的なものや偏見を離れた、ケンタウルスの叡智《えいち》を説明するためにここにいるのです。我々が空を眺めるのは、そこにときおり記されている、邪悪なものや変化の大きな潮流を見るためです。我々がいま見ているものがなんであるかがはっきりするまでに、十年もの歳月を要することもあります」

フィレンツェはハリーの真上の赤い星を指さした。

「この十年間、魔法界が、二つの戦争の合間の、ほんのわずかな静けさを生きているにすぎないと印されていました。戦いをもたらす火星が、我々の頭上に明るく輝いているのは、まもなくふたたび戦いが起こるであろうことを示唆しています。どのぐらい差し迫っているかを、ケンタウルスはある種の薬草や木の葉を燃やし、その炎や煙を読むことで占おうとします……」

これまでハリーが受けた中で、一番風変わりな授業だった。みな、実際に教室の床の上でセージやゼニアオイを燃やした。フィレンツェはつんと刺激臭のある煙の中に、ある種の形や印を探すように教えたが、だれもフィレンツェの説明する徴《きざし》を見つけることができなくとも、まったく意に介さないようだった。ヒトはこういうことが得意だった例《ためし》がないし、ケンタウルスも能力を身につけるまでに長い年月がかかっていると言い、最後には、いずれにせよこんなことを信用しすぎるのは愚かなことだ、ケンタウルスでさえときには読みちがえるのだから、と締めくくった。ハリーがいままで習ったヒトの先生とはまるでちがっていた。フィレンツェにとって大切なのは、自分の知識を教えることではなく、むしろ何事も、ケンタウルスの叡智《えいち》でさえ、絶対に確実なものなどないのだと生徒に印象づけることのようだ。

「フィレンツェはなんにも具体的じゃないね？」ゼニアオイの火を消しながら、ロンが低い声で言った。「だってさ、これから起ころうとしている戦いについて、もう少し詳しいことが知りたいよな？」

終業ベルが教室のすぐ外で鳴り、だれもが飛び上がった。ハリーは、自分たちがずっと城の中にいたことをすっかり忘れて、本当に森の中にいると思い込んでいた。みな少しぼーっとしながら、ぞろぞろと教室を出ていく。

ハリーとロンも列に並ぼうとしたとき、フィレンツェが呼び止めた。「ハリー・ポッター、ちょっとお話があります」

ハリーが振り向き、ケンタウルスが少し近づいてきた。ロンはもじもじした。

「あなたもどうぞ」フィレンツェが言う。「でも、ドアは閉めてください」

ロンが急いで言われたとおりにした。

「ハリー・ポッター、あなたはハグリッドの友人ですね？」ケンタウルスが問いかけた。

「はい」ハリーが答える。

「それなら、私からの忠告を伝えてください。ハグリッドがやろうとしていることは、うまくいきません。放棄するほうがいいのです」

「やろうとしていることが、うまくいかない？」ハリーはぽかんとして繰り返した。

「それに、放棄するほうがいい、と」フィレンツェがうなずいた。「私が自分でハグリッドに忠告すればいいのですが、追放の身ですから——いま、あまり森に近づくのは賢明ではありません——ハグリッドには、この上ケンタウルス同士の戦いまで抱え込む余裕はありません」

「でも——ハグリッドはなにをしようとしているのですか？」ハリーが不安そうに聞いた。

フィレンツェは無表情にハリーを見た。

「ハグリッドは最近、私にとてもよくしてくださった。それに、すべての生き物に対するあの人の愛情を、私はずっと尊敬していました。したがって、あの人の秘密を明かすような不実はしません。しかし、だれかがハグリッドの目を覚まさなければなりません。あの試みはうまくいきません。そう伝えてください、ハリー・ポッター。ではご機嫌よう」

「ザ・クィブラー」のインタビューがもたらした幸福感は、とっくに雲散霧消《うんさんむしょう》していた。どんよりした三月がいつの間にか風の激しい四月に変わり、ハリーの生活は、ふたたび途切れることのない心配と問題の連続になっていた。

アンブリッジは引き続き毎回「魔法生物飼育学」の授業にきていたので、フィレンツェの警告をハグリッドに伝えるのはなかなか難しかった。やっとある日、『幻の動物とその生息地』の本を忘れてきたふりをして、ハリーは、授業が終わってからハグリッドのところへ引き返した。フィレンツェの伝言を伝えると、ハグリッドは一瞬、腫《は》れ上がって黒い痣《あざ》になった目でぎょっとしたようにハリーを見つめ、やがてなんとか気を取りなおしたように見えた。

「いいやつだ、フィレンツェは」ハグリッドはぶっきらぼうに声を出した。「だが、このことに関しちゃあ、あいつはなんにもわかってねえ。あのことは、ちゃんとうまくいっちょる」

「ハグリッド、いったいなにをやってるんだい？」ハリーは真剣にたずねた。「だって、気をつけないといけないよ。アンブリッジはもうトレローニーをクビにしたんだ。僕が見るところ、あいつは勢いづいてる。ハグリッドが、なにかやっちゃいけないようなことをしてるんだったら、きっと――」

「世の中にゃ、職を守るよりも大切なことがある」そう言いながらも、ハグリッドの両手がかすかに震え、ナールの糞《ふん》で一杯の桶を床に取り落とした。「おれのことは心配するな、ハリー。さあ、もう行け、いい子だから」

床一杯に散らばった糞を掃き集めているハグリッドを残して、ハリーはそこを去るしかなかった。しかし、がっくり気落ちして、城にもどる足取りは重い。

一方、先生方もハーマイオニーも口を酸っぱくしてハリーたちに言い聞かせていたが、OWL《ふくろう》試験が徐々に迫っていた。五年生は全員、多かれ少なかれストレスを感じていたが、まずハンナ・アボットが音を上げた。「薬草学」の授業中に突然泣き出し、自分の頭では試験はむりだから、いますぐ学校を辞《や》めたいと泣きじゃくって、マダム・ポンフリーの「鎮静《ちんせい》水薬」を飲まされる第一号となった。

DAがなかったら、自分はどんなに惨《みじ》めだったろう。「必要の部屋」で過ごす数時間のために生きているように感じることさえ、ハリーはある。きつい練習だったが、同時に楽しくてしかたがなかった。ＤＡのメンバーを見回し、みながどんなに進歩したかを見るたびに、ハリーは誇りで胸が一杯になった。「闇の魔術に対する防衛術」のＯＷＬ試験で、メンバー全員が「Ｏ・優」を取ったら、アンブリッジはどんな顔をするだろうと、ときどき本気でそう考えることすらある。

ＤＡでは、ついに「守護霊《しゅごれい》」の練習を始めた。みなが練習したくてたまらなかった術だ。しかし、守護霊を創り出すと言っても、なんの脅威も感じない明るい照明の教室と吸魂鬼と対決するような場合とでは、まったくちがうのだとハリーは繰り返し説明した。

「まあ、そんな興ざめなこと言わないで」イースター休暇前の最後の練習で、自分が創り出した銀色の白鳥の形をした守護霊が「必要の部屋」をふわふわ飛び回るのを眺めながら、チョウが朗らかに言った。「とってもかわいいわ！」

「かわいいんじゃ困るよ。君を守護するはずなんだから」ハリーは辛抱強く説いた。「本当は、まね妖怪かなにかが必要だ。僕はそうやって学んだんだから。まね妖怪が吸魂鬼のふりをしている間に、なんとかして守護霊を創り出さなきゃならなかったんだ――」

「だけど、そんなの、とっても怖いじゃない！」ラベンダーの杖先《つえさき》から銀色の煙がポッポッと噴き出していた。「それに、私まだ――うまく――出せないのよ！」ラベンダーは怒ったように杖《つえ》を振っている。

ネビルも苦労していた。顔を歪《ゆが》めて集中しても、杖先からは細い銀色の煙がひょろひょろと出てくるだけだった。

「なにか幸福なことを思い浮かべないといけないんだよ」ハリーが指導する。

「そうしてるんだけど」ネビルが、惨《みじ》めな声で応じた。本当に一所懸命で、丸顔が汗で光っている。

「ハリー、僕、できたと思う！」ディーンに連れられて、DAにはじめて参加したシェーマスがさけんだ。「見て――あ――消えた……だけど、ハリー、たしかになにか毛むくじゃらなやつだったぜ！」

ハーマイオニーの守護霊は、銀色に光るカワウソで、ハーマイオニーの周囲を跳ね回っていた。

「ほんとに、ちょっと素敵じゃない？」ハーマイオニーは、自分の守護霊をいとおしそうに眺めている。

「必要の部屋」のドアが開いて、閉まった。ハリーはだれがきたのだろうと振り返ったが、だれもいないようだ。しばらくしてハリーは、ドア近くの生徒たちがひっそりとなったのに気づいた。すると、なにかが膝《ひざ》のあたりで、ハリーのローブを引っ張っている。見下ろすと、驚いたことに、屋敷しもべ妖精のドビーが、いつもの八段重ねの毛糸帽の下から、ハリーをじっと見上げていた。

「やあ、ドビー」ハリーが声をかけた。「なにしに――どうかしたのかい？」

妖精は恐怖で目を見開き、震えている。ハリーの近くにいたメンバーが黙り込んだ。部屋中がドビーを見つめている。何人かがやっと創り出した数少ない守護霊《しゅごれい》も、銀色の霞となって消え、部屋は前よりもずっと暗くなった。

「ハリー・ポッターさま……」妖精は頭から爪先までぶるぶる震えながら、キーキー声を出した。「ハリー・ポッターさま……ドビーめはご注進に参りました……でも、屋敷しもべ妖精は、しゃべってはいけないと戒められてきました……」

ドビーは壁に向かって頭を突き出して走り出した。ドビーの自分自身を処罰する習性については経験ずみだったハリーが、ドビーを取り押さえようとした。しかしドビーは、八段重ねの帽子がクッションになって、石壁から跳ね返っただけだった。ハーマイオニーや他の数人の女の子が、恐怖と同情心で悲鳴を上げた。

「ドビー、いったいなにがあったの？」妖精の小さい腕をつかみ、自傷行為に走りそうな物からいっさい遠ざけて、ハリーが聞いた。

「ハリー・ポッター……あの人が……あの女の人が……」

ドビーは捕まえられていないほうの手を拳《こぶし》にして、自分の鼻を思い切りなぐった。ハリーはそっちの手も押さえた。

「あの人って、ドビー、だれ？」

しかし、ハリーはピンときていた。ドビーをこんなに恐れさせる女性は一人しかいないではないか。妖精は、少しくらくらした目でハリーを見上げ、口の動きだけで伝えた。

「アンブリッジ？」ハリーはぞっとした。

ドビーがうなずいた。そして、ハリーの膝《ひざ》に頭を打ちつけようとしたので、ハリーは両腕をいっぱいに伸ばして、ドビーを腕の長さ分だけ遠ざけた。

「アンブリッジがどうかしたの？　ドビー――このことはあの人にバレてないだろ？――僕たちのことも――DAのことも？」

ハリーはその答えを、打ちのめされたようなドビーの顔に読み取った。両手をしっかりハリーに押さえられているので、ドビーは自分を蹴飛ばそうとして、がくりと膝をついてしまった。

「あの女《ひと》がくるのか？」ハリーが静かに聞いた。

ドビーはわめき声を上げた。

「そうです。ハリー・ポッター、そうです！」

ハリーは体を起こし、じたばたする妖精を見つめて身動きもせずおののいている生徒たちを見回した。

「なにをぐずぐずしてるんだ！」ハリーが声を張り上げた。「逃げろ！」

全員がいっせいに出口に突進した。ドアのところでごった返し、それから破裂したように出ていった。廊下を疾走する音を聞きながら、ハリーは、みなが分別をつけて、寮まで一直線にもどろうなんてばかなことを考えなければいいがと願った。いま九時十分前だ。図書室とかふくろう小屋とか、この近くに避難してくれれば――。

「ハリー、早く！」

外に出ようと揉《も》み合っている群れの真ん中から、ハーマイオニーがさけんだ。

ハリーは、自分をこっぴどく傷つけようとしてまだもがいているドビーを抱え上げ、列の後ろにつこうと、ドビーを腕に走り出した。

「ドビー――これは命令だ――厨房《ちゅうぼう》にもどって、妖精の仲間と一緒にいるんだ。もしあの人が、僕に警告したのかと聞いたら、嘘をついて、『ノー』と答えろよ！」ハリーが命じた。「それに、自分を傷つけることは、僕が禁ずる！」

やっと出口にたどり着き、ハリーはドビーを下ろしてドアを閉めた。

「ありがとう、ハリー・ポッター！」ドビーはキーキー言うと、超スピードで走り去った。

ハリーは左右に目を走らせた。全員が一目散に走っていたので、廊下の両端に宙を飛ぶ踵《かかと》がちらりと見え、すぐに消え去った。ハリーは右に走り出した。その先に男子トイレがある。ずっとそこに入っていたふりをしよう。そこまでたどり着ければの話だけれど——。

「あああっっっ！」

なにかに足首をつかまれ、ハリーは物の見事に転倒し、うつ伏せのまま数メートル滑ってやっと止まった。だれかが後ろで笑っている。仰向けになって目を向けると、醜いドラゴンの形の花瓶《かびん》の下に、壁の窪みに隠れているマルフォイが見えた。

「『足すくい呪い』だ、ポッター！」マルフォイが言った。「おーい、先生——せんせーい！　一人捕まえました！」

アンブリッジが遠くの角から、息を切らし、しかしうれしそうににっこりしながら、せかせかとやってきた。

「彼じゃない！」アンブリッジは床に転がるハリーを見て歓声を上げた。「お手柄よ、ドラコ、お手柄、ああ、よくやったわ——スリザリン、五〇点！　あとはわたくしにまかせなさい……さあ、立つんです、ポッター！」

ハリーは立ち上がって、二人を睨《にら》みつけた。アンブリッジがこんなにうれしそうにしているのは見たことがない。アンブリッジは、ハリーの腕を万力で締めるような力で押さえつけ、にっこり笑ってマルフォイを見た。

「ドラコ、あなたは飛び回って、ほかの連中を逮捕できるかどうか、やってみて。

みんなには、図書室を探すように言いなさい──息を切らしている者がいないかどうか──トイレも調べなさい。ミス・パーキンソンが女子トイレを調べられるでしょう──さあ、行って。──あなたのほうは」マルフォイが行ってしまうと、アンブリッジが、とっておきの柔らかい危険な声で、ハリーに向かった。「わたくしと一緒に校長室に行くのですよ、ポッター」

数分も経たないうちに、二人は石のガーゴイル像のところにいた。ハリーは、ほかのみなが捕まってしまったかどうか心配だった。ロンのことを考えた──ウィーズリーおばさんはロンを殺しかねないな。──それに、ハーマイオニーは、OWL《ふくろう》試験を受ける前に退学になったらどう思うだろう。それと、今日はシェーマスの最初のDAだったのに……ネビルはあんなに上手《うま》くなっていたのに……。

「フィフィ　フィズビー」アンブリッジが唱えると、石のガーゴイルが飛び退《の》き、壁が左右にパックリ開いた。動く石の螺旋《らせん》階段に乗り、二人は磨き上げられた扉の前に出た。グリフィンの形のドア・ノッカーがついている。アンブリッジはノックもせず、ハリーをむんずとつかんだまま、ずかずかと部屋に踏み込んだ。

校長室は人で一杯だった。ダンブルドアは穏やかな表情で机の前に座り、長い指の先を組み合わせていた。マクゴナガル先生が緊張した面持ちで、その横にぴしりと直立している。魔法大臣、コーネリウス・ファッジが暖炉のそばで、いかにもうれしそうに爪先立ちで前後に体を揺すっている。扉の両脇に、護衛のように立っているのは、キングズリー・シャックルボルトと、ハリーの知らない厳《いかめ》しい顔つきの短髪剛毛の魔法使いだ。そばかす顔にメガネをかけ、羽根ペンと分厚い羊皮紙《ようひし》の巻紙を持って、どうやら記録を取る構えのパーシー・ウィーズリーが、興奮した様子で壁際をうろうろしている。

歴代校長の肖像画は、今夜は狸寝入りしていない。全員が目を開け、まじめな顔で眼下の出来事を見守っている。ハリーが入ってくると、何人かが隣の額に入り込み、切迫した様子で、隣人に何事か耳打ちした。

扉が閉まると同時に、ハリーはアンブリッジの手を振り解いた。コーネリウス・ファッジは、なにやら毒々しい満足感を浮かべてハリーを睨《にら》みつけていた。

「さーて」ファッジが声を上げる。「さて、さて、さて……」

ハリーはありったけの憎々しさを目に込めてファッジに応えた。心臓は激しく拍動していたが、頭は不思議に冷静で冴《さ》えている。

「この子はグリフィンドール塔にもどる途中でした」アンブリッジが報告する。声にいやらしい興奮が感じ取れる。トレローニー先生が玄関ホールで惨《みじ》めに取り乱すのを見つめていたときのアンブリッジの声にも、ハリーは同じ残忍な悦《よろこ》びを聞き取っていた。「あのマルフォイ君が、この子を追い詰めましたわ」

「あの子がかね？」ファッジが感心したように聞いた。「忘れずにルシウスに言わねばなるまい。さて、ポッター……。どうしてここに連れてこられたか、わかっているだろうな？」

ハリーは、挑戦的に「はい」と答えるつもりで口を開いた。ダンブルドアはハリーを直接見てはいなかった。言葉が半分出かかったとき、ふとダンブルドアの顔が目に入った。ダンブルドアはハリーを直接見てはいない——その視線は、ハリーの肩越しの、ある一点を見つめている。——しかし、ハリーにはダンブルドアがほんのわずかに首を横に振るのが見えた。

ハリーは半分口に出した言葉をむりやり方向転換させた。

「は——いいえ」

「なんだね？」ファッジが確認する。

「いいえ」ハリーはきっぱりと答えた。

「どうしてここにいるのか、わからんと？」

「わかりません」ハリーは繰り返した。

ファッジは面食らって、ハリーを、そしてアンブリッジを見た。その一瞬の隙に、ハリーは急いでもう一度ダンブルドアを盗み見た。すると、ダンブルドアは絨毯《じゅうたん》に向かってかすかにうなずき、ウィンクしたような気配を見せた。

「では、まったくわからんと」たっぷりと皮肉を込めてファッジが言う。「アンブリッジ先生が、校長室に君を連れてきた理由がわからんと？　校則を破った覚えはないと？」

「校則？」ハリーは、意外そうに否定した。「いいえ」

「魔法省令はどうだ？」ファッジが腹立たしげに言いなおした。

「いいえ、僕の知るかぎりでは」ハリーは平然と言う。

ハリーの心臓はまだ激しく高鳴っていた。ファッジの血圧が上がるのを見られるだけでも、嘘をつく価値があると言えるくらいだが、いったいどうやって嘘をつき通すか、ハリーには見当もつかない。だれかがＤＡのことをアンブリッジに告げ口したのなら、リーダーの僕は、いますぐ荷物をまとめるしかないだろう。

「では、これも君には初耳かね？」ファッジの声は、いまや怒りでどすがきいている。「校内で違法な学生組織が発覚したのだが」

「はい、初耳です」ハリーは寝耳に水だと純真無垢《じゅんしんむく》な顔をしてみせた。しかし、説得力はない。

「大臣閣下」すぐ横で、アンブリッジが滑らかに提言した。「通報者を連れてきたほうが、話が早いでしょう」

「うむ、うむ。そうしてくれ」ファッジがうなずき、アンブリッジが出ていく際に、ダンブルドアをちらりと意地悪な目つきで見た。「なんと言っても、ちゃんとした目撃者が一番だからな、ダンブルドア?」

「まったくじゃよ、コーネリウス」ダンブルドアが小首を傾《かし》げながら、重々しく賛同した。

待つこと数分。その間、だれも互いに目を合わせない。そして、ハリーの背後で扉の開く音がし、アンブリッジがチョウの友達の巻き毛のマリエッタの肩をつかんで、ハリーの横を通り過ぎた。マリエッタは両手で顔を覆っている。

「怖がらなくてもいいのよ」アンブリッジ先生が、マリエッタの背中を軽くたたきながら、やさしく声をかけた。「大丈夫ですよ。あなたは正しいことをしたの。大臣がとてもお喜びですよ。あなたのお母様に、あなたがとってもいい子だったって言ってくださるでしょう。大臣、マリエッタの母親は」アンブリッジはファッジを見上げて言葉を続けた。「魔法運輸部、煙突飛行ネットワーク室のエッジコム夫人です。――ホグワーツの暖炉を見張るのを手伝ってくれていることはご存知でしょう」

「結構、結構!」ファッジは心底うれしそうに言った。「この母にしてこの娘ありだな、え?　さあ、さあ、いい子だね。顔を上げて、恥ずかしがらずに。君の話を聞こうじゃ――こ、これは、なんと!」

マリエッタが顔を上げると、ファッジはぎょっとして飛び退《すさ》り、危うく暖炉に足を突っ込みそうになった。マントの裾《すそ》が燻《くすぶ》りはじめ、ファッジは悪態をつきながら、バタバタと裾を踏みつけた。マリエッタは泣き声を上げ、ローブを目のところまで引っ張り上げた。しかし、もう全員が、その変わり果てた顔を見てしまった。マリエッタの頬から鼻を横切って、膿《う》んだ紫色のでき物がびっしりと広がり、文字を描いていたのだ。――密告者――。

「さあ、そんなぶつぶつは気にしないで」アンブリッジがもどかしげに言う。「口からローブを離して、大臣に申し上げなさい――」

しかしマリエッタは、口を覆ったまままもう一度泣き声を上げ、激しく首を振った。

「ばかな子ね。もう結構。わたくしがお話しします」アンブリッジがぴしゃりとそう言うと、例の気味の悪いにっこり笑顔を貼りつけ、話し出した。「さて、大臣、このミス・エッジコムが、今夜、夕食後間もなくわたくしの部屋にやってきて、なにか話したいことがあると言うのです。そして、八階の、とくに『必要の部屋』と呼ばれる秘密の部屋に行けば、わたくしにとって都合のよいものが見つかるだろうと言うのです。もう少し問い詰めたところ、この子は、そこでなんらかの会合が行われるはずだと白状しました。残念ながらその時点で、この呪いが」アンブリッジはマリエッタが隠している顔を指して、いらいらと手を振った。「効いてきました。鏡に映った自分の顔を見たとたん、この子は愕然として、それ以上なにも話せなくなりました」

「よーし、よし」ファッジは、やさしい父親のまなざしとはこんなものだろうと自分なりに考えた目でマリエッタを見つめながら諭《さと》した。「アンブリッジ先生のところに話しにいったのは、とっても勇敢だったね。君のやったことは、まさに正しいことだったんだよ。さあ、その会合でなにがあったのか話しておくれ。目的はなにかね？だれがきていたのかね？」

しかし、マリエッタは口をきかなかった。怯《おび》えたように目を見開き、またしても首を横に振るだけだった。

「逆呪いはないのかね？」マリエッタの顔を指しながら、ファッジがもどかしげにアンブリッジに聞く。「この子が自由にしゃべれるように」

「まだ、どうにも見つかっておりません」しぶしぶアンブリッジが認めた。ハリーはハーマイオニーのすごさに、誇らしさが込み上げてきた。「でも、この子がしゃべらなくとも、問題ありませんわ。その先はわたくしがお話できます」

「ご記憶とは存じますが、大臣、去る十月にお送りした報告書で、ポッターがホグズミードのホッグズ・ヘッドで、たくさんの生徒たちと会合したと――」

「なにか証拠がありますか？」マクゴナガル先生が口を挟んだ。

「ウィリー・ウィダーシンの証言がありますよ、ミネルバ。たまたまそのとき、そのバーに居合わせましてね。たしかに包帯でグルグル巻きでしたが、聞く能力は無傷でしたよ」アンブリッジが得意げにまくしたてる。「この男が、ポッターの一言一句漏《も》らさず聞きましてね、さっそくわたくしに報告しに、学校に直行し——」

「まあ、だからあの男は、一連の逆流トイレ事件を仕組んだにもかかわらず起訴されなかったのですね！」マクゴナガル先生の眉《まゆ》が吊り上がった。「わが司法制度の、おもしろい内幕ですわ！」

「露骨な汚職だ！」ダンブルドアの机の後ろの壁に掛かった、でっぷりとした赤鼻の魔法使いの肖像画が吠《ほ》えた。「わしの時代には、魔法省が小悪党と取引することなどなかった。いいや、絶対に！」

「お言葉を感謝しますぞ、フォーテスキュー。もう十分じゃ」

ダンブルドアが穏やかに言った。

「ポッターが生徒たちと会合した目的は」アンブリッジが話を続けた。「違法な組織に加盟するよう、みんなを説得するためでした。組織の目的は、魔法省が学童には不適切だと判断した呪文や呪いを学ぶことであり——」

「ドローレス、どうやらそのへんは思いちがいじゃと、お気づきになると思うがの」ダンブルドアが、折れ曲がった鼻の中ほどにちょんと載った半月メガネの上から、アンブリッジをじっと見て静かに遮《さえぎ》った。

ハリーはダンブルドアを見つめた。今回のことで、ハリーのためにどう言い逃れするつもりなのか、見当もつかない。ウィリー・ウィダーシンがホッグズ・ヘッドで、本当にハリーの言ったことを全部聞いていたなら、もう逃れる術はない。

「ほっほー！」ファッジがまた爪先立ちで体をぴょこぴょこ上下に揺すった。「よろしい。ポッターの窮地を救うための、新しいほら話をお聞かせ願いましょうか。さあ、どうぞ、ダンブルドア、さあ――ウィリー・ウィダーシンが嘘をついたとでも？　それとも、あの日ホッグズ・ヘッドにいたのは、ポッターとは瓜二つの双子だったとでも？　または、時間を逆転させたとか、死んだ男が生き返ったとか、見えもしない『吸魂鬼』が二体いたとかいう、例の埒《らち》もない言い逃れか？」

「ああ、お見事。大臣、お見事！」パーシー・ウィーズリーが思いっ切り笑った。

ハリーは蹴っ飛ばしてやりたかった。ところが、ダンブルドアを見ると、驚いたことに、ダンブルドアも柔らかくほほえんでいる。

「コーネリウス、わしは否定しておらんよ。――それに、ハリーも否定せんじゃろう――その日にハリーがホッグズ・ヘッドにいたことも、『闇の魔術に対する防衛術』のグループに生徒を集めようとしていたこともの う。わしは単に、その時点で、そのようなグループが違法じゃったとドローレスが言うのは、まったくまちがっておると指摘するだけじゃ。ご記憶じゃろうが、学生の組織を禁じた魔法省令は、ハリーがホグズミードで会合した二日後から発効しておる。じゃから、ハリーはホッグズ・ヘッドで、なんらの規則も破ってはおらんのじゃ」

パーシーはなにかとても重いもので、顔をなぐりつけられたような表情をした。ファッジはぽかんと口を開け、ぴょこぴょこの途中で止まったまま動かなくなった。

アンブリッジが最初に回復した。

「それは大変結構なことですわ、校長」アンブリッジが甘ったるくほほえんだ。「でも、教育令第二十四号が発効してから、もう六か月近く経ちますわね。最初の会合が違法でなかったとしても、それ以後の会合は全部、まちがいなく違法ですわ」

「さよう」ダンブルドアは組み合わせた指の上から、礼儀上アンブリッジに注意を払いながら言った。「もし、教育令の発効後に会合が続いておれば、たしかに違法になりうるじゃろう。そのような集会が続いていたという証拠を、なにかお持ちかな？」

ダンブルドアが話している間に、ハリーは背後でサワサワという音を聞き、そして、キングズリーがなにかをささやいたような気がした。それに、まちがいなく脇腹を、なにかがさっとなでた感じを受けた。一陣の風か、鳥の翼のような柔らかいものだ。しかし、下を見てもなにも見えない。

「証拠？」アンブリッジは、ガマガエルのように口を広げ、にたりと恐ろしい微笑を見せた。

「お聞きになってらっしゃいませんでしたの？　ダンブルドア？　ミス・エッジコ

ムがなぜここにいるとお思いですの？」

「おお、六か月分の会合のすべてについて話せるのかね？」ダンブルドアは眉《まゆ》をくいと上げた。「わしはまた、ミス・エッジコムが、今夜の会合について報告していただけじゃという印象じゃったが」

「ミス・エッジコム」アンブリッジが即座に聞いた。「いい子だから、会合がどのぐらいの期間続いていたのか、話してごらん。うなずくか、首を横に振るかだけでいいのよ。そのせいで、でき物がひどくなることはありませんからね。この六か月、定期的に会合が開かれたの？」

ハリーは胃袋がズドーンと落ち込むのを感じた。おしまいだ。僕たちは動かしようのない証拠をつかまれた。ダンブルドアだってごまかせやしない。

「首を縦に振るか、横に振るかするのよ」アンブリッジがなだめすかすようにマリエッタを促す。「ほら、それでまた呪いが効いてくることはないのですから」

部屋の全員が、マリエッタの顔の上部を見つめていた。引っ張り上げたローブと巻き毛の前髪との隙間に、目だけが見えている。暖炉の灯《あか》りのいたずらか、マリエッタの目は、妙に虚ろだった。そして――ハリーにとっては青天《せいてん》の霹靂《へきれき》だったが――マリエッタは首を横に振った。

アンブリッジはちらりとファッジを見て、すぐにマリエッタに視線をもどした。

「質問がよくわからなかったのね？　そうでしょう？　わたくしが聞いたのはね、あなたが、この六か月にわたり、会合に参加していたかどうかということなのよ。参加していたんでしょう？」

　マリエッタはまたもや首を横に振った。

「首を振ったのはどういう意味なの？」アンブリッジの声がいらだっている。

「私は、どういう意味か明白だと思いましたが」マクゴナガル先生が厳しい声で引き取った。「この六か月間、秘密の会合はなかったということです。そうですね？　ミス・エッジコム？」

　マリエッタがうなずいた。

「でも、今夜会合がありました！」アンブリッジが激怒する。「会合はあったのです。ミス・エッジコム、あなたがわたくしにそう言いました。『必要の部屋』でと！　そして、ポッターが首謀者だった。そうでしょう？　ポッターが組織した。ポッターが――どうして、あなた、首を横に振ってるの？」

「まあ、通常ですと、首を横に振るときは」マクゴナガルが冷たく言い放った。「『いいえ』という意味です。ですから、ミス・エッジコムが、まだヒトの知らない使い方で合図を送っているのでなければ――」

　アンブリッジ先生はマリエッタをつかみ、ぐるりと回して自分に向かせ、激しく揺すぶりはじめた。間髪《かんはつ》を入れず立ち上がったダンブルドアが杖《つえ》を上げ、キングズリーがずいと進み出た。アンブリッジは、まるで火傷をしたかのように両手をぷるぷる振りながら、マリエッタから飛び退《の》いた。

「ドローレス、わしの生徒たちに手荒なことは許さぬ」ダンブルドアはこのときはじめて怒りを見せた。

「マダム・アンブリッジ、落ち着いてください」キングズリーがゆったりした深い声で間に入った。「面倒を起こさないほうがいいでしょう」

「いいえ」アンブリッジはそびえるようなキングズリーの姿をちらりと見上げながら、息をはずませている。「つまり、ええそう――あなたの言うとおりだわ、シャックルボルト――わたし――わたくし、つい我を忘れて」

マリエッタは、アンブリッジが手を離したその位置で、そのまま突っ立っている。突然アンブリッジにつかみかかられても動揺した様子はなく、放されてほっとした様子もない。奇妙に虚ろな目のところまでローブを引き上げたまま、まっすぐ前を見つめていた。

突然、ハリーはもしやと思った。キングズリーのささやきと、脇腹をかすめた感覚とに結びつく疑いだった。

「ドローレス」なにかに徹底的に決着をつけようという雰囲気で、ファッジが口を開いた。「今夜の会合だが――まちがいなく行われたとわかっている集会のことだが――」

「はい」アンブリッジも気を取りなおして答える。「はい……ええ、ミス・エッジコムがわたくしに漏《も》らし、私は信用できる生徒たちを何人か連れて、すぐさま八階に赴きました。会合に集まった生徒たちを現行犯で捕まえようと思いましたのでね。ところが、私がくるという警告が前もって伝わったらしく、八階に着いたときには、みんなが蜘蛛《くも》の子を散らすように逃げていくところでした。しかし、それはどうでもよろしい。全員の名前がここにあります。ミス・パーキンソンが、わたくしの命でなにか残っていないかと『必要の部屋』に駆け込みましてね。証拠が必要でしたが、それが部屋にありました」

ハリーにとっては最悪なことに、アンブリッジはポケットから、「必要の部屋」の壁に貼ってあった名簿を取り出し、ファッジに手渡した。

「このリストにポッターの名前を見た瞬間、わたくしは問題がなにかわかりました」アンブリッジが静かに結んだ。

「でかした」ファッジは満面の笑みだった。「でかしたぞ、ドローレス。さて……なんと……」

ファッジは、杖《つえ》を軽くにぎってマリエッタのそばに立つダンブルドアを見た。

「生徒たちが、グループをなんと命名したかわかるか？」ファッジが低い声で言う。「ダンブルドア軍団だ」

ダンブルドアが手を伸ばしてファッジから羊皮紙《ようひし》を取った。ハーマイオニーが何か月も前に手書きした会の名前をじっと見つめ、ダンブルドアはしばらく言葉が出ないように見えた。しかし、目を上げたダンブルドアは、ほほえんでいる。

「さて、万事休すじゃな」ダンブルドアはさばさばと言った。「わしの告白書をお望みかな、コーネリウス？――それとも、ここにおいでの目撃者を前に一言述べるだけで十分かの？」

マクゴナガルとキングズリーが顔を見合わせた。二人とも恐怖の表情を浮かべている。なにが起こっているのか、ハリーにはわからない。どうやらファッジもわからなかったらしい。

「一言述べる？」ファッジが訝《いぶか》しげに言う。「いったい――なにを――？」

「ダンブルドア軍団じゃよ、コーネリウス」ダンブルドアは、ほほえんだまま、名簿をファッジの目の前でひらひらさせた。「ポッター軍団ではない。ダンブルドア軍団じゃ」

「しかし――しかし――」

突然、ファッジの顔に閃《ひらめ》きが走った。ぎょっとなって後ずさりし、短い悲鳴を上げてまた暖炉から飛び出した。

「あなたが？」ファッジはまたしても燻《くすぶ》るマントを踏みつけながら、ささやくように確認した。

「そうじゃ」ダンブルドアは愛想よく言った。

「あなたがこれを組織した？」

「いかにも」ダンブルドアが答える。

「あなたがこの生徒たちを集めて──あなたの軍団を？」

「今夜がその最初の会合のはずじゃった」ダンブルドアがうなずきながら続ける。

「みんなが、それに加わることに関心を持つかどうかを見るだけのものじゃったが。どうやら、ミス・エッジコムを招いたのは、明らかにまちがいだったようじゃの」

マリエッタがうなずいた。ファッジは胸をそらしながら、マリエッタからダンブルドアへと視線を移した。

「では、やっぱりあなたは──あなたは私を陥れようとしていたのだな！」ファッジがわめいた。

「そのとおりじゃ」ダンブルドアが朗らかに言う。

「だめです！」ハリーがさけんだ。

キングズリーがハリーにすばやく警告のまなざしを送った。マクゴナガルは脅すようにカッと目を見開いている。しかし、ダンブルドアがなにをしようとしているのか、ハリーは突然気づいたのだ。そんなことをさせてはならない。

「だめです――ダンブルドア先生――！」

「静かにするのじゃ、ハリー。さもなくば、わしの部屋から出ていってもらうことになろうぞ」ダンブルドアは落ち着いて命じた。

「そうだ、黙れ、ポッター」恐怖と喜びが入り交じったような目でダンブルドアをじろじろ見ながら、ファッジが吠《ほ》え立てた。「ほう、ほう、ほう――今夜はポッターを退学にするつもりでやってきたが、代わりに――」

「代わりにわしを逮捕することになるのう」ダンブルドアがほほえみながら引き取った。「海老で鯛を釣ったようなものじゃな？」

「ウィーズリー！」いまやまちがいなく喜びに打ち震えながら、ファッジがさけんだ。「ウィーズリー、全部書き取ったか？　言ったことをすべてだ。ダンブルドアの告白を。書き取ったか？」

「はい、閣下。大丈夫です、閣下！」パーシーが待ってましたとばかりに答えた。猛スピードでメモを取ったので、鼻の頭にインクが飛び散っている。

「ダンブルドアが魔法省に対抗する軍団を作り上げようとしていた件は？　私を失脚させようと画策していた件は？」

「はい、閣下。書き取りましたとも！」嬉々《きき》としてメモに目を通しながら、パーシーが答えた。

「よろしい、では」ファッジはいまや、歓喜に顔を輝かせている。「ウィーズリー、メモを複写して、一部を即刻、『日刊予言者新聞《にっかんよげんしゃしんぶん》』に送れ。ふくろう速達便を使えば、朝刊に間に合うはずだ！」パーシーは脱兎《だっと》のごとく部屋を飛び出し、扉がバタンと閉まった。ファッジがダンブルドアに向きなおった。「おまえをこれから魔法省に連行する。そこで正式に起訴され、アズカバンに送られ、そこで裁判を待つことになる」

「ああ」ダンブルドアが穏やかに言った。「やはりのう。その障害に突き当たると思うておったが」

「障害？」ファッジの声はまだ喜びに震えている。「ダンブルドア、私にはなんの障害も見えんぞ！」

「ところが」ダンブルドアが申し訳なさそうに言う。「わしには見えるのう」

「ほう、そうかね？」

「さて──あなたはどうやら、わしが──どういう表現じゃったかの？──神妙にする、という幻想のもとに骨を折っているようじゃ。残念ながら、コーネリウス、わしは神妙に引かれてはいかんよ。アズカバンに送られるつもりはまったくないのでな。もちろん、脱獄はできるじゃろうが――それはまったくの時間のむだというものじゃ。正直言って、わしにはほかにいろいろやりたいことがあるのでな」

アンブリッジの顔が、着実にだんだん赤くなってきた。まるで、体の中に、熱湯が注がれていくようだ。ファッジはまぬけ面でダンブルドアを見つめている。まるで、突然拳《こぶし》を食らったのに、それが信じられないという顔だ。息が詰まったような音を出し、ファッジはキングズリーを振り返る。それから、これまでただ一人、ずっと黙りこくっていた、短い白髪頭《しらがあたま》の男を振り返った。その男は、ファッジに大丈夫というようにうなずき、壁から離れてわずかに前に出た。ハリーは、その男の手が、ほとんど何気ない様子でポケットに動くのを見た。

「ドーリッシュ、愚かなことはやめるがよい」ダンブルドアがやさしく諭《さと》した。「きみはたしかに優秀な闇祓《やみばら》いじゃ――NEWT《いもり》試験で全科目「O・優」を取ったことを憶《おぼ》えておるよ――しかし、もしわしを力ずくで、その――あ――連行するつもりなら、きみを傷つけねばならなくなる」

ドーリッシュと呼ばれた男は、毒気を抜かれたような顔で目を瞬《しばた》いた。それからふたたびファッジを見たが、今度はどうするべきか指示を仰いでいるようだった。

「すると」我に返ったファッジが嘲《あざけ》るように言う。「おまえは、たった一人で、ドーリッシュ、シャックルボルト、ドローレス、それに私を相手にする心算かね？　え、ダンブルドア？」

「いや、まさか」ダンブルドアはほほえんでいる。「あなたが、愚かにもむりやりそうさせるなら別じゃが」

「ダンブルドアはひとりじゃありません！」マクゴナガル先生が、すばやくローブに手を突っ込みながら大声で名乗り出た。

「いや、ミネルバ、わしひとりじゃ」ダンブルドアが厳しく制した。「ホグワーツはあなたを必要としておる！」

「なにをごたごたと！」ファッジが杖《つえ》を抜いた。「ドーリッシュ、シャックルボルト！　かかれ！」

部屋の中に、銀色の閃光《せんこう》が走った。ドーンと銃声のような音がして、床が震える。二度目の閃光が光ったとき、手が伸びてきてハリーの襟首《えりくび》をつかみ、体を床に押し倒した。肖像画が何枚か、悲鳴を上げる。フォークスがギャーッと鳴き、埃《ほこり》がもうもうと舞った。埃に咽《む》せながらハリーは、黒い影が一つ、目の前にばったり倒れるのを見た。悲鳴、ドサッという音、そしてだれかがさけぶ。「だめだ！」そして、ガラスの割れる音、バタバタとあわてふためく足音、うめき声……そして静寂。

ハリーはもがいて、だれが自分を絞め殺しにかかっているのか見ようとした。マクゴナガル先生が、ハリーのそばにうずくまっているのが見えた。ハリーとマリエッタの二人を押さえつけて、危害が及ばないようにしている。埃はまだ飛び交い、ゆっくりと三人の上に舞い降りてきた。少し息を切らしながら、ハリーは背の高いだれかが近づいてくるのを見た。

「大丈夫かね？」ダンブルドアだった。

「ええ！」マクゴナガル先生が、ハリーとマリエッタを引っ張り上げながら立ち上がった。

埃《ほこり》が収まってきた。破壊された部屋が徐々に見えてくる。ダンブルドアの机はひっくり返り、華奢《きゃしゃ》なテーブルは全部床に倒れて、上に載っていた銀の計器類は粉々になっていた。ファッジ、アンブリッジ、キングズリー、ドーリッシュは、床に転がって動かない。不死鳥のフォークスは、静かに歌いながら大きな円を描いて頭上に舞い上がった。

「気の毒じゃが、キングズリーにも呪いをかけざるをえなかった。そうせんと、きっと怪しまれるじゃろうからのう」ダンブルドアが低い声で言った。「キングズリーは非常によい勘をしておった。みながよそ見をしている隙に、すばやくミス・エッジコムの記憶を修正してくれた。――わしが感謝しておったと伝えてくれるかの？ミネルバ？」

「さて、みな、まもなく気がつくであろう。わしらが話をする時間があったことを悟られぬほうがよかろう――あなたは、時間がまったく経過していなかったかのように、あたかもみな床にたたきつけられたばかりだったように振る舞うのですぞ。記憶はないはずじゃから――」

「どちらに行かれるのですか？　ダンブルドア？」マクゴナガル先生がささやいた。「グリモールド・プレイスに？」

「いや、ちがう」ダンブルドアは厳しい表情でほほえんだ。「わしは身を隠すわけではない。ファッジは、わしをホグワーツから追い出したことを、すぐに後悔することになるじゃろう。まちがいなくそうなる」

「ダンブルドア先生……」ハリーが口を開いた。

なにから言っていいのかわからなかった。そもそもDAを始めたことでこんな問題を引き起こしてしまい、どんなに申し訳なく思っているかと言うべきだろうか？　それとも、ハリーを退学処分から救うためにダンブルドアが去っていくことが、どんなに辛いかと言うべきだろうか？　しかし、ダンブルドアは、ハリーがなにも言えないでいるうちに、ハリーの口を封じた。

「よくお聞き、ハリー」ダンブルドアは差し迫ったように告げた。「『閉心術』を一心不乱に学ぶのじゃ。よいか？　スネイプ先生の教えることを、すべて実行するのじゃ。とくに毎晩寝る前に、悪夢を見ぬよう心を閉じる練習をするのじゃ――なぜそうなのかは、まもなくわかるじゃろう。しかし、約束しておくれ——」ドーリッシュと呼ばれた男がかすかに身動きした。ダンブルドアはハリーの手首をつかんだ。

「よいな——心を閉じるのじゃ——」

しかし、ダンブルドアの指がハリーの肌に触れたとき、額《ひたい》の傷痕《きずあと》に痛みが走った。そして、ハリーはまたしても、恐ろしい蛇のような衝動がわいてくるのを感じた。——ダンブルドアを襲いたい、噛《か》みついて傷つけたい——。

「——わかるときがくるじゃろう」ダンブルドアがささやいた。

フォークスが輪を描いて飛び、ダンブルドアの上に低く舞い降りてきた。ダンブルドアはハリーを放し、手を上げて不死鳥の長い金色の尾をつかんだ。パッと炎が上がり、ダンブルドアの姿は不死鳥とともに消えた。

「あいつはどこだ？」ファッジが床から身を起こしながらさけぶ。「どこなんだ？」

「わかりません」床から飛び起きながら、キングズリーがさけんだ。

「『姿くらまし』したはずはありません」アンブリッジがわめいた。「学校の中からはできるはずがないし——」

「階段だ！」ドーリッシュはそうさけぶなり、扉に向かって身を翻《ひるがえ》し、ぐいと開けて姿を消した。そのすぐあとに、キングズリーとアンブリッジが続く。ファッジは躊躇《ちゅうちょ》していたが、ゆっくり立ち上がり、ローブの前から埃《ほこり》を払った。痛いほどの長い沈黙が流れた。

「さて、ミネルバ」ファッジがずたずたになったシャツの袖《そで》をまっすぐに整えながら、意地悪く言った。「お気の毒だが、君の友人、ダンブルドアもこれまでだな」

「そうでしょうかしら？」マクゴナガル先生が軽蔑したように返した。

ファッジには聞こえなかったようだ。壊れた部屋を見回している。肖像画の何枚かが、ファッジに向かって、シューシューと非難を浴びせている。手で無礼な仕草をしたものも一、二枚あった。

「その二人をベッドに連れていきなさい」ファッジはハリーとマリエッタに、もう用はないとばかりにうなずき、マクゴナガル先生を振り返って命じた。

マクゴナガル先生はなにも言わず、ハリーとマリエッタを連れてつかつかと扉のほうに歩いた。扉がバタンと閉まる間際に、ハリーはフィニアス・ナイジェラスの声を聞いた。

「いやあ、大臣。私は、ダンブルドアといろいろな点で意見が合わないのだが……しかし、あの人は、とにかく粋《いき》ですよ……」

第28章　スネイプの最悪の記憶

魔法省令

ドローレス・ジェーン・アンブリッジ（高等尋問官《じんもんかん》）はアルバス・ダンブルドアに代わりホグワーツ魔法魔術学校の校長に就任した。

以上は教育令第二十八号に順《したが》うものである。

魔法大臣　コーネリウス・オズワルド・ファッジ

一夜にして、この知らせが学校中に掲示された。しかし、城中のだれもが知っている話がどのように広まったのかは、この掲示では説明できなかった。ダンブルドアが逃亡する際、闇祓《やみばら》いを二人、高等尋問官、魔法大臣、さらにその下級補佐官をやっつけたという話だ。ハリーの行く先々で、城中がダンブルドアの逃亡話で持ち切りだった。話が広まるにつれて、たしかに細かいところでは尾ひれがついていたが（二年生の女子が同級生に、ファッジは頭がかぼちゃになって現在聖マンゴに入院していると、まことしやかに話しているのがハリーの耳に入ってきた）、それ以外は驚くほど正確な情報が伝わっていた。たとえば、ダンブルドアの校長室で現場を目撃した生徒が、ハリーとマリエッタだけだったということもみなが知っていた。マリエッタはいま医務室にいるので、ハリーはみなに取り囲まれ、直体験《じかたいけん》の話をせがまれるはめになった。

「ダンブルドアはすぐにもどってくるさ」「薬草学」からの帰り道、ハリーの話を熱心に聞いたあとで、アーニー・マクミランが自信たっぷりに宣言した。「僕たちが二年生のときも、あいつら、ダンブルドアを長くは遠ざけておけなかったし、今度だってきっとそうさ。『太った修道士』が話してくれたんだけど――」密談をするように声を落とすアーニーに、ハリー、ロン、ハーマイオニーは顔を近づけた。「――アンブリッジが昨日の夜、城内や校庭でダンブルドアを探したあと、校長室に入ろうとしたらしいんだ。そしたら、ガーゴイルのところを通れなかったってさ。校長室は、ひとりでに封鎖してアンブリッジを締め出したんだ」アーニーがにやりと笑う。「どうやら、あいつ、相当癇癪《かんしゃく》を起こしたらしい」

「ああ、あの人、きっと校長室に座る自分の姿を見たくてしょうがなかったんだわ」玄関ホールに続く石段を上りながら、ハーマイオニーが憤懣《ふんまん》をぶつけた。「ほかの教師より自分は偉いんだぞって。ばかな思い上がりの、権力に取り憑《つ》かれた婆《ばば》あの――」

「おーや、君、本気で最後まで言うつもりかい？　グレンジャー？」

ドラコ・マルフォイが、クラッブとゴイルを従え、扉の陰からするりと現れた。青白い顎《あご》の尖《とが》った顔が、悪意で輝いている。

「気の毒だが、グリフィンドールとハッフルパフから減点しないといけないねえ」

マルフォイが気取って言った。

「監督生《かんとくせい》同士は減点できないぞ、マルフォイ」アーニーが即座に反論する。

「監督生ならお互いに減点できないのは知ってるよ」マルフォイがせせら笑った。クラッブとゴイルも嘲《あざけ》り笑う。「しかし、『尋問官親衛隊《じんもんかんしんえいたい》』なら――」

「いまなんて言ったの？」ハーマイオニーが鋭く聞いた。

「尋問官親衛隊だよ、グレンジャー」マルフォイは、胸の監督生バッジのすぐ下に留めた、〝I〟の字形の小さな銀バッジを指した。「魔法省を支持する、少数の選ばれた学生のグループでね。アンブリッジ先生直々の選り抜きだよ。とにかく、尋問官親衛隊は減点する力を持っているんだ……そこでグレンジャー、新しい校長に対する無礼な態度で五点減点。マクミラン、僕に逆らったから五点。ポッター、おまえが気に食わないから五点。ウィーズリー、シャツがはみ出ているから、もう五点減点。ああそうだ、忘れていた。おまえは穢《けが》れた血だ、グレンジャー。だから一〇点減点」

ロンが杖《つえ》を抜いた。ハーマイオニーが押しもどし、「だめよ」とささやいた。

「賢明だな、グレンジャー」マルフォイがつぶやくように言う。「新しい校長、新しい時代だ……いい子にするんだぞ、ポッティ……ウィーズル王者……」

思いっ切り笑いながら、マルフォイはクラッブとゴイルを率いて意気揚々と去っていった。

「ただの脅しさ」アーニーが愕然《がくぜん》とした顔で言った。「あいつが点を引くなんて、許されるはずがない……そんなこと、ばかげてるよ……監督生制度《かんとくせいせいど》が完全に覆されちゃうじゃないか」

ハリー、ロン、ハーマイオニーは、背後の壁の窪みに設置されている、寮の点数を記録する巨大な砂時計に目をやった。今朝まではグリフィンドールとレイブンクローが接戦で一位を争っていたのに、いまはどの寮も見る見る石が上にもどり、下に溜まった量が減っていく。まったく変わらないのは、エメラルドが詰まったスリザリンの時計だけ。

「気がついたか？」フレッドの声だ。ジョージと二人、大理石の階段を下りてきて、ハリー、ロン、ハーマイオニー、アーニーの四人と砂時計の前で一緒になった。

「マルフォイが、いま僕たちから三〇点も減点したんだ」グリフィンドールの砂時計からまた石が数個上にもどるのを見ながら、ハリーが憤慨した。

「うん。モンタギューのやつ、休み時間におれたちからも減点しようとしやがった」ジョージが吐《は》き棄《す》てた。

「『しようとした』って、どういうこと？」ロンがすばやく聞く。

「最後まで言い終わらなかったのさ」フレッドが説明した。「おれたちが、二階の『姿をくらます飾り棚』に頭から突っ込んでやったんでね」

ハーマイオニーがショックを受けた顔になった。

「そんな、あなたたち、とんでもないことになるわ！」

「モンタギューが現れるまでは大丈夫さ。それまで数週間かかるかもな。やつをどこに送っちまったのかわかんねえし」フレッドは、さばさばとしている。「とにかくだ……おれたちは、問題に巻き込まれることなどもう気にしない、と決めた」

「気にしたことあるの？」ハーマイオニーが聞く。

「そりゃ、あるさ」ジョージが答える。「一度も退学にはなってないだろ？」

「おれたちは、常に最後の一線は守った」フレッドが言う。

「ときには、爪先ぐらい線を越えたかもしれないが」ジョージが続ける。

「だけど、常に本当の大混乱をきたす手前で、辛《から》くも踏み止《とど》まったのだ」フレッドが締めた。

「だけど、いまは？」ロンが恐る恐る聞いた。

「そう、いまは――」ジョージが言う。

「――ダンブルドアもいなくなったし――」フレッドが続く。

「――ちょっとした大混乱こそ――」ジョージが盛り上げる。

「――まさに、親愛なる新校長にふさわしい」フレッドが決めた。

「だめよ！」ハーマイオニーがささやくように諫《いさ》める。「ほんとに、だめ！　あの人、あなたたちを追い出す口実なら大喜びだわよ」

「わかってないなあ、ハーマイオニー」フレッドがハーマイオニーに笑いかけた。「おれたちはもう、ここにいられるかどうかなんて気にしないんだ。いますぐにでも出ていきたいところだけど、ダンブルドアのためにまずおれたちの役目を果たす決意なんでね。そこで、とにかく」フレッドが腕時計を確かめる。「第一幕がまもなく始まる。悪いことは言わないから、昼食を食べに大広間に入ったほうがいいぜ。そうすりゃ先生方も、おまえたちは無関係だとわかるからな」

「なにに無関係なの？」ハーマイオニーが心配そうに聞く。

「いまにわかる」ジョージが決然と言う。「さ、早く行けよ」

フレッドとジョージはみなに背を向け、昼食を食べに階段を下りてくる人込みのふくれる中へと姿を消した。

困惑し切った顔のアーニーは、「変身術」の宿題がすんでいないとかなんとかつぶやきながら、あわてていなくなった。

「ねえ、やっぱりここにはいないほうがいいわ」ハーマイオニーがそわそわと言う。「万が一……」

「うん、そうだ」とロン。そして三人は、大広間の扉に向かった。しかし、白い雲が飛ぶように流れていくその日の大広間の天井をちらりと見たとたん、だれかがハリーの肩をたたいた。振り向くと、管理人のフィルチが、目と鼻の先にいる。ハリーは急いで二、三歩下がった。フィルチの顔は遠くから見るにかぎる。

「ポッター、校長がおまえに会いたいとおっしゃる」フィルチが意地の悪い目つきで見つめる。

「僕がやったんじゃない」ハリーは、ばかなことを口走った。なにやら企んでいるフレッドとジョージのことを考えていたからだ。フィルチは声を出さずに笑い、顎《あご》がわなわな震えた。

「後ろめたいんだな、え？」フィルチがゼイゼイ声で言う。「ついてこい」

ハリーはロンとハーマイオニーをちらりと振り返った。二人とも心配そうな顔だ。

ハリーは肩をすくめ、フィルチについて玄関ホールにもどり、腹ぺこの生徒たちの波に逆らって歩いた。

フィルチはどうやら上機嫌で、大理石の階段を上りながら、軋《きし》むような声でそっと鼻歌を歌っている。最初の踊り場で、フィルチが言った。

「ポッター、状況が変わってきた」

「気がついてるよ」ハリーが冷たく言う。

「そうだ……ダンブルドア校長は、おまえたちに甘すぎると、わたしはもう何年もそう言い続けてきた」フィルチがクックッといやな笑い方をした。「わたしが鞭《むち》で皮がむけるほど打ちのめすことができるとわかっていたら、小汚い小童《こわっぱ》のおまえたちだって、『臭《くさ》い玉《たま》』を落としたりはしなかっただろうが？　足首を縛り上げられてわたしの部屋の天井から逆さ吊りにされるなら、廊下で『噛《か》みつきフリスビー』を投げようなどと思う童は一人もいなかっただろうが？　しかし、教育令第二十九号が出るとな、ポッター、わたしにはそういうことが許されるんだ……その上、あの方は大臣に、ピーブズ追放令に署名するよう頼んでくださった……ああ、あの方が取り仕切れば、ここも様変わりするだろう……」

フィルチを味方につけるため、アンブリッジが相当な手を打ったのは確かなようだ。最悪なのは、フィルチが重要な武器になりうるということだ。学校の秘密の通路や隠れ場所に関するフィルチの知識たるや、それを凌ぐのは、おそらくウィーズリーの双子だけ。

「さあ着いたぞ」フィルチは意地の悪い目でハリーを見ながら、アンブリッジ先生の部屋のドアを三度ノックし、ドアを開けた。

「ポッターめを連れてまいりました。先生」

罰則《ばっそく》で何度もきたおなじみのアンブリッジの部屋は、以前と少しも変わりがなかった。一つだけちがったのは、木製の大きな角材が机の前方に横長に置かれていることで、金文字で〝校長〟と書いてある。さらに、ハリーのファイアボルトと、フレッドとジョージの二本のクリーンスイープが――ハリーは胸が痛む――机の後ろの壁に打ち込まれたがっしりとした鉄の杭に鎖で繋《つな》がれ、南京錠をかけられていた。

アンブリッジは机に向かい、ピンクの羊皮紙《ようひし》に、なにやら忙《せわ》しげに走り書きしていたが、二人が入っていくと、目を上げ、ニターッとほほえんだ。

「ごくろうさま、アーガス」アンブリッジがやさしく声をかける。

「とんでもない、先生、おやすい御用で」フィルチはリューマチの体が耐えられる限度まで深々と頭を下げ、後ずさりで部屋を出ていった。

「座りなさい」アンブリッジは椅子を指さしてぶっきらぼうに命じた。ハリーが腰を掛けてからも、アンブリッジはしばらく書き物を続けた。アンブリッジの頭越しに憎たらしい子猫が皿のまわりを跳ね回っている絵を眺めながら、ハリーはいったいどんな恐ろしいことが新たに待ち受けているのだろうと考えていた。

「さてと」やっと羽根ペンを置き、アンブリッジは、ことさらにうまそうなハエを飲み込もうとするガマガエルのような顔をした。

「なにか飲みますか？」

「えっ？」ハリーは聞きちがえたかと思った。

「飲み物よ、ミスター・ポッター」アンブリッジは、ますますニターッと笑う。

「紅茶？　コーヒー？　かぼちゃジュース？」

アンブリッジは飲み物の名前を言うたびに短い杖《つえ》を振り、机の上に茶碗やグラスに入った飲み物を出した。

「なにもいりません。ありがとうございます」ハリーが応《こた》えた。

「一緒に飲んで欲しいの」アンブリッジの声が危険な甘ったるさに変わった。「どれか選びなさい」

「それじゃ……紅茶を」ハリーは肩をすくめながらリクエストした。

アンブリッジは立ち上がってハリーに背を向け、大げさな身振りで紅茶にミルクを入れた。それから不吉に甘い微笑を湛《たた》え、カップを持ってせかせかと机を回り込んでやってくる。

「どうぞ」と紅茶をハリーに渡した。「冷めないうちに飲んでね。さーてと、ミスター・ポッター……昨夜の残念な事件のあとですから、ちょっとおしゃべりでもどうかと思ったのよ」

ハリーは黙っていた。アンブリッジは自分の椅子にもどり、答えを待った。沈黙の数分が長く感じられる。やがてアンブリッジが陽気に言った。

「飲んでないじゃないの！」

ハリーは急いでカップを口元に持っていったが、また急に下ろした。アンブリッジの背後にある趣味の悪い絵に描かれた子猫の一匹が、マッド-アイ・ムーディの魔法の目と同じ丸い大きな青い目をしている。それを見て、敵とわかっている相手に勧められた飲み物をハリーが飲んだと聞いたら、マッド-アイがなんと言うだろうかと思ったのだ。

「どうかした？」アンブリッジはまだハリーを見ている。「お砂糖が欲しいの？」

「いいえ」ハリーはもう一度口元までカップを持っていき、一口飲むふりをした。唇は固く結んだままだ。アンブリッジの口がますます横に広がった。

「そうそう」アンブリッジがささやくように言う。「それでいいわ。さて、それじゃ……」アンブリッジが少し身を乗り出した。「アルバス・ダンブルドアはどこなの？」

「知りません」ハリーが即座に答えた。

「さあ、飲んで、飲んで」アンブリッジはニターッとほほえんだまま促した。「さあ、ミスター・ポッター、子供だましのゲームはやめましょうね。ダンブルドアがどこに行ったのか、あなたが知っていることはわかっているのよ。あなたとダンブルドアは、はじめから一緒にこれを企んでいたんだから。自分の立場を考えなさい。ミスター・ポッター……」

「どこにいるか、僕、知りません」ハリーはもう一度飲むふりをした。

「結構」アンブリッジは不機嫌な顔をした。「それなら、教えていただきましょうか。シリウス・ブラックの居場所を」

ハリーの胃袋がひっくり返り、カップを持つ手が震えて受け皿がカタカタ鳴った。唇を閉じたまま口元でカップを傾けたので、熱い液体がローブにこぼれた。

「知りません」答え方が少し早口すぎた。

「ミスター・ポッター」アンブリッジが迫った。「いいですか、十月に、グリフィンドールの暖炉で、犯罪者のブラックをいま一歩で逮捕するところだったのは、ほかならぬわたくしですよ。ブラックが会っていたのはあなただと、わたくしにははっきりわかっています。わたくしが証拠をつかんでさえいたら、はっきり言って、あなたもブラックも、いまこうして自由の身ではいられなかったでしょう。もう一度聞きます。ミスター・ポッター……シリウス・ブラックはどこですか？」

「知りません」ハリーは大声で答えた。「見当もつきません」

二人はそれから長いこと睨《にら》み合っていた。ハリーは目が潤んできた。アンブリッジが急に立ち上がった。

「いいでしょう、ポッター。今回は信じておきます。しかし、警告しておきますよ。わたくしには魔法省の後ろ盾があるのです。学校を出入りする通信網は全部監視《かんし》しています。煙突飛行ネットワークの監視人が、ホグワーツのすべての暖炉を見張っています――わたくしの暖炉だけはもちろん例外ですが。『尋問官親衛隊《じんもんかんしんえいたい》』が城を出入りするふくろう便を全部開封して読んでいます。それに、城に続くすべての秘密の通路はフィルチさんが見張っています。わたくしが証拠のかけらでも見つけ……」

ドーン！

部屋の床が揺れた。アンブリッジが横滑りし、ショックを受けた顔で机にしがみついて踏《ふ》み止《とど》まった。

「いったいこれは――？」アンブリッジがドアのほうを見つめた。その隙にハリーは、ほとんど減っていない紅茶を、手近のドライフラワーの花瓶《かびん》に捨てた。数階下のほうから、走り回る音や悲鳴が聞こえてくる。

「昼食にもどりなさい、ポッター！」アンブリッジは杖《つえ》を上げ、部屋から飛び出していった。ハリーはひと呼吸置いてから、大騒ぎの源《もと》を見ようと急いで部屋を出た。

騒ぎの原因は難なく見つかった。一階下は破裂した伏魔殿《ふくまでん》状態だ。だれかが（だれなのかは端《はな》から見抜いていたが）、巨大な魔法の仕掛け花火のようなものを爆発させたらしい。

全身が緑と金色の火花でできたドラゴンが何匹も、階段を往《い》ったり来たりしながら火の粉を撒《ま》き散らし、バンバン大きな音を立てている。直径一・五メートルもあるショッキングピンクのネズミ花火が、空飛ぶ円盤群のようにビュンビュンと破壊的に飛び回っている。ロケット花火がキラキラ輝く銀色の星を長々と噴射しながら、壁に当たって跳ね返っている。線香花火は勝手に空中に文字を書いて悪態をついている。ハリーの目の届くかぎりのいたる所で、爆竹が地雷のように爆発している。普通なら燃え尽きたり消えたり動きを止めたりするはずなのに、この奇跡の仕掛け花火は、ハリーが見つめれば見つめるほどエネルギーを増しているようだ。

フィルチとアンブリッジは恐怖で身動きができないらしく、階段の途中に立ちすくんでいた。ハリーが見ている前で、大きめのネズミ花火がもっと広い場所で動こうと決めたらしく、アンブリッジとフィルチに向かってシュルシュルシュルシュルと不気味な音を立てながら回転していく。二人とも恐怖の悲鳴を上げて身をかわした。するとネズミ花火はそのまままっすぐ二人の背後の窓から飛び出し、校庭に出ていった。

その間、ドラゴンが数匹と不気味な煙を吐《は》いていた大きな紫のコウモリが、廊下の突き当たりのドアが開いているのをいいことに、三階に抜け出した。

「早く、フィルチ、早く！」アンブリッジが金切り声を上げる。「なんとかしないと、学校中に広がるわ――『ステューピファイ！　麻痺《まひ》せよ！』」

アンブリッジの杖先《つえさき》から、赤い光が飛び出し、ロケット花火の一つに命中した。空中で固まるどころか、花火は大爆発し、野原の真ん中にいるセンチメンタルな顔の魔女の絵に穴をあけた。魔女は間一髪で逃げ出し、数秒後に隣の絵にむりやり入り込んだ。隣の絵でトランプをしていた魔法使いが二人、急いで立ち上がって魔女のために場所をあけた。

「失神させてはダメ、フィルチ！」アンブリッジが怒ったようにさけんでいる。まるで、呪文を唱えたのは、なにがなんでもフィルチだったかのような言い種《ぐさ》だ。

「承知しました。校長先生！」フィルチがゼイゼイ声で応じる。できそこないのスクイブのフィルチには、花火を「失神」させるなど、花火を飲み込むと同じぐらい不可能な技だ。フィルチは近くの倉庫に飛び込んで箒《ほうき》を引っ張り出し、空中の花火をたたき落としはじめたが、数秒後には箒の先が燃え出していた。

ハリーは光景を満喫《まんきつ》し、笑いながら頭を低くして駆け出した。ちょっと先の廊下に掛かったタペストリーの裏に、隠れたドアがあることを知っている。滑り込むと、そここにフレッドとジョージが隠れていた。アンブリッジとフィルチがさけぶのを聞きながら、声を押し殺し、体を震わせて笑いこけている。

「すごいよ」ハリーはニヤッと笑いながら低い声で敬嘆《きょうたん》した。「ほんとにすごい……君たちのおかげで、ドクター・フィリバスターも商売上がったりだよ。まちがいない……」

「ありがと」ジョージが笑いすぎて流れた涙を拭《ふ》きながら小声で礼を言う。「ああ、あいつが次は『消失呪文《しょうしつ》』を使ってくれるといいんだけどな……そのたびに花火が十倍に増えるんだ」

花火は燃え続け、午後には学校中に広がった。甚大《じんだい》な被害を引き起こし、とくに爆竹によるものがひどかったわりには、先生方はあまり気にしていないようだ。

「おや、まあ」マクゴナガル先生は、自分の教室のまわりにドラゴンが一匹舞い上がり、バンバン大きな音を出したり火を吐《は》いたりするのを見て、茶化すように言った。「ミス・ブラウン。校長先生のところに行って、教室に逃亡した花火がいると報告してくれませんか?」

結局のところアンブリッジは、校長として最初の日の午後を、学校中を飛び回って過ごした。先生方が、校長なしではなぜか自分の教室から花火を追いはらえないと呼び出したからだ。最後の終業ベルが鳴り、鞄を持ってグリフィンドール塔に帰る途中、ハリーは、フリットウィック先生の教室からよれよれになって出てくるアンブリッジを目撃した。髪を振り乱し、煤《すす》だらけで汗ばんだ顔のアンブリッジに、ハリーは大いに満足した。

「先生、どうもありがとう！」フリットウィック先生の小さなキーキー声が聞こえた。「線香花火はもちろん私でも退治できたのですが、なにしろそんな権限があるかどうかはっきりわからなかったのでね」先生はにっこり笑って、噛《か》みつきそうな顔のアンブリッジの鼻先で教室のドアを閉めた。

その夜のグリフィンドール談話室で、フレッドとジョージは英雄だった。ハーマイオニーでさえ、興奮した生徒たちをかき分けて二人におめでとうを言った。

「すばらしい花火だったわ」ハーマイオニーが称賛した。

「ありがとよ」ジョージは、驚いたようなうれしいような顔をした。「『ウィーズリーの暴れバンバン花火』さ。問題は、ありったけの在庫を使っちまったから、またゼロから作りなおししなくちゃならない」

「それだけの価値ありだったよ」フレッドは大騒ぎのグリフィンドール生から注文を取りながら言った。「順番待ちリストに名前を書くなら、ハーマイオニー、『基本火遊びセット』が五ガリオン、『デラックス大爆発』が二十ガリオン……」

ハーマイオニーはハリーとロンのいるテーブルにもどってきた。二人とも、中の宿題が飛び出して、ひとりで勝手に片づいてくれないかとでも思っているような顔で鞄を睨《にら》んでいた。

「さあ、今晩は休みにしたら？」ハーマイオニーが朗らかに声をかける。ちょうどそのとき、ウィーズリー・ロケット花火が銀色の尾を引いて窓の外を通り過ぎていった。「だって、金曜からはイースター休暇だし、そしたら時間はたっぷりあるわ」

「気分は悪くないか？」ロンが、信じられないという顔でハーマイオニーを見つめる。

「聞かれたから言うけど」ハーマイオニーはうれしそうに答えた。「なんて言うか……いまの気分はちょっと……反抗的なの」

一時間後、二人で寝室にもどってきたハリーとロンに、逃げた爆竹のバンバンという音がまだ遠くで聞こえていた。服を脱いでいると、線香花火が塔の前をふわふわ飛んでいく。しっかりと文字を描き続けている――クソ～――。

ハリーはあくびをしてベッドに入った。メガネを外すと、窓の外をときどき通り過ぎる花火がぼやけて、暗い空に浮かぶ美しくも神秘的なきらめく雲のように見えた。アンブリッジは、ダンブルドアの仕事に就いての一日目をどんなふうに感じているだろうと思いながら、ハリーは横向きになった。そして、ほとんど一日中、学校が大混乱だったと聞いたらファッジはどんな反応を示すのだろうと、ひとりでにやにやしながら目を閉じた……。

校庭に逃げ出した花火の、シュルシュル、バンバンという音が、遠退《の》いたような気がする……いや、もしかしたら、ハリーが花火から急速に遠ざかっていたのかもしれない……。

ハリーは、まっすぐ神秘部に続く廊下に降り立った。飾りもなにもない黒い扉に向かって、ハリーは急いでいた……開け……開け……。

扉が開く。ハリーは同じような扉がずらりと並ぶ円い部屋の中にいた……部屋を横切り、ほかとまったく見分けのつかない扉の一つに手をかけた。扉がパッと内側に開く……。

いまハリーは、細長い、長方形の部屋の中にいる。部屋は機械的なコチコチという奇妙な音で一杯だ。壁には点々と灯《あか》りが踊っている。しかし、ハリーは立ち止まって調べはしなかった……先に進まなければ……。

一番奥に扉がある……その扉も、ハリーが触れると開いた……。

薄明かりの、教会のように高く広い部屋で、何段も何段も高くそびえる棚があり、その一つひとつに、小さな埃《ほこり》っぽいガラス繊維の球が置いてある……いまやハリーの心臓は、興奮で激しく拍動していた……どこに行くべきかはわかっている……ハリーは駆け出した。しかし、人気のない巨大な部屋は、ハリーの足音をまったく響かせない……。

この部屋に、自分の欲しいものが、とても欲しいものがあるのだ……。

自分の欲しいもの……それともほかのだれかが欲しいもの……。

ハリーの傷痕《きずあと》が痛んだ……。

バーン!

ハリーはたちまち目を覚ました。混乱し、腹が立った。暗い寝室は笑い声に満ちていた。

「かっこいい!」窓の前に立つシェーマスの黒い影が興奮している。「ネズミ花火とロケット花火がぶつかって、ドッキングしちゃったぜ。きて見てごらんよ!」

ロンとディーンがよく見ようと、あわててベッドから飛び出す音が聞こえる。ハリーは黙って、身動きもせずに横たわっていた。傷痕の痛みは薄らいでいたが、代わって失望感がひたひたと押し寄せてきた。すばらしいご馳走が、最後の最後に引ったくられたような気分だった……今度こそあんなに近づいていたのに。

ピンクと銀色に輝く羽の生えた子豚が、ちょうどグリフィンドール塔を飛び過ぎていくところだった。その下でグリフィンドール生がウワーッと歓声を上げるのを、ハリーは横たわったまま聞いていた。明日の夜、「閉心術」の訓練があることを思い出すと、ハリーの胃袋が揺れ、吐《は》き気がした。

一番新しい夢で神秘部にさらに深く入り込んだことをスネイプが知ったら、なんと言うだろう。次の日、ハリーは一日中それを恐れていた。前回の特訓以来、一度も「閉心術」を練習していなかったことに、ハリーは罪悪感が込み上げてきていた。ダンブルドアがいなくなってからあまりにいろいろなことが起こり、たとえ努力したところで心を空にすることなどできなかったろう。しかし、そんな言い訳はスネイプには通じないだろう。

その日の授業中、泥縄式にハリーは少しだけ練習をしてみたが、うまくいかなかった。すべての想念や感情を閉め出そうとして黙りこくると、そのたびにハーマイオニーがどうかしたのかと聞いてくる。それでなくても、先生方が復習の質問を次々とぶつけてくる授業中は、頭を空にするのに最適の時間とは言えなかった。しかし、最悪を覚悟し、ハリーは夕食後、スネイプの研究室に向かった。しかし、玄関ホールを半分ほど横切ったところで、チョウが息せき切って追ってきた。

「こっちへ」スネイプと会う時間を先延ばしにする理由ができたのがうれしくて、ハリーはチョウに合図し、玄関ホールの巨大な砂時計の置いてある片隅に呼び込んだ。グリフィンドールの砂時計は、いまやほとんど空だ。

「大丈夫かい？　アンブリッジが君にＤＡのことを聞いたりしなかった？」

「ううん」チョウが急いで答えた。「そうじゃないの。ただ……あの、私、あなたに言いたくて……ハリー、マリエッタが告げ口するなんて、私、夢にも……」

「ああ、まあ」ハリーは塞ぎ込んで声を出した。

チョウは友達選びにもう少し慎重であるべきだと思ったのは確かだ。最新情報では、マリエッタがまだ入院中で、マダム・ポンフリーは吹出物をまったくどうすることもできないと聞いていたが、それでもハリーの腹の虫は治まらなかった。

「マリエッタはとってもいい人よ」チョウが言う。「過ちを犯しただけなの――」

ハリーは信じられないという顔でチョウを見た。

「過ちを犯したけどいい人？　あの子は君も含めて、僕たち全員を売ったんだ！」

「でも……全員逃げたでしょう？」チョウがすがるように言った。「あのね、マリエッタのママは魔法省に勤めているの。あの人にとっては、本当に難しいこと――」

「ロンのパパだって魔法省に勤めてるよ！」ハリーは憤慨した。「それに、気づいてないなら言うけど、ロンの顔には『密告者』なんて書いてない――」

「ハーマイオニー・グレンジャーって、ほんとにひどいやり方をするのね」チョウの口調が激しくなった。「あの名簿に呪いをかけたのなら、そう私たちに教えるべきだったわ――」

「僕はすばらしい考えだったと思う」ハリーは冷たく言い返した。

チョウの顔にパッと血が上り、目が光り出した。

「ああ、そうだった。忘れていたわ——もちろん、あれはいとしいハーマイオニーのお考えだったわね——」

「また泣き出すのはごめんだよ」警戒するようにハリーが言う。

「そんなつもりはないわ！」チョウがさけんだ。

「そう……じゃあ……よかった」ハリーが言い足した。「僕、いま、いろいろやることがいっぱいで大変なんだ」

「じゃ、さっさとやればいいでしょう！」チョウは怒ってくるりと背を向け、つんつんと去っていった。

ハリーは憤慨しながらスネイプの地下牢への階段を下りていった。怒ったり恨んだりしながらスネイプのところに行けば、スネイプはよりやすやすとハリーの心に侵入するだろう。いままでの経験でわかってはいたが、研究室のドアにたどり着くまでずっと、マリエッタのことについてはチョウにもう少し言ってやるべきだったという思いが残り、結局どうにもならなかった。

「遅刻だぞ、ポッター」ハリーがドアを閉めると、スネイプの冷たい声が降ってきた。

スネイプは、ハリーに背を向けて立ち、いつものように想いをいくつか取り出してはダンブルドアの「憂《うれ》いの篩《ふるい》」に注意深くしまっていた。最後の銀色の一筋を石の水《すい》盆《ぼん》にしまい終わると、スネイプはハリーに振り向いた。

「で？」スネイプが言う。「練習はしていたのか？」

「はい」ハリーはスネイプの机の脚の一本をしっかり見つめながら、嘘をついた。

「まあ、すぐにわかることだ」スネイプはよどみない。「杖《つえ》を構えろ、ポッター」

ハリーはいつもの場所に移動し、机を挟んでスネイプと向き合った。チョウへの怒りと、スネイプが自分の心をどのぐらい引っ張り出すのだろうかという不安で、ハリーの鼓動はピークに達している。

「では、三つ数える」スネイプが面倒くさそうに言う。「一――二――」

部屋のドアがバタンと開き、ドラコ・マルフォイが走り込んできた。

「スネイプ先生――あっ――すみません――」

マルフォイはスネイプとハリーを、少し驚いた顔で見ている。

「かまわん、ドラコ」スネイプが杖を下ろしながら言った。「ポッターは『魔法薬』の補習授業にきている」

マルフォイのこんなにうれしそうな顔は、アンブリッジがハグリッドの査察《ささつ》にきて以来だ。

「知りませんでした」マルフォイはハリーを意地の悪い目つきで見、ハリーは自分でも顔が真っ赤になっているのがわかった。マルフォイに向かって、本当のことをさけぶことができたらどんなにいいだろう。――いや、いっそ、強力な呪いをかけてやれたらもっといい。

「さて、ドラコ、なんの用だね？」スネイプが聞いた。

「アンブリッジ先生のご用で――スネイプ先生に助けていただきたいそうです」マルフォイが答えた。「モンタギューが見つかったんです、先生。五階のトイレに詰まっていました」

「どうやってそんなところに？」スネイプが詰問した。

「わかりません、先生。モンタギューは少し混乱しています」

「よし、わかった。ポッター」スネイプが振り返った。「この授業は明日の夕方にやりなおしだ」

スネイプは向きを変えて研究室からさっと出ていった。あとについて部屋を出る前に、マルフォイはスネイプの背後で、口の形だけでハリーに示した。

「ま・ほ・う・や・く・の・ほ・しゅ・う？」

怒りで煮えくり返りながら、ハリーは杖をローブにしまい、部屋を出ようとした。どのみち二十四時間は練習できる。危ういところを逃れられたのはありがたかったが、「魔法薬」の補習をしていたとマルフォイが学校中に触れ回るという代償つきでは、素直に喜べない。

研究室のドアのところまできたとき、扉の枠にちらちらと灯《あか》りが踊るのが見えた。ハリーの足が止まる。立ち止まって灯りを見た。なにか思い出しそうだ……思い出した。昨夜の夢で見た灯りにどこか似ている。神秘部を通り抜けるあの旅で、二番目に通り過ぎた部屋の灯りだ。

ハリーは振り返った。その灯りは、スネイプの机に置かれた「憂《うれ》いの篩《ふるい》」から射している。銀白色のものが中に吸い込まれ、渦巻いている。スネイプの想《おも》い……まぐれでスネイプの護りが破られたときに、ハリーに見られたくないもの……。ハリーは「憂いの篩」をじっと見た。好奇心がわき上がってくる……。スネイプがそんなにもハリーから隠したかったのは、なんだろう？

銀色の灯りが壁に揺らめいた……ハリーは考え込みながら、机に二歩近づいた。もしかして、スネイプが絶対に見せたくないものはと、神秘部についての情報ではないのだろうか？

ハリーは背後を見た。心臓がこれまで以上に強く速く拍動している。スネイプがモンタギューを助け出すのに、どのくらいかかるだろう？　そのあとまっすぐ研究室にもどるだろうか、それともモンタギューを連れて医務室に行くだろうか？　絶対医務室だ……モンタギューはスリザリンのクィディッチ・チームのキャプテンだもの。スネイプは、モンタギューが大丈夫だということを確かめたいにちがいない。

ハリーは「憂いの篩」まで近づき、その上にかがみ込み、その深みをじっと見つめた。ハリーは躊躇《ちゅうちょ》し、耳を澄ませ、それからふたたび杖《つえ》を取り出した。研究室も、外の廊下もしんとしている。ハリーは杖の先で、「憂いの篩」の中身を軽く突いた。中の銀色の物質が、急速に渦を巻き出す。覗き込むと、中身が透明になっているのが見える。またしてもハリーは、天井の丸窓から覗き込むような形で、一つの部屋を覗いていた……いや、もし見当ちがいでなければ、そこは大広間だ。

ハリーの息が、スネイプの想いの表面を本当に曇らせている……脳みそが停止したみたいだ……強い誘惑に駆られてこんなことをするのは、正気の沙汰じゃない……ハリーは震えていた……スネイプはいまにももどってくるかもしれない……しかし、チョウのあの怒り、マルフォイの嘲《あざけ》るような顔を思い出すと、ハリーはどうにでもなれと向こう見ずな気持ちになっていた。

ハリーは大きく息を吸い込み、顔をガブッとスネイプの想いに突っ込んだ。たちまち、研究室の床が傾き、ハリーは「憂いの篩」に頭からのめり込んだ……。

冷たい暗闇の中を、ハリーは独楽《こま》のように回りながら落ちていく。そして――。

ハリーは大広間の真ん中に立っていた。しかし、四つの寮のテーブルはない。代わりに百以上の小机が、みな同じ方向を向いて並んでいる。それぞれに生徒が座り、うつむいて羊皮紙《ようひし》になにかを書いている。聞こえる音といえば、カリカリという羽根ペンの音と、ときどきだれかが羊皮紙をずらす音だけだ。試験の最中にちがいない。

高窓から陽の光が流れ込んでうつむいた頭に射しかかり、明るい光の中で髪が栗色や銅色、金色に輝いている。ハリーは注意深くまわりを見回した。スネイプがどこかにいるはずだ……これはスネイプの記憶なのだから……。

見つけた。ハリーのすぐ後ろの小机だ。ハリーは目をみはった。十代のスネイプは、筋張って生気のない感じだ。ちょうど、暗がりで育った植物のよう。髪は脂《あぶら》っこく、だらりと垂れて机の上で揺れている。鉤鼻《かぎばな》を羊皮紙《ようひし》にくっつけんばかりにして、必死に書き込んでいる。ハリーはその背後に回り、試験の題を見た。

「闇の魔術に対する防衛術——普通魔法レベル《OWL》」

するとスネイプは十五か十六で、ハリーと同じくらいの年だ。スネイプの手が羊皮紙の上を飛ぶように動いている。少なくとも一番近くにいる生徒たちより三十センチは長く、しかも細かい字でびっしりと書いてある。

「あと五分！」

その声でハリーは飛び上がった。振り向くと、少し離れたところに机の間を動いているフリットウィック先生の頭のてっぺんが見えた。フリットウィック先生はくしゃくしゃな黒髪の男子の脇を通り過ぎた……本当にくしゃくしゃな黒髪だ……。

ハリーはすばやく動いた。あまりに速くて、もし体があったら机をいくつかなぎ倒していたかもしれない。そうはならず、ハリーは夢の中のようにするすると机の間の通路を二つ過ぎ、三つ目に移動した。黒髪の男子の後頭部が徐々に近づいてくる……背筋を伸ばし、羽根ペンを置き、自分の書いたものを読み返そうと羊皮紙の巻物を手繰《たぐ》り寄せている……。

ハリーは机の前で止まり、十五歳の父親をじっと見下ろした。

胸の奥で興奮がはじけた。自分自身を見つめているようだったが、わざとそうしたようなちがいがいくつかある。ジェームズの目はハシバミ色で、鼻はハリーより少し高い。それにもちろん額《ひたい》に傷痕《きずあと》はない。しかし、ハリー同様細面で、口も眉《まゆ》も同じだ。ジェームズの髪は、ハリーと同じく頭の後ろでぴんぴん突っ立っている。両手は、まさにハリーの手と言ってもいいぐらいだ。それに、立ち上がったジェームズの背丈は、ハリーと数センチとちがわないだろうと見当がつく。

ジェームズは大あくびをし、髪をかきむしってますますくしゃくしゃにした。それからフリットウィック先生をちらりと見て、椅子に座ったまま振り返り、四列後ろの少年を見てにやりとした。

ハリーはまた興奮でドキッとした。シリウスがジェームズに親指を上げて、オーケーの合図をしている。シリウスは椅子をそっくり返らせて二本脚で支え、のんびりもたれかかっていた。とてもハンサムだ。黒髪が、ジェームズもハリーも絶対まねのできないやり方で、はらりと優雅に目のあたりにかかっている。すぐ後ろに座る女の子が気を引きたそうな目をシリウスに向けているが、シリウスは気づかない様子だ。その女子の横二つ目の席に――ハリーの胃袋が、またまたうれしさにくねった――リーマス・ルーピンがいる。かなり青白く、病気のようだ（満月が近いのだろうか？）。試験に没頭している。答えを読み返しながら羽根ペンの羽根の先で顎《あご》をかき、少し顔をしかめている。

ということは、ワームテールもどこかそのあたりにいるはずだ……やはりいた。すぐ見つかった。鼻の尖《とが》った、くすんだ茶色の髪の小さな少年。不安そうだ。爪を噛《か》み、答案をじっと見ながら足の指で床をひっかいている。ときどきあわよくばと、まわりの生徒の答案を盗み見ている。ハリーはしばらくワームテールを見つめ、そしてジェームズに視線をもどした。今度は、羊皮紙《ようひし》の切れ端に落書きをしている。スニッチを描き、「L・E」という文字をなぞっている。なんの略字だろう？

「はい、羽根ペンを置いて！」フリットウィック先生がキーキー声を発っした。「こら、君もだよ、ステビンス！　答案羊皮紙を集める間、席を立たないように！『アクシオ、答案用紙！』」

百巻以上の羊皮紙が宙を飛んでフリットウィック先生の伸ばした両腕に飛び込み、

先生を反動で吹き飛ばした。何人かの生徒が笑い、前列の数人が立ち上がってフリットウィック先生の肘《ひじ》を抱え助け起こした。

「ありがとう……ありがとう」フリットウィック先生は喘《あえ》ぎながら言う。「さあ、みなさん、出てよろしい！」

ハリーは父親を見下ろした。すると、落書きでいろいろ飾り模様をつけていた「L・E」をぐしゃぐしゃっと消して勢いよく立ち上がり、鞄に羽根ペンと試験用紙を入れてポンと肩にかけ、シリウスがくるのを待っている。

ハリーは、振り返って少し離れたスネイプを見た。玄関ホールへの扉に向かって机の間を歩いていく。まだ問題用紙をじっと見ている。猫背なのに角ばった体つきで、ぎくしゃくした歩き方は蜘蛛《くも》を思わせた。脂《あぶら》っぽい髪が、顔のまわりでばさばさ揺れている。

ペチャクチャしゃべる女子生徒の群れが、スネイプと、ジェームズ、シリウス、ルーピンとを分けていた。その群れの真ん中に身を置き、ハリーはスネイプの姿を捕えたままで、ジェームズたちの声をなんとか聞けるようにした。

「ムーニー、第十問は気に入ったかい？」玄関ホールに出ると、シリウスが聞いた。

「ばっちりさ」ルーピンがきびきびと答える。「狼人間を見分ける五つの兆候を挙げよ。いい問題だ」

「全部の兆候を挙げられたのか？」ジェームズが心配げな声を出した。

「そう思うよ」太陽の降り注ぐ校庭に出ようと正面扉に集まってきた生徒の群れに加わりながら、ルーピンがまじめな顔で答えた。「一、狼人間は僕の椅子に座っている。二、狼人間は僕の服を着ている。三、狼人間の名はリーマス・ルーピン」

笑わなかったのはワームテールだけだった。「僕の答えは、口元の形、瞳孔《どうこう》、ふさふさの尻尾《しっぽ》」ワームテールが心配そうに言った。「でも、そのほかは考えつかなかった――」

「ワームテール、おまえ、ばかじゃないか？」ジェームズが焦《じ》れったそうに言った。「一か月に一度は狼人間に出会ってるじゃないか――」

「小さい声で頼むよ」ルーピンが哀願した。

ハリーは、スネイプが気になってまた振り返った。問題用紙に没頭したままで、まだ近くにいた――しかし、これはスネイプの記憶だ。いったん校庭に出て、スネイプが別な方向に歩き出したならば、ハリーはもうジェームズを追うことができないのは明らかなこと。しかし、ジェームズと三人の友達が湖に向かって芝生を闊歩《かっぽ》し出すと――ああよかった――スネイプもついてくる。まだ試験問題を熟読していて、どうやらどこに行くというはっきりした考えもないらしい。スネイプより少し前を歩くことで、ハリーはなんとかジェームズたちを観察し続けることができた。

「まあ、僕はあんな試験、楽勝だと思ったね」シリウスの声が聞こえる。「少なくとも僕は、『O・優』が取れなきゃおかしい」

「僕もさ」そう言うと、ジェームズはポケットに手を突っ込み、パタパタもがく金色のスニッチを取り出した。

「どこで手に入れた？」

「ちょいと失敬したのさ」ジェームズが事もなげに言う。

ジェームズはスニッチをもてあそびはじめた。三十センチほど逃がしてはパッと捕まえる。すばらしい反射神経だ。ワームテールが感服し切ったように眺めている。

四人は湖の端にあるブナの木陰で立ち止まった。ハリーも、ロンとハーマイオニーの三人で宿題をすませるのにそのブナの木の下で日曜日を過ごしたことがある。四人は芝生に体を投げ出した。ハリーはまた後ろを振り返る。なんとうれしいことに、スネイプは灌木《かんぼく》の茂みの暗がりで芝生に腰を下ろしていた。相変わらずOWL《ふくろう》試験問題に没頭している。おかげでハリーは、ブナの木と灌木の間に腰を下ろし、木陰の四人組を眺め続けることができた。陽の光が滑らかな湖面にまぶしく、大広間からさっき出てきた女子生徒のグループが、岸辺に座って笑いさざめきながら、靴もソックスも脱ぎ、足を水につけて涼《すず》んでいた。

ルーピンは本を取り出して読みはじめた。シリウスは芝生ではしゃいでいる生徒たちをじっと見回している。少し高慢ちきに構え、退屈している様子だったが、それが実にハンサムだ。ジェームズは相変わらずスニッチと戯《たわむ》れていた。徐々に遠くに逃がし、ほとんど逃げられそうになりながら、最後の瞬間に必ず捕まえた。ワームテールは口をぽかんと開けてジェームズを見ている。とくに難しい技で捕まえるたびに、ワームテールは息を呑《の》み、手をたたいた。五分ほど見ているうちに、ハリーは、どうしてジェームズがワームテールに騒ぐなと言わないのか気になった。しかし、ジェームズは注目されるのを楽しんでいるようだ。父親を見ていると、髪をくしゃくしゃにする癖がある。わざとあまりきちんとならないようにしているようだ。それに、始終水辺の女の子たちのほうを見ている。

「それ、しまえよ」ジェームズがすばらしいキャッチを見せ、ワームテールが歓声を上げる横で、シリウスがとうとう声を上げた。「ワームテールが興奮して漏《も》らしっちまう前に」

ワームテールが少し赤くなったが、ジェームズはニヤッとした。

「君が気になるならね」ジェームズはスニッチをポケットにしまう。シリウスだけがジェームズの見せびらかしをやめさせることができるのだと、これを見てハリーはそう感じた。

「退屈だ」シリウスが言った。「満月だったらいいのに」

「君はそう思うかもな」ルーピンが本の陰から暗い声を出す。「まだ『変身術』の試験がある。退屈なら、僕に問題を出してくれよ。さあ……」ルーピンが本を差し出した。

しかし、シリウスはフンと鼻を鳴らした。

「そんなくだらない本は要らないよ。全部知ってる」

「これで楽しくなるかもしれないぜ、パッドフット」ジェームズがこっそり言った。「あそこにいるやつを見ろよ……」

シリウスが振り向く。そして、ウサギの臭いを嗅《か》ぎつけた猟犬のように、じっと動かなくなった。

「いいぞ」シリウスが低い声でうなった。「スニベルスだ《なきみそ》」

ハリーは振り返ってシリウスの視線を追った。

スネイプが立ち上がり、鞄にＯＷＬ《ふくろう》試験用紙をしまっている。スネイプが灌木《かんぼく》の陰を出て芝生を歩きはじめると、シリウスとジェームズが立ち上がった。

ルーピンとワームテールは座ったままだ。ルーピンは本を見つめたままだったが、目は動いていなかったし、かすかに眉根《まゆね》にしわを寄せている。ワームテールはわくわくした表情を浮かべ、シリウスとジェームズからスネイプへと視線を移している。

「スニベルス、元気か？」ジェームズが大声で呼びかける。

スネイプはまるで攻撃されるのを予測していたかのように、すばやく反応した。鞄を捨て、ローブに手を突っ込み、杖《つえ》を半分ほど振り上げた。そのときジェームズがさけんだ。

「エクスペリアームス！　武器よ去れ！」

スネイプの杖が、三、四メートル宙を飛び、トンと小さな音を立てて背後の芝生に落ちた。シリウスが吠《ほ》えるような笑い声を上げる。

「インペディメンタ！　妨害せよ！」シリウスがスネイプに杖を向けて唱えた。スネイプは落ちた杖に飛びつく途中で、撥《は》ね飛ばされた。

まわりにいた生徒たちが振り向いて見た。何人かは立ち上がってそろそろと近づいてくる。心配そうな顔をしている者もあれば、おもしろがっている者もいる。

スネイプは荒い息をしながら地面に横たわっていた。ジェームズとシリウスが杖を上げてスネイプに近づいてくる。途中でジェームズは、水辺にいる女の子たちを肩越しにちらりと振り返った。ワームテールもいまや立ち上がり、よく見ようとルーピンのまわりをじわじわ回り込み、意地汚い顔で眺めている。

「試験はどうだった？　スニベリー？」ジェームズが聞く。

「僕が見ていたら、こいつ、鼻を羊皮紙《ようひし》にくっつけてたぜ」シリウスが意地悪く皮肉る。「大きな油染みだらけの答案じゃ、先生方は一語も読めないだろうな」

見物人の何人かが笑う。スネイプは明らかに嫌われ者だ。ワームテールもかん高い冷やかしの笑い声を上げた。スネイプは起き上がろうとしたが、呪いがまだ効いている。見えない縄で縛られているかのように、スネイプはもがいた。

「いまに——見てろ」スネイプは喘《あえ》ぎながら、憎しみそのものという表情でジェームズを睨《にら》みつけた。「憶《おぼ》えてろ！」

「なにを？」シリウスが冷たく問いかける。「なにをするつもりなんだ？　スニベリー？　僕たちに洟《はな》でもひっかけるつもりか？」

スネイプは悪態と呪いを一緒くたに次々と吐《は》きかけたが、杖が三メートルも離れていてはなんの効き目もない。

「口が汚いぞ」ジェームズが冷たく唱える。「スコージファイ！　清めよ！」

たちまち、スネイプの口からピンクのシャボン玉が吹き出した。泡で口が覆われ、スネイプは吐き、咽《む》せた。

「やめなさい！」

ジェームズとシリウスがあたりを見回した。ジェームズの空いているほうの手が、すぐさま髪に飛ぶ。

湖のほとりにいた女の子の一人だ。たっぷりとした濃い赤毛が肩まで流れ、驚くほど緑色の、アーモンド形の眼《め》——ハリーの眼。ハリーの母親だ。

「元気かい、エバンズ？」ジェームズの声が突然、快活で、深く大人びた調子になった。

「彼にかまわないで」リリーが凛《りん》として言う。ジェームズを見る目が、徹底的に大嫌いだと言っている。「彼があなたになにをしたと言うの？」

「そうだな」ジェームズはそのことを考えるような様子をした。「むしろ、こいつが存在するって事実そのものかな。わかるよね……」

取り巻いている学生の多くが笑った。シリウスもワームテールも笑った。しかし、本に没頭しているふりを続けているルーピンも、リリーも笑わなかった。

「冗談のつもりでしょうけど」リリーが冷たく言い放った。「でも、ポッター、あなたはただの傲慢《ごうまん》で弱い者いじめの、いやなやつだわ。彼にかまわないで」

「エバンズ、僕とデートしてくれたら、やめるよ」ジェームズがすかさず返した。「どうだい……僕とデートしてくれれば、親愛なるスニベリーには二度と杖《つえ》を上げないけどな」

ジェームズの背後で、「妨害の呪い」の効き目が切れてきたスネイプが、石鹸《せっけん》の泡を吐《は》き出しながら、落とした杖のほうにじりじりとにじり寄っていた。

「あなたか巨大イカのどちらかを選ぶことになっても、あなたとはデートしないわ」リリーが斬り捨てた。

「残念だったな、プロングズ」シリウスは朗らかにそう言うと、スネイプのほうを振り返った。「おっと！」

しかし遅かった。スネイプは杖をまっすぐにジェームズに向けている。閃光《せんこう》が走り、ジェームズの頬がパックリ割れ、ローブに血が滴《したた》った。ジェームズがくるりと振り返る。二度目の閃光が走ったあと、スネイプは空中に逆さまに浮かんでいた。ローブが顔に覆いかぶさり、やせこけた青白い両足と、灰色に汚れたパンツがむき出しになる。

小さな群れをなしていた生徒たちの多くが囃《はや》し立てる。シリウス、ジェームズ、ワームテールの三人は大声で笑った。

リリーの怒った顔に、一瞬笑いのひくつきが顔を出したが、「下ろしなさい！」と非難するように言った。

「承知しました」そう言うなり、ジェームズは杖をくいっと上に振る。スネイプは地面に落ちてくしゃくしゃっと丸まった。からまったローブから抜け出すと、スネイプはすばやく立ち上がり杖を構えた。しかし、シリウスの「ペトリフィカス　トタルス！　石になれ！」の声に、スネイプはまた転倒して一枚板のように固くなった。

「彼にかまわないでって言ってるでしょう！」リリーがさけんだ。いまやリリーも杖を取り出している。ジェームズとシリウスが、油断なく杖を見た。

「ああ、エバンズ、君に呪いをかけたくないんだ」ジェームズがまじめに言う。

「それなら、呪いを解きなさい！」

ジェームズは深いため息をつき、スネイプに向かって反対呪文を唱えた。

「ほーら」スネイプがやっと立ち上がると、ジェームズが言った。「スニベルス、エバンズが居合わせて、ラッキーだったな――」

「あんな汚らしい『穢《けが》れた血』の助けなんか、必要ない！」

リリーは目を瞬《しばたた》く。

「結構よ」リリーは冷静に言った。「これからは邪魔しないわ。それに、スニベルス、パンツは洗濯したほうがいいわね」

「エバンズに謝れ！」ジェームズがスネイプに向かって脅すように杖《つえ》を突きつけ、吠《ほ》えた。

「あなたからスネイプに謝れなんて言って欲しくないわ」リリーがジェームズのほうに向きなおってさけんだ。「あなたもスネイプと同罪よ」

「えっ？」ジェームズが素頓狂《すっとんきょう》な声を上げる。「僕は一度も君のことを――なんとかかんとかなんて！」

「かっこよく見せようと思って、箒《ほうき》から降りたばかりみたいに髪を乱してみたり、つまらないスニッチなんかで見せびらかしたり、呪文がうまいからといって、気に入らないと廊下でだれかれかまわず呪いをかけたり――そんな思い上がりでふくらんだ頭を乗せて、よく箒が離陸できるわね。あなたを見てると吐《は》き気がするわ」

リリーはくるりと背を向けて、足早に行ってしまった。

「エバンズ！」ジェームズが追いかけるように呼ぶ。「おーい、エバンズ！」

しかし、リリーは振り向かなかった。

「あいつ、どういうつもりだ？」ジェームズは、どうでもいい質問だがというさりげない顔を装おうとして、装い切れなかった。

「つらつら行間を読むに、友よ、彼女は君がちょっと自惚《うぬぼ》れていると思ってるな」シリウスがからかった。

「よーし」ジェームズが、今度は頭にきたという顔をした。「よし――」

また閃光《せんこう》が走り、スネイプはまたしても逆さ宙吊りになった。

「だれか、僕がスニベリーのパンツを脱がせるのを見たいやつはいるか？」

ジェームズが本当にスネイプのパンツを脱がせたかどうか、ハリーにはわからずじまいだった。だれかの手が、ハリーの二の腕をぎゅっとつかみ、ペンチで締めつけるようににぎった。痛さに怯《ひる》みながら、ハリーはだれだろうと見回した。恐怖の戦慄《せんりつ》が走った。成長し切ったおとなサイズのスネイプが、ハリーのすぐ横で、怒りに蒼白《そうはく》となって立っているのが目に入ったのだ。

「楽しいか？」

ハリーは体が宙に浮くのを感じた。周囲の夏の日がパッと消え、ハリーは氷のような暗闇を浮き上がっていく。スネイプの手は、ハリーの二の腕をしっかりにぎったまままだ。そして、空中で宙返りしたようなふわっとした感じとともに、ハリーの両足がスネイプの地下牢教室の石の床を打った。ハリーはふたたび、薄暗い現在の魔法薬学教授研究室の、スネイプの机に置かれた「憂《うれ》いの篩《ふるい》」のそばに立っていた。

「すると」スネイプに二の腕をきつくにぎられているせいで、ハリーの手が痺《しび》れてきた。「すると……お楽しみだったわけだな？　ポッター？」

「い、いいえ」ハリーは腕を振り離そうとした。

恐ろしかった。スネイプは唇をわなわな震わせ、蒼白《そうはく》な顔で歯をむき出している。

「おまえの父親は、愉快な男だったな？」スネイプが激しくハリーを揺すぶったので、メガネが鼻からずり落ちた。

「僕は――そうは――」

スネイプはありったけの力でハリーを投げ出した。ハリーは地下牢の床にたたきつけられた。

「見たことは、だれにもしゃべるな！」スネイプがわめいた。

「はい」ハリーはできるだけスネイプから離れて立ち上がった。「はい、もちろん、僕――」

「出ていけ、出るんだ。この研究室で、二度とその面見たくない！」

ドアに向かって疾走するハリーの頭上で、死んだゴキブリの入った瓶《びん》が爆発した。ハリーはドアをぐいと開け、飛ぶように廊下を走った。スネイプとの距離が三階分隔たるまで止まらなかった。そこでやっとハリーは壁にもたれ、ハァハァ言いながらまだ痺《しび》れている腕を揉《も》んだ。

早々とグリフィンドール塔にもどるつもりもなく、ロンやハーマイオニーにいま見たことを話す気にもなれなかった。ハリーは恐ろしく、悲しかった。どなられたからでも、瓶を投げつけられたからでもない。見物人のど真ん中で辱《はずかし》められる気持ちがハリーにはわかるからだ。ハリーの父親に嘲《あざけ》られたときのスネイプの気持ちが痛いほどわかるからだ。そして、いま見たことから判断すると、スネイプからいつも聞かされていたとおり、ハリーの父親がどこまでも傲慢《ごうまん》だったからだ。

本書は
単行本二〇〇四年九月　静山社刊
携帯版二〇〇八年三月　静山社刊
を四分冊にした3です。

装画　おとないちあき
装丁　坂川事務所

ハリー・ポッター文庫⑫
ハリー・ポッターと不死鳥の騎士団
〈新装版〉5－3
2022年9月6日　第1刷

作者　J.K.ローリング
訳者　松岡佑子

発行者　松岡佑子
発行所　株式会社静山社
〒102-0073　東京都千代田区九段北1-15-15
TEL 03(5210)7221
印刷・製本　中央精版印刷株式会社

ISBN 978-4-86389-691-8　printed in Japan